文春文庫

赤い砂

伊岡瞬

文藝春秋

目次

第一部　感染《二〇〇〇年七月》……9
第二部　潜伏《二〇〇三年七月》……73
第三部　発症《二〇〇三年八月》……371
あとがき……452

赤い砂

登場人物

永瀬遼――警視庁戸山署刑事課、巡査部長
武井邦夫――同署刑事課、巡査部長
工藤智章――同署刑事課鑑識係、巡査部長
山崎浩司――同署交通課、巡査
工藤一恵――工藤智章の妻
工藤瑛太――工藤夫妻の長男
早山郁雄――JRの運転士
早山朋子――郁雄の妻

阿久津久史 ―― 国立疾病管理センター職員
有沢美由紀 ―― 同センター職員
岩永多佳子 ―― 阿久津久史の妻
岩永明浩 ―― 阿久津久史と多佳子の長男
長谷川則彦 ―― 警視庁捜査一課五係、巡査部長
西寺信毅 ―― 西寺製薬代表取締役社長
佐脇紀之 ―― 同社取締役秘書室長
木之内正志 ―― 同社取締役開発部長
園原誠司 ―― 同社顧問、元警察庁長官官房審議官
西寺喜久雄 ―― 信毅の父
西寺暢彦 ―― 信毅の長男、大学四年生
斉田哲男 ―― 斉田探偵事務所社長

第一部　感染

《二〇〇〇年七月》

序

梅雨明け宣言が出された直後の七月半ば、午後四時をわずかに回った時刻だった。

ほとんど傾いたとは思えない太陽が、ホームに立つ乗客の足元をじりじりと焼いている。スーツ姿の勤め人よりも、学生や買い物帰りの主婦が目立つ。ＪＲ高田馬場駅、山手線のホームには乗降口ごとにまばらな行列ができていた。

「危ないっ！」

突然、男の叫び声があがった。その大きさと張りつめた響きに、周囲の人間の視線が吸い寄せられる。ホームの新宿よりの端、戸山口近くで、いま一人の男が線路に転落したところだった。

落ちた男が身体を起こした時には、すでに終わりが迫っていた。

異変に最初に気づき、叫び声をあげた初老の男性が、ホームから救いの手を差し出そうとするよりも早く、銀色の車両がブレーキの軋（きし）む間もなく通り抜けて行った。

1

進入灯に従って徐々にブレーキレバーを絞る。

減速していることを乗客に感じさせない運転こそが最良であると、運転士の早山郁雄（はやまいくお）は信じていた。何千回、何万回と繰り返した、その行為のひとつになるはずだった。

高田馬場駅に差しかかった、山手線外回り車両運転席の早山は、その男がホームから飛び降りるところをスローモーションのようにはっきりと見た。落ちてゆく男の、能面のように無表情な顔までもが識別できた。

それなのに、すでに徐行態勢に入ってブレーキレバーを握っていた右手が、とっさには反応しなかった。あわてたからではない。

線路上に立ち上がった男の表情のせいだ。その顔に恐怖の色はなく、ただじっとこちらを睨（にら）んでいる。身をかがめるでもなく、逃げるでもない。まるで電車に対峙するかのような男の態度に、早山の身体は硬直した。

ようやくブレーキ操作ができたのは、線路上の男が視界から消え、車輪が何かを巻き込んでゆく感触があったあとのことだった。

進入口に近い地点で起きた事故だったために、電車の速度はまだ時速五十キロを超えていた。急ブレーキをかけたとはいえ、十一両編成の鉄の塊はすぐには停止できない。金属を、力ずくでえぐるような軋み音をたてながら、数十メートル行き過ぎてようやく停まった。

ホームに居合わせた駅員がすぐに駆けつけ、ホームに膝をつき、車両とホームの隙間をのぞき込んでいる。別の駅員は、予行訓練でもしていたかのように、手際よくホーム上の乗客の整理を始めた。

「大丈夫ですか」

運転席の窓から、別の駅員に話しかけられるまで、早山はそんなようすを、椅子に尻を落としたまま、ぼんやりと見ていた。

「ああ、大丈夫です」

声をかけた駅員は、まだ何か言いたそうだったが、混乱の整理に戻っていった。

みるみる膨れ上がっていく野次馬の数が駅員の手に負えなくなる頃、急を聞きつけた鉄道警察官二名が到着した。駅構内に居合わせたようだ。駅員にいくつか指示を与え、年配のほうの警察官が運転席の扉を開けた。

「おいっ！　怪我はないか」

やけに大きな声が鼓膜を刺激し、早山は警察官の方を見た。

「はあ、大丈夫です。今、降ります」

「無理しなくていい。手を貸そうか」

「いえ、大丈夫です」

年配の警官は、早山に向かってもうひと声かけて、どこかへ去った。

早山はゆっくりとホームに降りた。

それと同時に、ようやく車両のドアが開き、閉じ込められたままだった乗客が、勢いよく飛び出してきた。口々に何かわめいているが、早山には理解できない。

待ち構えていた駅員が、なるべく車両から離れた場所を経由して、乗客を出口に向かう階段へ誘導する。

早山の足はゆっくりと、しかし勝手に車両前方に回り込んだ。すでに回収作業が始まっている。電車の前面から車輪部にかけて、ちぎれた衣類や肉体の一部がこびりついている。激しい感情は湧いてこなかった。

早山は、ふと目をむけた車体のライトのあたりに、何かが付着していることに気づいた。指で掬(すく)い取ってみると、それは遺体の一部らしかった。灰褐色をして柔らかかった。

早山はめずらしいものでも見つけたように、指先のそれをいつまでも見つめていた。

2

警視庁戸山署の鑑識係員、工藤智章巡査部長が到着したとき、すでに救急車は去ったあとだった。

救急隊の隊長が、該当者死亡のため救助の必要なし、と判断し、収容しなかったようだ。この時点から、警察関係者による検視と遺体回収作業に切り替わる。

高田馬場駅の池袋方面の線路には、〝隣〟がない。いってみれば中空に浮いている。数メートル下は道路である。ホーム自体が高架になっているため、狭い場所での、困難な作業となった。

ところどころに飛沫が飛び散っている。凄惨な現場であることはひと目でわかっていた。経験が少ないのか、無警戒に車体の下をのぞいた若い制服警官が、すぐに顔を戻し、足場の悪い砂利の上を駆けて行って、少し離れた場所に吐いた。

「ひどいな、これは」

応援にかけつけた、中年の制服警官がうめくように漏らした言葉が聞こえた。

「なにをぐずぐずしている。さっさとやるべきことをやれ」

この場の責任者となった、戸山署刑事課の角田警部補が、混乱しかけた現場に活を入れた。

凄惨な状況ではあるが、呆然と見ているわけにはいかない。警官たちは、何も知らずに階段を昇ってくる乗客と、事情を知って一目のぞこうと進み出る野次馬で、混乱に陥ったプラットホームの秩序を保とうと、懸命に整理誘導をしている。

鉄道の事故の場合、現状復帰も重要だ。細心の鑑識活動を行いつつも、すみやかに電車の運行を再開しなければならない。

すでにブルーの作業シートで覆われた中、工藤巡査部長は、念入りな写真撮影をし、ほか二名の係員と共に鑑識作業を行った。遺体はどういう状態にあったか。何か異臭はなかったか。そのほか、不自然な点はなかったか。特にそこに注意を払う。

死体そのものの検案は、この後綿密に行われる。今は、直後の現場でしかわからない手がかりを見落とさないようにすることが重要だった。運転が再開されてしまえば、現場を再現することは不可能といってよい。しかし、任務とはいえ、この酷暑の中、事故現場を舐めるように調べることは、精神力を要する仕事だった。

「おいそこ、足元に落ちてるな」

工藤が後輩の鑑識員に注意を促がした。砕石(バラスト)の合間に埋もれてほとんど判別のつかなかった指先が回収される。車輪に巻きついた服の切れ端は、スーツの生地のようだ。仕事で移動中の勤め人だったのかもしれない。

ふと顔を上げると、道を挟んだ向かいのビルの窓が見えた。

壁の看板を見ると、専門学校が入っているらしい。窓にびっしりと、若い顔の野次馬がへばりついている。工藤は、舌打ちをした。

高架のため、道路側は無防備だった。ホーム側はブルーシートで目隠ししているが、向かい側のビルからのぞかれるとは想定していなかったようだ。

工藤が担当職員に注意を喚起しようとしたとき、別の職員が細長い白っぽいものを持って、はい出てきた。肘の少し上でちぎれた腕だ。隠す間もなくそれが見えてしまったようで、ビルの開いた窓から悲鳴が聞こえてきた。

工藤はひとつ深呼吸をして、車両の下に潜って調べはじめた。額からしたたる汗を思わず腕でぬぐう。

ふと目をやった手袋の袖口に、何かが付着していることに気づいた。知らずに、車体のどこかに触れたのかもしれない。

妙にどろりとしたその汚れを、工藤は目の前のレールでそっとぬぐいとった。

3

年々、暑さがひどくなる。外歩きはきつい。

永瀬遼（ながせりょう）は、ぼやきたくなるのをこらえて、ハンカチで首筋を拭った。

首都圏はこのところずっと真夏日と熱帯夜の繰り返しだ。久しく出口の見えない不況がもたらす閉塞感と、日増しに高まる不快指数が、澱（おり）のように都市の地表に漂っている気がする。

　JR高田馬場駅から、国立疾病管理センターまでの十分が、とてつもなく長く感じる。永瀬のハンカチは、絶え間なく吹き出る汗で、ぐっしょりと濡れて役に立たない。ワイシャツも下着にへばりついている。ネクタイなど論外だ。

　相方の武井邦夫も、愚痴をこぼす元気もなさそうだ。

　二人は、二日前に高田馬場駅構内で起きた転落事故の後始末のため、ここへやってきた。

　死亡した男は、阿久津久史、四十三歳。ここ国立疾病管理センターの職員であることが判った。目撃者の証言などから、ほぼ自殺と断定できそうだったが、形式通りの聞き取り調査はおこなわれる。


「クソ暑いな」

　永瀬が、とうとう我慢できずに、口に出してしまった。

「勝ちだな」

　武井巡査部長は、面白くなさそうに、めんどくさそうに言う。ここへ来る途中「暑い」と先に口にしたほうが、相手に缶コーヒーを一本おごる賭けをした。

「もし了解がいただけるなら、缶ビールでもいいですよ」

「行こうか」

いつものように永瀬の軽口を無視した。武井は今年五十歳になる。ふつう、コンビを組むときは、階級に落差があるものだが、武井も永瀬も巡査部長だ。ただ、階級が同じでも、年もキャリアも圧倒的に武井が上だから、ほとんど上司として接している。

年季が入っているだけでなく、刑事の先輩として、人としても尊敬している。ただ、あまり冗談が通じないのが難点だ。

体中の水分の半分ぐらいを絞り出して、ようやく管理センターの守衛所にたどりついた。

窓口で来所の用件を伝えると、警備員はどこかへ内線電話をかけ、確認をとった。それを待つ時間も暑くていらいらする。

「中の第二応接室でお待ちしているそうです」

警備員はそう言って、目的地までの道順を説明し、首から下げるタイプの入館証を手渡した。門から建物の入り口まで続く、メタセコイアの巨木の並木がつくる影が、わずかに救いに感じられた。

無機質な印象の通路で、制服を着た女性の職員が待っていて、冷房の効いた応接室に通された。

永瀬の身体から、急速に汗が引いていく。武井が静かな部屋には場違いな、大きなくしゃみをした。それを合図にしたかのように、ドアから一人の男が入ってきた。ワイシャツにネクタイを締め白衣を羽織っている。

「お待たせしました。今泉(いまいずみ)です」

二人も立ち上がり、代表して武井が挨拶した。

「電話でお話ししました、戸山署の武井です。こちらは永瀬といいます」

それぞれ身分証を提示したが、今泉はほとんど見もしないで「よろしくお願いします」と応じた。

渡された名刺には《国立疾病管理センター　新興・再興感染病理部長　今泉新二(しんじ)》とあった。

「どうぞ」

促されて、再度ソファに腰をおろす。

「それにしても――」

武井が、今泉の名刺と本人を交互に見比べながら言った。

「随分難しそうなお仕事ですね」

今泉は社交辞令には興味がなさそうだった。

「あまり一般の方には、馴染みはないかもしれませんね。――それより」

やや背筋を伸ばし、腰を折り、頭を下げた。

「このたびは、阿久津が大変ご迷惑をおかけしました」

本音をいえば、確かに迷惑な話ではあった。署員の中にも、露骨に「よりによってこのクソ暑いときに」と声に出す者もいる。不謹慎だと承知しつつも、愚痴を言いたくなる気持ちはわかる。

しかし、永瀬はそんなこととはまったく別の理由で、今回の案件には、不愉快な気持ちを抱き続けていた。暑いからでも迷惑だからでもない。ただ、その理由をこんなところで口にするつもりはない。

武井が慣れた口上を述べる。

「まあ、極端な話、医者の死亡診断書つきの自然死や病死以外は、ほぼすべて事件の可能性ありですから、我々の仕事になります。遺族や関係者の方から事情を聞くことになっています。それからこれは、わたしどもの仕事の範疇ではありませんが、あとで賠償の問題なんかも出るかもしれませんし」

永瀬が見る限り、今泉の表情は明るくも暗くもない。ただ会議で打ち合わせをしているかのようだ。

武井が、ひとりで話を進める。

「ところで、亡くなった阿久津さんも、こちらの部署にいらしたのですか？」

武井が、膝の上に開いた手帳を繰りながら訊く。

「ええ、三課におりました」

「つまり、今泉さんの部下だったということですね」

「まあ、そうなります」

「差支えなければ、ざっとで結構ですので、ここでのお仕事の内容を、お聞かせ願えませんか」

ドアにノックの音がして、職員が麦茶を持って入って来たため、話が中断した。三人の前にグラスを並べた職員が出ていき、今泉が口を開く。

「簡単に言えば、管理、メンテナンスの仕事です。機材の管理。生体保管状態のチェックなどです」

武井はメモを取りながらうなずいている。

「なるほど。——すみません。もう少しだけ具体的にお願いできますか」

永瀬も、形ばかりノートタイプのメモ帳を開いた。

「我々の部で行っている仕事は、ここに出ています」

今泉があらかじめ用意しておいたらしい、企業案内のパンフレットのようなものを取り出し、武井に渡した。武井が最初のページを開く。脇から永瀬ものぞき込んだ。

さっき見たばかりのここの建物が、着色したような青空を背景にそびえ、それにかぶさるように太めの書体でこう書いてあった。

《国立疾病管理センターの役割は、人類の脅威となるさまざまな感染症に関わる基礎、応用研究――》

途中で読むのをやめた。

「この部のことはこちらです」

今泉が身を乗り出し、武井の手にしたパンフレットを数ページめくった。

《新興・再興感染病理部の業務は、新興・再興病原体に起因する感染症の病因及び病原の検索とその予防治療法の研究、検査です。また、これらの病原体に関するレファレンス業務、関連する生物学的製剤の検定、検査などを行います――》

永瀬は途中まで目で追ったが、ほとんど頭に留まらなかった。武井が苦笑ぎみに質問を変える。

「亡くなった阿久津さんは、その研究の機材のメンテナンスや、ええと――」

今泉が助け舟を出した。

「生体やサンプルの保管です。研究途中の生体が正しく保管されているか。サンプル数に異常はないか。まあそんなようなことです」

武井がうなずき、小さくいただきますと言って麦茶に口をつけた。永瀬は、とっくに三分の二ほど空にしていた。

「また無遠慮なことをうかがいますが、それは、ノイローゼになるほど危険な仕事ですか」

武井の問いに、こんどは永瀬が苦笑した。悪党相手には言葉遣いも態度も荒くなる武井だが、こういう学術の館では、居心地が悪そうだ。武井の口から「ノイローゼ」などという単語を聞くのも初めてだ。

今泉は表情も変えず、淡々と答える。

「いえ、そんなことはないと思いますが。彼は顕微鏡もあまり覗いたことはなかったでしょう。危険などほとんどありえない仕事です。もっとも――」

今泉はいったん言葉を区切り、身を乗り出して両手を組み合わせた。

「当研究所は、世界でもトップレベルの安全性を確保しています。そもそも『危険な部署』など存在しません」

今日会ってから、一番熱のこもった発言だった。

「なるほど。ノイローゼになるほどの仕事ではなかった、と」

永瀬は外の景色に眼をやりながら口を挟んだ。メモをとるふりをするだけで、何も書いていないメモ帳を、武井がちらりと見たことに気づいた。しかし、武井は口調も変えずに質問を続ける。

「最近、阿久津さんの様子に、なにか変わったことはありませんでしたか。心配ごとがあったとか」

　今泉は首を横に振る。

「特に気づきませんでした。申し訳ありませんが」

「いやいや、謝ることはないですよ」

　武井がグラスに残った麦茶をあおった。

「一昨日、阿久津さんが、高田馬場駅でホームから飛び込んだ時――いや実際、目撃者の話を総合すると、阿久津さんは落ちたのではなくて、飛び降りた可能性が濃厚です。中には、『線路に飛び降りたあと、電車に向かっていった』と言い出すのもいましてね。警察でも、ほぼ自殺とみています」

　今泉が少し長い溜息をついて、顔を左右に振った。どういう意味なのか、永瀬にはわからなかった。

「ところで、阿久津さんは、なぜあの時刻にあの場所にいたのでしょう。勤務時間内ですよね。外出の仕事があったとか」

　今泉は「いいえ」と答え、眉間にしわを寄せ、思い出そうとしているように見えた。

「彼は、あの日の十日ほど前から夏風邪をひいていました。一旦は良くなったようですが、あの前日あたりからぶり返したとかで、あの日も『頭痛がするから』と午後四時前に早退しました。正確な時刻は、タイムカードに記録が残っていると思います」

「夏風邪ですか。危険な病原菌の研究をなさっているのに、なんだか意外といえば意外ですね」

「まあ、研究員といえど、人の子ですから」

そろそろ話も終わりかと、今泉が立ち上がりそうな気配を見せた。すかさず、武井が質問を重ね、それを引き留める。

「ご遺族の話では、阿久津さんは近々転勤の予定だったそうですね」

昨日、別な刑事が阿久津の遺族から得た情報だった。

「そうです。八王子に新設された分室に異動になりました。すでに辞令は出ていたのですが、向こうの設備が完成していないこともあって、事実上まだこちらにいました。いまのところ、阿久津だけでなく、異動の職員は行ったり来たり、引っ越しの準備です。夏期休暇明けから正式に移る予定でした」

「転勤を苦にされていた様子はありませんでしたか？　八王子というのは微妙な距離ですよね。たとえば関西とかなら、住居も引っ越しになると思いますが」

「いや、それも無かったですね。彼の家は小平市ですから通勤が遠くなると言うほどでもないし、むしろ通勤ラッシュとは逆方向だなと、歓迎していたと記憶しています」

「ありがとうございました。大変参考になりました」

武井が、使い込んだ手帳を、もっと使い込んだショルダータイプのかばんに仕舞う。

「それでは、何名か、同僚の方のお話も聞かせていただけないでしょうか」

これで終わりかと思っていたらしい今泉が、あきらかに意外そうな、そしてかすかに迷惑そうな表情を浮かべた。

永瀬は、小さな笑いを漏らしてしまった。ばかにされたと思ったのか、今泉がにらんだが、気づかないふりをした。

応接室を出て、仕事場へ案内する今泉のあとを追いながら、武井が声を落として永瀬に言う。

「お前、そのふて腐れた態度はやめろ」

「別に、ふて腐れてはいません」

ただ、腹が立っているだけです、その言葉は飲み込んだ。

「それより武さん、こんどは自分に話をさせてください」

武井が答える前に、ドアに《感染病理部　三課》のプレートが貼られた部屋に入った。

室内には、机の島が二列あり、それぞれ五台の机が向かい合っている。とびとびに、ちょうど半分の机に職員がいた。

「お仕事中に失礼します」

永瀬が声を上げた。場違いともいえる大きな声に、それまでしんと静かな部屋で仕事に集中していた職員たちが、一斉に顔を上げた。

「わたしたちは戸山警察署のものです。こちら皆さん三課の方ですか？」
二、三人が、不審げにうなずく。
「おい、永瀬——」

おそらく、声の大きさをたしなめようというのだろう。武井が伸ばした手から逃れるようにして先を続ける。

「少々、お話を聞かせてください。あまりお手間はとらせないようにします。まず——あなた」

一番手前に座っていた男に声をかけた。長めの髪を七三にわけ、ツーポイントの眼鏡をかけている。永瀬が近づくと、コロンの匂いが鼻をついた。胸の名札に《平松（ひらまつ）》と書いてある。

「平松さん。あなた、阿久津さんとは親しかったですか」

「わたし？　いいえ、親しいというほどでは」

「亡くなる前、とくに前日あたり、阿久津さんに何か変わった様子はなかったですか」

「いや、気づかなかったですね」

永瀬が腰を曲げ、ぐいと目を覗き込むと、平松は嫌な顔をして顔をそむけた。

その隣の席で荷物を整理していた女が、大きめのトートバッグを持ち、永瀬の脇をすり抜けて出ていこうとした。

「あ、ちょっとお待ちください」

「なんですか」

女が永瀬を見る。視線がぶつかる。一見して、意志が——いや気が強そうだと感じた。名札を見ようとしたが、はずしてあった。永瀬たちが「警察」と名乗ったからかもしれない。

年齢は二十代後半、三十歳には届いていないと見た。化粧は薄めで、はっきりとした挑むような目が印象深い。その目に浮かんでいるのは、怯(おび)えや警戒ではなく、嫌悪感のようだ。警官を憎んでいる——そう確信した。

ならばと、あえて食い下がる。

「少し、お話を聞かせてもらえませんか」

「知っていることは、昨日見えた警察の方に、ぜんぶ話しました。今、忙しいんですけど」

かまわずに続ける。

「では二つだけ。阿久津さんに普段と違う様子はありませんでしたか。あなたも異動組ですか」

「ノーが二つ」

外国の映画で見るように、片方の眉をすっとあげ、永瀬の次の言葉を待たずに部屋を出て行った。

生意気なやつだな——。

口からこぼれかかった言葉は、さすがに飲み込んだ。気づけば、ほかの職員全員がこちらを見ている。

急にやる気が失せた。

「武さん、あとお願いします」

武井はほかの人間には聞こえないほどの小さな声で「まったく」といい、質問役を受け継いだ。


新宿駅で中央線に乗り換える途中、武井が立ち止まった。

「そういや、飯、どうする?」

時計を見ると、あと五分で正午だ。人の流れの邪魔にならないよう、壁際に寄って話を続ける。

「早めに食うか、ついてから食うか」

「おれはどっちでもいいですよ」

壁に貼ってある、高級腕時計のポスターを見ながら答える。武井が、ようやくさっきの話題を持ち出した。疾病管理センターを出てから、ほとんど口をきいていない。

「おまえ、今度は黙ってろ。おれが全部訊く」

それほど怒っているようには見えない。おそらく、もうあきらめたのだろう。

「なんなら、武さん、一人で行ってください」

「きさま、図に乗るなよ」

武井が、手にしていた手帳で永瀬の頭を叩いた。ぱん、と大きな音が響く。

「りょうかいです」

とぼけた口調で答えると、武井は急に、いたずらっぽい笑みを浮かべた。

「それより、飯の心配だ。八王子までたっぷり一時間ある。そのへんで食って、車中でひと眠りさせてもらうか」

「そっちもりょうかいです」

構内にある立ち食い蕎麦(そば)の店に入った。


中央線のシートに腰かけて、武井が「はあ」とため息をついた。

武井は、飯、飯、と言っていたわりには、無理して頼んだ「大もり」を、少し残した。早めの昼食は、腹減らしの永瀬を気遣ってくれたことはわかっていた。そういう男だ。

扉が閉まり、中央線快速電車が動き出す。車内は空(す)いており、ゆったりと座ってもまだ空きがある。しかし、冷房の効きがあまりよくなくて、汗がにじんでくる。永瀬は、駅のトイレで洗ってきたタオルハンカチで、首をぬぐった。ひんやりして気持ちがいい。

「この暑さで、どうにかなっちまいましたかね」

阿久津案件の感想を述べた。扇子を動かし続けている武井が苦笑する。

「関係者の前で、そういう言いかたはやめろよ。せめて、発作的に、とかな。それはそうと、解剖でも特別な病気の線は出なかったんだよな」

「と、聞いてます」

阿久津の場合、目撃者も多く、アルコールを含め薬物使用の可能性も薄かったので、行政解剖で済まされた。解剖の手が足りない現状ではまだよいほうだろう。疑いようのない自死の場合、解剖にまわされないことすらある。

「奴が乗るのは、帰宅目的なら新宿方面だ。それが、池袋方面行きにはねられたということは、あえて反対側に飛び降りたということだろうな」

「そうでしょうね。南の戸山口から入ってすぐのあたりでしたから、新宿方面に落ちたんじゃ、たんこぶくらいしかできませんからね」

それも、自殺を裏づける大きな状況証拠だ。

「ところで、永瀬」

武井が扇子を動かす手を止め、永瀬のほうに顔を向けた。

「おまえ、どうしてそう機嫌が悪い。やはり自殺だからか？　例のあのことか」

「別に、関係ないです」

「ないわけないだろ。ガキじゃあるまいし。――まあいい。ならそういうことにしておこう。だがな、ああ警察臭丸出しじゃあ、聞ける話も聞けなくなる。おまえも、そのくらいはわかっているだろう」

永瀬は、わかっている、と答える代わりに、二、三度軽くうなずいた。武井は向かいの窓の外を流れる景色を目で追っている。話題を変えた。

「たしか、阿久津はかみさんと中学生の息子の三人暮らしだったな」

「そうですね」

「まだ中学三年生じゃなかったか？　受験もあるだろうに、残されたもんは大変だな――」

話をそらしたつもりが、むしろ核心に近づいてしまったことに気づいたらしく、武井の言葉は尻つぼみになった。永瀬は気づかないふりをして、同じ窓越しの空を見ていた。

何の悩みかは知らないが、一人の男が錯乱して死んだ。それだけのことだ――。

「遺族の所へは大西たちが行ってるし、この分だと、調べも今日一日で終わりだろう」

永瀬は窓の外を見やったまま、まともに返事をしなかった。話題を変えてみても生返事をくりかえすばかりの永瀬に、しまいに武井も黙り込んだ。

つい悪い癖が出た、と永瀬は自分でわかっている。武井の指摘は当たっている。自殺となると過剰に反応してしまい、自制心が働かなくなる。

そしてそれ以上に、父親のような態度で理解を示そうとする武井を困らせたくて、わざと反抗期のような振る舞いをしてしまう自分に、嫌悪感を抱いてもいる。

コンクリートの塊さえ溶かしそうな日差しにあぶられた街並みを、窓の外に眺めながら、永瀬はいつしか眠りに落ちた。

4

「おい永瀬。一昨日のコンビニの強盗(タタキ)。いいのが出ただろう」

戸山署内の通路で、鑑識係の工藤智章がすれ違いざま、永瀬に声をかけてきた。

高田馬場駅での事故は、〝自殺〟ということで処理が済み、今は武井と別の事件を追っている。

いったん署に戻り、いくつか資料のコピーを持って、また出かけるところだった。外で待ち合わせている武井と合流する予定だ。

立ち止まって、工藤を見る。工藤が永瀬に向かって親指を立てて見せたのは、サムズアップのサインではなく、「いいのが出た」親指の指紋、という意味だろう。

「ああ、そうだな」

考え事をしていた永瀬は、口先だけで返した。

「そうかあれはおまえじゃなかったか。――例の転落だったな。高田馬場の」

「まあな。それも終わった」

ポケットに手をつっこんだまま短く応える。わずか三日ほどで幕引きだ。今日から、別の傷害事件を扱っている。飲み屋で酔ったあげくの喧嘩だが、片方が転んだ拍子に頭を打って、頭蓋骨にひびが入った。その目撃者探しだ。知恵も芸もいらない仕事だ。

工藤は、二、三度咳き込んだあとで、わずかに冷やかすような口調で言った。

「自殺で決着か」

「まあそういうことだ」

軽く片手をあげ、立ち去ろうとする永瀬の背中に、工藤がまだ声をかけてくる。

「なあ永瀬。あれは、今まで見た中でも酷いほうだった。あんな死に方をしなければならなかった奴にもそれなりの事情があったんだろう。死ぬ前に言いたくて言えないことがあったかもしれない。お前が自殺を憎むのは知っているけどな、そういう色眼鏡で――」

最後のほうは、咳で尻切れになった。永瀬は再度ふりかえって、身を折って咳き込んでいる工藤の背中あたりを見たまま、八つ当たり気味に言った。

「なぜおれたちが、好きこのんで自殺した人間のことを、調べて回らなきゃならないんだ？　それが何になる。こうしているあいだにも、殺人犯や強盗どもが大手をふって歩いてる。俺たちにはやらなきゃならないことがいっぱいある。飛び込み人身事故は、交通にでも頼めばいいいんだ」

「豊田さんがいなくてよかったな」

交通二課の豊田課長の名を出して、工藤が眉間に皺を寄せた。

「それと、亡くなった人のことを悪くいうのは、あまりいい趣味じゃないぞ」

「わかってる」

「ま、気分をかえてせいぜい凶悪犯でもつかまえてく――」

明るい口調でしめくくろうとしたのだろうが、語尾はふたたび咳に化けた。空咳のようで苦し気に咳き込んでいる。

「今ごろ風邪か？　お前こそたるんでるんじゃないのか」

「おっ、一本とられたね」

「まあ、お大事に」

今度こそ去ろうとする永瀬の後ろ姿に、工藤が思い出したように声をかけた。

「そうだ、ウチのやつが、またおまえを連れてきてくれって言ってたぞ。『永瀬さんは静かだから、あなたのおしゃべりと足して二で割るとちょうどいい』ってさ」

永瀬は、また軽く手を挙げただけで、こんどは振り返ることもなく、自動ドアに向けて歩いていった。ドアが閉まる時まで、工藤の咳が聞こえていた。

待ち合わせの場所まで大またで歩きながら、永瀬は久しぶりに少し心が軽くなるのを感じていた。その理由は工藤の存在だ。大学からの腐れ縁である。

永瀬は、家庭の事情もあって、大学は夜間部に通っていた。昼間はアルバイトをする。昼だけでなく、ときに夜も別のアルバイトをすることがあった。特に夜は、道路などの夜間工事が臨時で入ることがあって、これは実入りがよかった。

働くことには経済的理由もあったが、紙に書かれた理屈を読解するより、体を動かしているほうが好きだという理由も大きかった。

そんなふうだから、いつも疲れていて、授業中は寝ていることも多かった。

工藤も、同じ夜間部の学生だった。永瀬が、なんとか卒業を目指していたのに比べ、工藤は真面目な学生のように見えた。「見えた」というのは、大学在籍中は顔を知っているという程度のつき合いでしかなかったからだ。当然、卒業後の進路など、話したこともない。

それが、採用試験に合格し、警察学校に入学して、ふたつ置いた隣の席に見知った顔を見たときは驚いた。永瀬は奇遇もあるものだと感じた程度だったが、工藤のほうでは、大袈裟に喜んだ。

「これは縁だな。こんな偶然はちょっとないぜ。コネも後ろ盾もなにもないおれたちに、天が少しだけ贔屓（ひいき）してくれたんだ。警察は個人主義とか聞くけど、ここを出ても俺たちは利害関係抜きの、いや利益関係のみの付き合いをしよう」

どこまで冗談かわからない。ドラマに出てくる熱血青年のようなことを言う。永瀬も「ほっといてくれ」とも言えず、わかったと答えた。

二度目の奇跡は、三年の地域課勤務を終え、刑事に推薦されることが決まり、研修を終えて戸山署の刑事課に配属になったことだ。同じ戸山署刑事課の鑑識係に、再び工藤の姿があった。どれだけ騒ぐのかと身構えたが、前回よりもむしろ冷静だった。

「だから言っただろう、縁だって。おれは、人知を超えた不思議な力を信じる。しょっちゅうあんなものを見ているとな」

「あんなもの」とは、もちろん変わり果てた人間の姿だろう。そしてこう付け加えて、屈託もなく笑った。

「しかし、ごつい男同士の縁というのは、あんまりスイートじゃないかもな」

人づき合いの得意でない永瀬も、この工藤のペースにはいつしか引きずられていた。これまで永瀬は、人からよく「張り詰めたワイヤーのようだ」と言われてきたし、実際、気に食わないことがあればすぐにけんか腰になった。さすがに警察という組織に入って、露骨な反抗はできなかったが、態度のはしばしや目つきが生意気だと、先輩たちには叱られ、いびられもした。

どうにか親しい態度をみせてくれたのは、課長に言い含められて事実上永瀬の世話役となった武井と、この工藤のふたりだけだった。

「一匹狼というがな、狼というのは本当に群れから離れては生きていけないもんだ。デカも同じだ」

武井に、そう諭されたことがある。

「まあ、先は長いし、ほどほどにいこうぜ」

工藤は、会えば必ずそんな軽口をたたいて、わずかながら永瀬の心を解きほぐした。

そして、戸山署で再会を果たしたとき、工藤は既に結婚していた。

永瀬は、官舎の工藤宅に招かれて、二度ほど晩飯をご馳走になり、一度はそのまま泊まった。

それまで永瀬は、工藤の精悍（せいかん）な顔つきといい、明るくそつのない性格といい、女性にはもてるだろうと思っていた。だから工藤の妻と聞いて、とくに根拠もなく、陽気で会話上手で化粧もうまい、雑誌から抜け出たような華やかな女性を想像していた。

ところが、工藤家を訪問したとき、玄関を開けて永瀬を迎えたのは、背丈が永瀬の肩ぐらいまでしかない、小柄でおとなしそうな女性だった。

「お招きいただきました、永瀬と申します」

「ようこそ。夫がいつもお世話になっています」

一恵というのが彼女の名だった。身だしなみ程度の化粧を施しただけの一恵の笑顔を見て、永瀬はなぜかたんぽぽの花を連想した。

一恵の手料理を肴に、酒が進み、興が乗って喋り続ける工藤と、その脇で「ごめんなさいね」という表情を浮かべる一恵。お似合いだと思った。

もてなしを受けながら、永瀬は、最初に誘われたときに感じた思いとは全く別な理由から、訪問を後悔していた。

とりたてて禁欲しているわけではない。だが、団欒の風景というのは苦手だった。あえて言えば憎しみすら覚える。

世の中は、例外なく、利己的な愛と憎しみで満ちている——。

ずっとそう思い込んで生きてきた。工藤夫婦の、ひょっとすると偽善ではないかもしれない信頼関係を目の当たりにすると、その信条がゆらいだ。

そして、理由のよく分からない、かすかな嫉妬を覚えた。

5

もう一時間ほど、工藤智章の書類仕事は、ほとんどはかどっていなかった。治りかけた風邪がぶり返したようで、ときおり激しく咳き込んでしまう。永瀬に「たるんでる」とひやかされてから、もう何日経っただろう。ここ数日、そんな簡単なことがわからなくなったりする。

カレンダーを見る。早いもので、七月も今日で終わりだ。

間が良いのか悪いのかわからないが、今日はまだ〝お呼び〟がかかっていない。めずらしく、捜査一課が出張ってきて捜査本部が立っているが、鑑識の出番は終わってしまった。というより、本庁の鑑識課に乗っ取られてしまった。さらに、不思議なことに、本部が立って総動員態勢になると、ほかの細かい事件は起きなくなる。

出動しなくていいのは幸運だが、ほとんどの係員が署内にいて、溜まった書類の整理などをしている。こんなこともあろうかと、自費で購入しておいた医療用のマスクをつけてはいるが、うつしてしまわないかと気をもむ。

許されるなら、自分のためというより、周囲のために早退したいぐらいだ。

「夏風邪か？　長いね」

隣の席から鑑識の同僚が声をかけてきた。声の調子には、半分は心配が、残りの半分は「うつすなよ」という気持ちがこもっていた。工藤の夏風邪の症状は十日ほど前からだ。途中、いったん収まったように思ったのだが、昨日からぶり返した。永瀬を家に呼ぶ予定も、そのせいでのびのびになっている。

「きょうは暇そうだし、たまには早退しろよ」

「ああ、そうだな――」

工藤は生返事を返して、立ち上がった。

「――」

何かしゃべろうとしたが、言葉にならなかった。ふらつくのをこらえながら、どうにか地下の食堂へ降りる。めったに使わないエレベーターを使ってしまった。

食堂に入ってはみたものの、まったく食欲がなかった。配給カウンターの前にできた列には並ばず、長テーブルに向かう。パイプチェアに腰掛け、八人がけの白いテーブルに頬杖をつき、中空を見つめていた。額（ひたい）のあたりが、なんとなくむず痒（がゆ）いようでもあり、水でも溜まったみたいに重たく感じる。

「よ、どうした元気ないな」

顔見知りの制服警官が、軽く工藤の肩を叩いて通り過ぎた。

鑑識係は、署内に顔見知りが多い。鑑識活動の不備をしつこく追及する刑事も中にはいるが、概（おおむ）ね好意的な警官が多い。

理由は明快だ。事件が起きれば、最初に行われる警察活動は鑑識による検証である。鑑識が終わるまで、幹部といえど現場に足を踏み入れるわけにはいかない。従って機動捜査の成否は、すみやかな鑑識活動にかかっていると言っても過言ではない。本部が立つような案件では、本庁から鑑識課が出張ってくるが、年にそう何回もあるようなことではない。日頃の活動は、やはり署内の鑑識係が頼りだ。

勢い、事件が重なった時などは、鑑識係員の奪い合いになることもある。刑事も人の子であるから、いざというとき無理を通すため、鑑識の人間とは顔をつないでおこうとする。まして、人見知りをしない工藤は、刑事課の中でも重宝がられていると自分でも感じていた。

「お、工藤。この前の一人暮らしの爺さんな。どうも心臓麻痺に違いなさそうだ。やれやれだ」

刑事課の武井が耳元でささやいて通り過ぎた。言葉は聞こえたが、意味があまり理解できない。

それより、ますます額のあたりがむず痒く、重たくなってきた。頭蓋骨から取り出して、塩素剤で洗いたいぐらいだ。

「――」

ぼやきたいが、言葉が出てこない。

工藤の目の前のテーブルに、定食のトレーを持った若い警官が腰をおろした。

顔は見たことがあるが、名前は思い出せない。初めから知らなかったのかもしれない。どっちでもいい。

警官は、小鉢に醬油を廻しかけ、茶渋がこびりついたメラミンの茶碗から、うすい色の茶をすすった。

工藤は、その仕草をぼんやりと眺めていたが、自分でもよくわからない理由でふらりと立ち上がった。そのまま、すっと警官の後ろに回り込む。気配を感じた警官は、後ろを人が通るものだと思ったらしく、椅子を引いた。

工藤は、左手で警官の後頭部を鷲づかみにした。そのまま、ランチの盆に押しつけた。ひと言も発しなかった。

ガシャガシャンと器のひっくりかえる音がして、警官の顔は肉野菜炒めの皿に押しつけられた。突然のことに驚いた若い警官は、熱さと息苦しさで両手をテーブルにつき、顔を上げようともがいた。工藤は、体重をあずけて、顔を押しつけ続けた。警官は、両手をめちゃくちゃに振り回し始めた。

工藤は、左手で警官の後頭部を押さえつけ、その上から体重をかけたまま、右手で彼が右の腰に吊した拳銃を奪おうとした。まずは、ホルスターのホックをはずす。カチッと音がして外れた。

顔を押しつけられたままの警官は、工藤の意図を察したのか、右腕を伸ばして工藤の腕をつかもうとした。工藤はさらに力を込めて後頭部を押さえつけ、警官の右手を振りほどいて、ホルスターから拳銃を抜き出した。

一気に奪おうとする。しかし、ベルトに繋がったランヤードコイルのせいで、奪い取れない。力まかせに引きちぎろうとしたが、さらにコイルが伸びただけだった。一瞬、左手の力がゆるんで、警官がするりと抜け出した。

近距離で向き合う形になった。工藤が握っている拳銃から、警官のベルトまで伸びた、ランヤードコイルの長さしか離れていない。若い警官は、工藤の手から拳銃を奪い返そうと、組みついてきた。もみ合いになりながら、工藤は親指で安全装置を解除し、引き金を引き絞った。

ぱん。という乾いた音が食堂内に響いた。

皮膚を震わすような音に、工藤は一刹那、正気を取り戻した。時間が止まっている。しんとして、音が聞こえない。もうほとんど何も考えることはできなかったが、周囲の動きが止まったことは、理解できた。

床に倒れた制服警官が、左の肩から激しく出血している。荒く息をしながら、工藤を睨み返している。何がおきたのか。

「撃ったぞ！」

だれかの叫び声が聞こえた。

「おい、止めろ」

怒声とともに、だれかが体ごとぶつかってきた。床に転がったが、拳銃は放さなかった。いや、もはや握っているのは自分の意思ではなく、放すも放さないもなかった。

周囲の怒声が大きくなっていく。うしろから羽交い絞めにした人間の顔に、後頭部をぶつけた。ぐっという声がして、羽交い絞めは解けた。

どこかで見た顔の男がすぐ近くで怒鳴っている。さっき見たばかりだが、誰だか思い出せない。

「やめろ！　工藤。おれだ、武井だ。どうしたんだ。拳銃を放せ！」

肩の肉を制服ごと削ぎ取られた警官が、動く腕で工藤につかみかかってきた。

またほかのだれか、わめきながら突進してくるのが見えた。

工藤は、自分のこめかみに銃口を押しつけ、引き金を引いた。引く瞬間に、また別なだれかが体当たりした。

ぱん――。

さっきより、大きな音が耳のすぐ近くで響いた。弾は逸れ、頭に当たらず、首に当たった。痛みはあまり感じない。目の前が暗くなっていく。

「撃ったぞ！」

「おい、救急車だ！」

「動かすな」

怒声が聞こえ、遠ざかっていく。

最後に、ずっと怒鳴っていた男の声が聞こえた。思い出した。刑事課の武井だ。

「た――」

名を呼ぼうとしたが声が出なかった。しかし、武井の怒鳴る声は聞こえた。

「鑑識呼んで来い」

鑑識なら、ここにいるぞ。

――今夜もまた遅いの？

果てのない暗い闇に落ちていく途中で、妻の声を聞いたように感じた。

6

無線でその連絡を受けたとき、永瀬は本庁から来た刑事と組んで、地取り捜査の最中だった。

先週発生した、強盗殺人事件で本部が立っている。

一人暮らしの、七十二歳の高齢女性が、押し入った賊に殺され、所持金と通帳を奪われた。事件の構造としてはシンプルだが、犯人の遺留品も目撃者も無く、ほとんど進展を見せていない。

「一番難しい事件は流しの犯行」といわれるほどだ。

永瀬たちの聞き込みも、思うような成果が上がっていない。余計に暑さがこたえる。気分転換に昼飯でも食おうかと、相談し始めた矢先の連絡だった。

「やむを得ず現場から離れられない者以外、全署員至急署へ戻るべし」

具体的な説明は全く無かった。日のあるうちから、帰署の指令がでるのはよほど緊急のことと思えた。

「長谷川（はせがわ）さん。自分は戻らなければなりません」

さすがに、遠慮気味に申し出た。

捜査本部がたった場合、「本庁」こと警視庁から出向いた刑事と、所轄署の刑事や足りないときは制服組も含めてペアを組み、捜査にあたる。

今回永瀬は、この捜査一課五係の長谷川則彦（のりひこ）巡査部長と組むことになった。きょうでまだ四日目だ。慣れた口をきくほどに、お互い胸襟を開いてはいない。

「そうですか」

長谷川は、淡々とした表情と口調で応じた。組んだ時に歳を聞いたが、永瀬より三つほど年上だった。目つきはきついが、永瀬に対してはずっと静かな物言いをしている。

しかし、穏やかなだけでなく、厳しい意志と強い行動力の持ち主であることには気づいている。

　永瀬自身が何も聞かされていないのだから説明のしようもないが、今の指示内容をそのまま伝えた。長谷川はこれにも、そうですか、と答えた。

「そういうことでしたら、どうぞ。ぼくの方はもう少し当たってみます。ただの聞き込みだ、ひとりでもどうということはないでしょう」

　永瀬は、ふだん上司に謝るより、ずっと深く頭を下げた。

「お言葉に甘えます」

　駅を目指し走りだした。いやな予感がしていた。緊急事態ということであれば、当然良い知らせである訳がない。それをふまえても尚、胸騒ぎがしてならなかった。

　三十分ほどで署に戻り、会議室に駆け込んだ。

　ざっと見回す。すでに市民相手の窓口業務のある課を除いた、八割ほどの署員が集まっていた。

　上座には、中央に署長、それを挟む形で副署長と刑事課長の顔がある。

　永瀬は着席しながら何か違和感を覚え、その理由を考えた。

　すぐに見当がついた。いつになく空気が張りつめている。それなのに、戸山署の職員しかいない。

　もしも、たとえば無差別殺人が起きたというような、重大案件だとすれば、本庁が絡んでくる。そして、長谷川も一緒に呼び戻されたはずだ。だが、連絡が来たのは永瀬だけだった。それに、何が起きたかを、すでに一部の人間は知っているようだ。だからこの緊張感なのだ。

　二列前に武井の背中を認め、その隣があいていたので移った。

「何があったんです」

　落とした声で聞いた。

「発砲事件だ。署員のな」

　そう答える武井の声は、これまで聞いたことのないほど、がらがらに荒れていた。

「発砲？」

　それでこの騒ぎか――。

　その時、副署長が重々しい咳払いをひとつして発言した。

「だいたいそろったようだな。では、今から緊急会議を始める。最初に署長から。――お願いします」

　副署長に促されて、署長がマイクに向かって発声した。やはり、いつもの声より荒れている。そして、疲れて聞こえた。

「私も今、急を聞いて戻ったところだ。概要の報告を受けたばかりなので、詳しくは刑事課長から説明してもらうが、前代未聞の事故が起きた。我が署内において、警官による拳銃発砲事件が起き、職員一名が死亡、一名が重傷を負った」

もとより会議中の私語は厳禁だが、どよめきが波のように広がった。「事故」と言ったり「事件」と言ったり、署長も動揺しているようだ。

「静かに」

副署長が釘を刺し、署長が続ける。

「記者会見後は大変な騒ぎになることが予想される。それまでは一切、この件に関して口外してはならない。耳の早い記者にカマをかけられてもノーコメントで通せ。万一、片言でも漏らしたことが分かった場合は厳重な処分の対象とする。いいか。では、刑事課長」

刑事課長の奥間警部が、やはりふだんよりは荒れた声を張り上げた。

「本日、午後十二時二十分ごろ、当署食堂において刑事課鑑識係の工藤智章巡査部長が、交通課山崎浩司巡査の拳銃を奪おうとしてもみ合いになり、この最中に拳銃が暴発。弾は工藤巡査部長の頸部に命中し、同人は出血多量によるショック死――ほぼ即死。山崎巡査は左肩に被弾し、弾は貫通したが鎖骨粉砕骨折の重傷を負った。

なぜ、このような仕儀にいたったのか、その他詳しい事故の経緯については現在調査中である。尚、念を押して言うがこれは事故である。故意に発砲したものではない。記者会見を開けば大きな騒ぎも予想される。先ほど署長のお言葉にもあったが、くれぐれも軽率な発言や流言をとばすことのないよう留意されたい。これはもちろん、記者会見後も同じである」

そこで一度言葉を区切り、いつしか水を打ったように静まり返った職員をぐるりと見回した。

「忙しいところを集まってもらって申し訳なかった。会議終了後は直ちに帰任、各自の職務を遂行してもらいたい。以上」

永瀬は、最後のほうはほとんど聞いていなかった。工藤、即死、なんのことだ？　たしか、鑑識の工藤智章と聞こえたようだが、聞き間違いだろうか。

「あの、すみません」

気がついたときには、声をあげ、挙手していた。解散かと立ち上がりかけていた職員たちの動きが止まり、幹部も全員こちらを見ている。

「なんだ永瀬」

奥間課長がきつい目で見る。起立し、発言する。

「あの、鑑識の工藤智章と聞こえたんですが、間違いありませんか。死んだというのはどういうことですか」

「どうもこうもない。言ったとおりだ」

不愛想に答える課長のあとを、副署長が継いだ。永瀬に対してというより、おなじように納得がいかずにぐずぐず残っている、ほかの職員たちに対しての発言と思われた。

「さきほども言ったが、本日午後八時に記者会見の予定だ。そこで話すことが真実であり、すべてである。以上、解散。――ああ、それから永瀬。ちょうどよかった。きみには個別に話がある。ちょっと残ってくれ」

解散の指示が出て、こんどこそ一斉に椅子を引いて立ち上がる音が響いた。

それぞれに驚きの言葉を発しながら、潮が引くように去った。武井も、なぐさめの意味か永瀬の肩を二度軽く叩いて、無言のまま出ていった。幹部以外は、永瀬だけが残った。

「おい、最後の者。ドアを閉めるように。――永瀬巡査部長、こちらへ」

副署長に呼ばれて、首脳陣の並ぶテーブルの前に立った。

「おまえは確か、工藤とは同期で仲が良かったな」

そう訊いたのは、テーブルの上で腕組みをした奥間課長だ。永瀬は少しも混乱が収まっていない頭でその質問を受け止め、ようやく「はい」と答えた。

「奥さんとも顔見知りらしいな？」

永瀬は、逆に質問で返した。

「死んだのは間違いないのでしょうか」

「間違いない」

「死体はどこです？　自分には信じられません」

課長の目が険しくなった。署長は「準備があるから」と言い残して去っていった。課長が答える。

「今はすでに監察医務院だ。もうすぐ解剖が始まる」

ということは行政解剖か。まったく事件性はない、ということか。しかし、それは真実なのか？

「納得がいきません。何故です？　何故、拳銃の暴発で工藤が死ぬんです？　その山崎という巡査とは、何でもめたんです？」

つぎつぎ質問を繰り出す永瀬に、奥間は直接答えず、一人おいた席の副署長の顔色をうかがった。副署長がしぶしぶ了解するときの癖で、細かく首を数回振った。奥間課長が永瀬に向き直る。

「困ったやつだ。こっちから話があると言ったはずだが、まあいい。――それでは教えるが、その前に、事実を聞いても取り乱して騒ぎ立てないよう忠告しておく」

永瀬は取り乱すなと言われて、どう答えたものか迷った。どのような状態を指して「取り乱す」というのか。平常心を失う、という意味ならば既に充分取り乱していた。

「わかりました」

「実はな、永瀬。工藤の一件は、暴発事故じゃないんだ。錯乱した工藤が、山崎の拳銃を奪おうとしてもみあいになり、その際、山崎に向けて故意に発砲したらしい。山崎は肩を撃ち抜かれながらも、拳銃を取り返そうとし、その後、ほかの者も含めた乱闘の最中に、工藤は再度発砲した。そして今度は工藤自身の首に当たった。狙いが逸れたのか、わざとなのかわからん。ただ、取り押さえようとした者の話によれば『自分のこめかみに向けて発砲しようとしていた。誰かが止めようとその手をつかんだので、銃口が下を向き、首に当たった』と説明している」

「自分に向けて撃ったって、そんな馬鹿な――」

「ほかの連中の証言も、それを裏付けている」

「だって、工藤がどうして自殺するんです。息子が生まれてまだ二歳にもならないのに、あんなに可愛がっているのに。奥さんだって――。その山崎っていう野郎が撃ったに違いない！」

「待て、永瀬。いま言ったばかりだろう」

「それじゃその場にいたやつが……」

「よさんか！　永瀬」

奥間課長の喝に、言葉が止まった。

「こっちの話というのはな、おまえがいま口にした、工藤の奥さんのことだ。さっき本人に連絡した。もうすぐここへ駆けつけてくる。解剖の行われる医務院まで連れて行く。

顔見知りのお前がいたほうがいいだろうと思って、声をかけたのだ」

「奥さんが？」

「十分後には出かけられるよう、急いで仕度しろ」

7

永瀬がロビーで待っていると、車寄せに乗り付けたタクシーから、工藤一恵が降りたつのが見えた。

降りるなり、よちよちと歩きだした息子の瑛太を、すぐに抱きかかえ、小走りに自動ドアを抜けてくる。歩み寄る永瀬を一恵の方でも認めた。

——実は、まだ死んだことは言ってない。

課長の言葉を思い出す。動転して、途中で二次的な事故を起こさぬよう、遺族に連絡する時は「怪我」としか伝えないことが多い。それでも、一恵の様子は充分取り乱しているように見えた。息を切らしている。

「どういうことですか？」

抱いていた瑛太を床に降ろし、一恵がうわずった声をあげた。鼻の頭と目の周囲に汗が浮いている。永瀬は首を横に振った。

「詳しくはわかりません。一方的に説明されただけです。工藤が拳銃を自分に向けて発砲したらしい」

「自分で発砲？　拳銃を？　あの人が、どうしてそんなことを――」

潤んだ目で、永瀬を問い詰める。

「おれも信じられない。でも、さっきの会議では、それが正式発表でした」

「それより、どこですか」

「工藤？」

「もちろん」

ふと瑛太に目をやった。いつもとは違う気配を感じるらしく、スカートごと、母の足にしがみついている。柔らかそうな毛が、汗で額にへばりついている。

一恵に視線を戻す決心がつかず、瑛太をずっと見ていた。瑛太のほうでも、見つめ返している。だが、いつまでもこうしているわけにはいかない。

どうしても、そのひと言を言わなければならなかった。それが、いま自分に課せられた使命だ。一恵の目を見て、ゆっくりとかみしめるように吐き出した。

「奥さん。いいですか、良く聞いてください。実は、工藤は……」

「聞きたくありません」

「えっ」

一恵の目には怒りが宿っていた。まるで、真実を告げる人間を許さないとでもいわんばかりに。

「しかし……」

「それより、早く会わせてください。早く、あの人に――」

言っている途中から、みるみる一恵の顔が白くなり、体が傾いた。永瀬があわてて抱きかかえようとしたが、どうにか床に倒れるのをとどめただけだった。手の位置に気を遣い、上半身を支える。

母の異変を見て、瑛太は火がついたように泣き出した。普段はあまり聞くことのない子供の泣き声が響いたため、周囲にいた警官や訪問者が一斉に振り向く。

「奥さん、奥さん」

永瀬は声をかけながら、休めそうなソファを探した。薄く目を開けた一恵が、「永瀬さん」とつぶやいた。

「立てますか。無理なら人を呼んで……」

「大丈夫です。立てます」

永瀬に手助けされて、一恵はゆっくり立ち上がった。まだ大泣きしている瑛太を抱きしめる。

「大丈夫よ。心配ないの。大丈夫、大丈夫」

幾度も、瑛太の髪や背中をさすってやっている。

永瀬は、二人をソファへ導いた。一恵がわびる。

「ごめんなさい、取り乱してしまって。夫にはよく言われていました。『万が一のときも、取り乱すのはひとりになってからにしてくれ』って」

「あいつらしいですね」

一恵は、瑛太をゆすってあやしながら、縁が赤くなった目を永瀬に向けた。

「死んだのは間違いないんでしょうか」

「もうすぐ解剖が始まります。たぶん奥さんを待っていると思います」

解剖という言葉の響きが、夫の死を再び現実に引き寄せたようだ。一旦はこらえた感情が溢（あふ）れでたのか、子供をさらに強く抱きしめると、声をあげて泣いた。笑顔しか見たことのない人物の泣き崩れる姿は、見ていることさえつらかった。

永瀬はかける言葉も見つからないまま、一恵の気持ちが落ち着くのを待った。しかし、一恵はすぐに顔を上げて、永瀬に言った。

「もう大丈夫です。行けます。お願いします」

言葉とはうらはらに、鼻は詰まり目は赤い。

「無理しなくていいですよ」

一恵が行けると言い張るので、外へ出ることにした。公用車、つまり覆面パトカーを使っていいことになっている。もちろん、運転は永瀬だ。

「では行きましょう。工藤が待ってる」

一恵の腕を取って立たせた。

「抱っこしてあげるよ」

今は泣きやんだ瑛太を、永瀬は抱き上げた。永瀬が母親をいじめたわけではないと理解したのか、抱いてもぐずらない。

永瀬は左手一本で瑛太を抱き、残る右手で一恵の腕を引いた。汗ばむ暑さなのに、ひんやりとした一恵の腕の感触に、その悲しみを見た気がした。

8

永瀬がＪＲの運転士、早山郁雄の死を知ったのは、工藤の葬儀が済んでさらに十日以上経ってからだった。

例の捜査本部が立った強盗殺人事件は、犯行に気づいた親につきそわれて、二十七歳の犯人が自首してきて、あっさり解決した。工藤の一件に対する世間の関心が薄れてゆくにつれ、刑事課の動きは、ほぼ日常に戻りつつある。

武井は、課内の福利厚生に関する件で総務課に行っており、席をはずしている。永瀬は、ひと息入れようと、職員向けの自動販売機のところへ、缶コーヒーを買いに行った。自販機のすぐ脇の、一畳ほどのスペースが喫煙コーナーになっている。長いすに座って一服つけている、盗犯係の刑事二名の話している内容が聞こえた。

「しかし、何かの呪いですかね」

冗談めかして言ったのは、青い麻のシャツを着て、柔らかそうな髪を左右に分けた刑事だ。永瀬より三歳ほど年上だ。

「鑑識の工藤。それからあの時の運転士だもんな」

応じたほうは、白いワイシャツ姿で、癖毛をパーマで短めにまとめている。こちらは、そろそろ中年の域だ。ふだんなら気にもとめない会話だが、工藤の名がでたので、缶コーヒーのプルタブを引くのも忘れてそのまま聞いていた。

「そうなんですよ。なんか気味が悪くて。おれもあのとき、人手が足りなくて招集されてたんですよね」

「じゃあ、危ねえな」

「ちょっと、やめてくださいよ」

永瀬は、我慢できなくなって、刑事たちの会話に割り込んだ。

「すみません。その、運転士が死んだっていうのは、どういうことか教えてくれませんか」

急に脇から口を挟まれて、二人は驚いた顔で永瀬を見た。

「なんだ、永瀬か」

中年の刑事が、煙草の煙を吐いた。

「――急に声をかけるから驚いたぞ」

「すみませんでした。それより、その『呪い』ってなんですか」

若い麻のシャツが、煙草を挟んだ指先を左右に振った。

「いや、呪いというのは冗談、冗談」

「その運転士っていうのは、あの時の阿久津を轢いた運転士ですか」

あくまで永瀬が真剣なので、ふたりとも苦笑している。

「そうらしいけどね。詳しくは知らん。噂で聞いただけだ」

「何でも車にはねられたらしいぜ」

「いつですか」

「それが、工藤が死んだのと同じ日らしい。業務中のこととはいえ、人を轢いた罪悪感じゃないか」

中年の刑事が、無責任な感想を口にした。永瀬は礼を言って背を向けた。

「おい。缶コーヒー忘れてるぞ」

うしろから声がかかったが、どうでもよくなっていた。

自席に戻って、書類を探した。自分で作った書類だ。

高田馬場の一件のとき、いわば「自殺の裏付け」の捜査に駆り出されたこともあって、主だった関係者のリストは作ってあった。ただ、二度と使わないだろうと思って、どこかに適当に置いたはずだ。

机の隅の書類入れを二度探したが、未提出だったり書き直しを命じられた書類ばかりで、目当てのものはない。

「ええ、くそっ」

机の引き出しを一段ずつあけていく。結局、最下段の書き損じの書類を適当に放り込んでおくフォルダの中にあった。

《運転士：早山郁雄、JR東日本池袋運輸区所属――》勤務先の情報のあとに、自宅の住所もあった。川口市だ。

自分の机の電話から、早山の自宅を管轄する川口署の刑事課に問い合わせてみた。

ふつうは、いきなり電話をして「そちらで扱った案件について教えてくれ」などと言って、すんなり教えてくれるものではない。現に、最初は適当にあしらわれそうになったが、高田馬場駅で起こった事故の捜査にあたった、と説明したところ、口調が変わった。

「暑い中、ご苦労さまでした」とねぎらうようなことを口にして、書面で送るとまで言ってくれた。すぐに知りたかったので、ひとまず署内のファクシミリで送ってもらった。

無味乾燥な説明文を目で追いながら、その場面を頭に描く。

事件の起きたシーンを脳内に再現するのは捜査に有効だと、武井に教えられた。

それは、七月三十一日、十四時三十分頃に起きた。まさしく、工藤の〝暴発事故〟があった日だ。
早山郁雄の妻、朋子が洗濯物のかたづけなどをしていると、突然大きな物音がして、寝室から夫が飛び出してきた。郁雄は事故以来会社を休んでおり、この日も布団から出られずにいた。
朋子が止める間もなく、郁雄は台所にあった包丁を摑み、自分の額に突きたてた。(ただし、のちの解剖の結果、この時の傷は頭蓋骨の上を滑っただけで、出血は多かったものの、致命傷ではなかった)
驚きながらも、なんとか止めようとする朋子と、包丁の奪い合いになった。この時、朋子は転倒して、手の骨を折る怪我を負った。思うようにならなかったためか、郁雄は包丁をあきらめ、妻を突き飛ばし、家の外に飛び出していった。朋子の記憶によれば、この間郁雄はひと言も発しなかった。

社宅である団地から、裸足のままバス通りに走りだしたとき、折り悪しく通りかかった運送会社の二トントラックにはねられ、全身を強打し、ほぼ即死した。

朋子の話では、二週間前の高田馬場駅での人身事故以来、精神状態が不安定になっていた。風邪の症状が重かったこともあり、会社を休んで療養しながら、二回ほど心療内科に通った――。

永瀬が知る機会を逸したのは、自殺ですらなく、単なる交通事故として処理されたためだった。


ちょうど読み終えるころ、武井が戻って来た。

「武さん。ちょっとこれ読んでみてください」

いきなり書類を差し出された武井が面食らったような表情を浮かべたが、永瀬の顔を見て、何も言わずに書類に目を落とした。

「なるほど」

読み終えた武井の感想だ。

「それだけですか」

気のなさそうな武井に食いつきながら、いつもと立場が逆だなと思った。武井が、興奮ぎみの永瀬をなだめるように言う。

「おれは、車にせよ電車にせよ、人をはねたことはないからなんとも言えないが、気分のいいもんじゃないだろうよ。ノイローゼ気味になるのもわかる気がする」

そうじゃないです、と食い下がる。

「だって、おかしいと思いませんか。阿久津というなんとか管理センターの職員が自殺した二週間後、その現場に臨場した鑑識の工藤が、職務中に拳銃自殺。電車の運転士も錯乱して包丁を振り回したあげく、事実上の自殺。しかも、まったく同じ日にですよ。これ、偶然だと思います?」

武井は、冷静なまま答えた。

「たしかに妙な偶然だとは思う。だが、運転士の早山は、自殺の処理じゃなかったんだろう。地元の所轄が事故だと判断したなら、事故だろう」

永瀬は武井の机に両手を突いて身を乗り出した。

「武さん。おれはあの一件のあと、工藤が最後の瞬間に何か叫んでいなかったか、あの場にいた人間に訊いてまわりました。何か手がかりがあるかもしれないと思ったからです。武さんにも訊きましたよね」

「ああ。たしかに、しつこく訊かれたのを覚えてる」

「でも、だれも覚えていなかった。だけどあれは、覚えていなかったんじゃなくて、工藤は何も叫んでいなかったからじゃないですか。現に、山崎巡査は『無言だった』と証言しています。早山のケースも、終始無言だったという妻の証言があります」

「本当に思い詰めると、人間無口になるもんだ」

「それ、本気で言ってますか。もしこれが臭くないなら、我々の仕事は何なんですか。それに、今にして思えば、工藤は何故行政解剖だったんですか。もっと厳密に徹底的に司法でやるべきじゃなかったのかと思いますね」

しつこいぞと怒り出すかと思った。武井はほとんどの場面で温厚だが、実は内に激しい気性を隠し持っていて、ごくまれにそれが表に顔を出す。

しかしいまは、違った。永瀬の目をじっと見据えたまま、口元には笑みさえ浮かべている。

「そんなことは、おまえが口に出すべきことではない。いいか永瀬、そう騒ぎ立ててどうなる。真実を追求することが最善とはかぎらんのではないか」

「意味がわかりません」

「わからないんじゃない。怒りで見えなくなっているんだ。たとえば、お前が興奮しているそもそもの原因——つまり工藤のあの〝暴発〟事件だ。たしか工藤はお前と同期で、仲もよかったみたいだな。力をいれたくなる気持ちも分かる。奥さん美人だしな」

永瀬は、武井に向けた視線を逸らさずに反論した。

「奥さんのことは関係……」

武井は、軽く右手の指をあげて、永瀬の言葉を途中で制した。

「まあ、聞け。おれもそんなことを問題にしたいんじゃない。工藤の一件は『ノイローゼが引き起こしたささいなトラブル』と、暴発事故が偶然重なった、という処理に落ち着かせるのに、署長らがどれだけ心を砕かれたかわかるだろう」

事実を捻じ曲げるから苦労するんだ、と思っている。

「そのおかげで、死亡退職扱いになり、退職金も支給される。四角四面に処理するなら、懲戒免職で退職金ゼロの可能性だってあるんだ。この差は遺族にとって大きいぞ。しかも幸いなことに、撃たれた山崎巡査も大きな後遺症の残らない怪我で済んだ。もしも〝事件〟として立件すれば、山崎巡査も単なる被害者ですますわけにはいかなくなる。奪われた自分の銃で撃たれるなど、警官としてあるまじき失態だからな。警察にはいられないだろう。彼の未来を奪うことになる。

さらに、当の工藤だが、間違いなく送検だ。被疑者死亡のままな。そうなれば、退職金あるなしどころの騒ぎじゃないぞ。たしかまだ小さい男の子がいたじゃないか。父親を犯罪者にしてもいいのか」

床をにらみつけたまま、永瀬は下唇をかみしめて、何かを大声で叫びそうになるのをこらえていた。武井が、慰めるような口調で続ける。

「それにな、工藤の一件については懸案事項ではない。決まったことだ。事故として処理する、とな」

「ひっくり返すことだって可能なはずです。それに、立件するかどうかと、真実を確かめることは……」

「くどいぞ、永瀬！」

武井の声がついに荒くなった。周囲にいた職員たちが、おどろいてこちらを見ている。

武井が苦笑して、なんでもないんだというふうに、手をひらひらと振った。

武井は机に両肘を突き、握り合わせた拳であごをたたきながら、抑えた声で、言葉を選ぶように語った。

「ひとつ忠告しておく。お前のことだ、勝手に動き回ったり、下手をしたら署長の所まで談判にいきかねない。だが、これ以上は無理だぞ。たとえ署長に掛け合っても変わりはしない」

「どういう意味ですか」

「その頭の中に、豆腐が詰まっているのでなければ、少しは考えてみろ。――もう行け」

武井は、関係のない書類に目を通しながら、あごをしゃくった。それきり顔も上げず言葉も発しない。

武井のいいたいことはわかる。上層部が蒸し返さないのは、工藤や山崎巡査のためではない。幹部たる自分たちのためだ。もしもそんな不祥事を起こしたなら、そしていままで握りつぶそうとしていたことが立証されてしまったら——。

それこそ、全員警察官としてのキャリアは終わりだ。あえて、何の得にもならないだけでなく、自分の首を絞めることになる捜査など始めるわけがない。そんなことはわかっている——。

永瀬は机に戻るなり、つま先が当たったゴミ箱を、思い切り蹴飛ばした。それは転がっていって誰かの机の脚に当たり、中身をあたりに撒き散らした。

そのとき、部屋に入ってきた刑事のひとりが、「おい、たいへんだぞ」と声をあげた。そとの通路をばたばたと走って行く足音も聞こえる。

武井が問う。

「なんだ、どうかしたのか」

「自殺した」

フロアの中の温度が一気に五度ぐらい下がった感じがした。

「自殺ってだれが」武井の声は、その先を聞きたくないと語っている。

「山崎だ。交通課の山崎巡査。工藤に肩を撃ち抜かれた山崎だ」

「あいつが?」

「入院先の病院で、突然めちゃくちゃに暴れて、そこらじゅうのものを壊して、非常階段の踊り場から飛び降りたらしい」

「だめか」

「十四階で、下はコンクリートだそうだ」

そのあとしばらく、だれも口を開かなかった。

永瀬はカレンダーを見た。

工藤の自殺から、ちょうど二週間が経っていた。

第二部　潜伏

《二〇〇三年七月》

1

その手紙も、《西寺製薬株式会社代表取締役社長西寺信毅様》宛で届いた。

世間に対して「社長の西寺信毅は、自分宛の投書すべてに目を通す」という建前になっている。

『ユーザー第一主義』の社是を掲げた、前の社長でもあり、実の父でもある、西寺喜久雄会長の理念を踏襲した形だ。

もちろん、部下にもそう指示している。特に、秘書室長の佐脇紀之には。

しかし実際は、佐脇が「読んで気分を害さない」内容の手紙だけを残すよう、ふるいにかけているのも知っている。その中から、その日の気分によって、数通から多いときで十通程度に目を通す。

手紙に神経を使う理由について、あらたまって口には出さないが、信毅と佐脇には共通の認識がある。

三年前に一度だけ届いた、ある手紙に起因する。

そこには、国内はもちろん、世界市場でのランキング入りを目指すこの大手製薬会社に、激震を見舞わせる事柄が書かれてあった。誰が何の目的で書いたのか、なぜ一度きりで終わったのか、すべてが謎のまま今日に至っている。

なぜ強く印象に残っているかといえば、脅迫状というにはずいぶん控えめなその文章と、実際に起きた悲劇との落差が激しいからだ。信毅の記憶にはっきりと刻まれ、いまでも似たような封書を見ると、脈が速くなる。

できれば読みたくはないが、知らないよりは知っていたい。そんな複雑な心境から、西寺社長は手紙に神経を配るのが習慣になった。

そして三年が経った今も、出社した日には欠かすことのできない儀式として、続いていた。


十時に社長室に入った西寺信毅は、まず、何も言わずとも出されるコーヒー――豆は銘柄を指定している――を味わってから、新聞にざっと目を通し、ようやく、昨日の夕方の便で届いた郵便物のトレーにとりかかった。

ほぼ毎日、夕刻以降は会合の予定が入っているため、夕方の到着便は翌朝確認する習慣になっている。

佐脇がいつものとおり、三段重ねのトレーに仕分けし、昨日のうちに机の上に置いたものだ。愚鈍な男だが、その程度のことはそつなくこなせる。佐脇は、死んだ妻の従弟にあたる。兄弟もなく、親戚の数も少なかった妻は、この従弟を引き立ててくれと、しつこいぐらいに信毅に頼んだ。

その人物を見抜いていたので、当初は聞き流していたのだが、あるときバーのホステスに手を出したのが妻にばれて——佐脇が漏らした可能性もあるのだが——弱みを握られる形になり、この要職に抜擢せざるを得なくなった。

要職ではあるが、自分で差配する案件は少ない。指示は信毅が出すし、実務は社長室の部下たちがこなす。

ようするに、秘密を漏らす才覚もなく、汚れ仕事もする道具として使っている。

佐脇が仕分けした手紙は、通常の業務関連、私信、そして投書と、おおまかに分けてある。私信はほとんどない。今日もゼロだ。業務関連はあとでいい。まず投書に目を通す。今日は二十通程度だろうか。それを一通ずつ、宛名の筆跡などを確認しながら、たまに気になったものを開けていく。

《規定量以上に飲まなければ効かないのは何故か。1・5倍飲むということは、1・5倍の値段で買っているのと同じである》

《風邪薬が粉末では、咳き込んでしまって飲めない》

《甘すぎる。薬は苦くてよい》

うんざりしながら、次々に「処理箱」と呼んでいる、机の脇のゴミ箱に放り込んでいく。あとで佐脇がシュレッダーにかける。どれもくだらない、取るに足らない内容だ。すぐに飽きた。

次に、業務関連の手紙にとりかかる。こちらもまた、相も変わらず役員の入れ替えだとか子会社と連結決算になったとか、どうでもいいような内容ばかりだ。

おおきなあくびが出た。コーヒーでも持ってきてもらおうかと、内線電話をとろうとしたとき、ドアがノックされた。

「はい」

答えるかどうかのタイミングで、佐脇が飛び込んで来た。

何かあったようだとすぐにわかった。小心者なので、すぐ顔に出る。

「社長」

百メートル走でもしたように、はあはあ言っている。

「どうした。敵対的買収でもされたか」

言ってしまってから、こいつにそういう冗談は通じなかったなと思った。

「違います。き、きました」

濃紺のハンカチにくるんだ白いものを差し出す佐脇の手が、緊張のせいかわずかに震えている。それを見て、すぐに意味を理解した。信毅の背中も強張(こわば)る。

「みせてくれ」

佐脇が、大股で机まで歩み寄り、手紙を差し出した。信毅はそれを素手で受け取ろうとした。

「社長、もしかすると、指紋などの証拠が……」

「なんの証拠にするんだ」

最後に「馬鹿もの」と付け加えるのは、時間の無駄なのでやめた。

そもそも、ある程度のことをなす犯罪者なら、指紋など残すわけがない。

信毅はかまわずに素手でそれを受け取り、まずは表書きを見た。正しい所在地、宛名が、プリンタで印刷してある。消印は《芝郵便局》になっている。わざわざこの会社の近くまで来て投函したのだろう。裏返して差出人の名前を見る。

《ニシデラハジメ》

なんだこれは――。

親戚筋でこんな名の人間は、ひとりしか思い当たらない。

西寺肇(はじめ)、信毅の祖父だ。ほそぼそとした薬屋を営んでいたのを、人を雇って地方まで行商に出し、商売の規模を一気に大きくした。西寺帝国の実質的な創業者だ。

三里四方に薬屋などない田舎へ行くと、東京風の洒落(しゃれ)たラベルを貼った瓶の薬は、競うように欲しがられた。ただ、高価なのでだれでも買えるわけではない。顧客は高級役人や、商家、もと庄屋であった豪農などだった。

地方の旧家の蔵は、お宝の山だ。現金の持ち合わせが少ない彼らから、販売代金がわりに、本人たちがその価値に気づいていない古美術品や小道具などを入手し、それを転売して財をなし、今日の西寺製薬の礎を作った。

もちろん、その祖父の名を騙(かた)っているに違いない。その真意はなにか――。

気になる。緊張はするが、不思議なことにあまり不快感はなかった。ただ、血流が早くなっている。これは、平凡で代わり映えのしない、薄味のおかゆをすすっているような毎日に、突然放り込まれた唐辛子だ。

中から出てきた手紙も、一見したところ、ありふれたコピー用紙にインクジェットプリンタで印刷されているようだった。断言はできないが、見た目は似ている。しかし、似てしまうのがむしろ普通だろう。一方で、文面はかなり印象が違う。

《赤い砂を償え
遺族に二億ずつ、一週間以内に支払うこと
実行されない場合には鉄槌(てっつい)が下るだろう》

「鉄槌とはどういう意味だ」

ぼそりと口からこぼれた。

「わかりません」

佐脇が恐縮して答える。腹が立つ。ひとりごとだ、おまえになんか訊いていない。

「どこのどいつだ。祖父さんの名を騙るとは、ふざけやがって」

「しかし、『赤い砂』を知っているということは、やはり事実関係を握っていると考えたほうがよろしいでしょう」

どうしてこいつは、そうやってわかりきったことしか言わないのか。そんな人間を、ただ単に「裏切りそうにないから」とか「妻に乞われたから」とかいう理由で、この重職につけた自分を呪った。

まあいい。作戦本部は自分の脳の中にある。

「広報の——ええ、野崎だ。野崎に確認させろ。マスコミの様子を探ってみろ。但し、藪蛇にならないようにしろとな」

「承知しました。野崎部長に連絡いたします」

佐脇がドアから出て行くときには、すでに次に打つべき手を考えていた。

2

手袋の中の手が汗ばんでいたのは、手紙に書いた内容のせいばかりではなかった。伝達という目的だけからすれば、今ならもっと安全で身元が割れない手段もある。しかしパソコンのメールでは操作ひとつで消滅してしまう。ただの悪戯と思われたのでは計画が狂うのだ。処理に困った担当者が上へ上へと送り、最高責任者まで届いてこそ意味がある。

音声を変えた電話、という方法もとりたくなかった。後ろめたい人間にとっては、文字にして見せつけられることが、一番衝撃が強いのだと確信している。それになによりあの会社は、届いた手紙はすべて社長が眼を通すと宣伝している。最高責任者の目に触れることは間違いないだろう。だから、最初のコンタクトから危険を冒して手紙という手法を選んだ。

封筒も用紙も、大手メーカー製品を量販店で買い求めた。開封のときから手袋をはめていたし、切手もシートで買った。ワープロソフトもプリンタも、国内トップシェアのものだ。指紋や購入先から身元が割れる可能性は、ゼロとみていい。

この手紙を読んでそして現実を知ったとき、奴らは何を思うだろう。反省や後悔をするだろうか。いやきっと彼らは、最初に慌てふためき、逃げ道を探り、責任をなすりつけあい、最後はいいなりになる。それが日本人だ。かりに空が落ちてきても、自分の頭に当たるまで、他人事でしかないのだ。ならば我が事にしてやる。

どうせ、最初の手紙を奴らは無視するだろう。だから自分が勝手に賽を投げて、物語の第二章を始めたのだ。

こけおどしだと思い込んでいる奴らの、驚く顔が目に浮かぶ。警察は動くだろうか。動いてもかまわない。どのみち最悪の道をたどった場合は、警察の看板にも泥が塗られることになるのだから。いずれにしても幕は上がってしまっている。

机の上には、西寺信毅が書いた、西寺肇の半生記が置いてある。本のタイトルは『一握の野望』、表紙は、西寺肇の若き日の顔写真をアップにしたものだ。もちろん読んだ。何度も。敵を倒すには敵を知ることが大事だ。皮肉なことに、この本にもそう書いてある。

指紋がついていないはずのスティックのりをひねる。先端を出し、封筒のフラップの部分に塗った。

3

社長の西寺信毅は、ひとまずは脅迫状を黙殺することに決めた。

広報部長の野崎からは、これという目立った動きはないと報告を受けている。佐脇には、引き続き内密に調査するよう命じた。

「承知いたしました。すぐに手配いたします」

指示を受けた佐脇の返事は、素早く軽かった。むしろ不安になる。やはりこいつには、あまり重要なことはまかせられない。こんな大事なことを、そんな簡単に承知してしまっていいのか。慎重さが足りないのだ。

このところ、佐脇に対する不満が臨界点に達している。そのうち、なにかしくじったら、すっぱり切ろうと思っている。

「で、だれに頼むつもりだ」

佐脇は、はい、と自信ありげな笑みを浮かべた。

「適任と思われる人物がおります。斉田哲男(さいだてつお)という男です。池袋の探偵社の社長です。阿久津との橋渡しを依頼した人間です」

「大丈夫なのか。放火犯に夜回りを頼むようなものじゃないのか」

佐脇は、鼻をふくらまさんばかりに、得意げに言った。

「当然、それは検証済みです。今回の手紙の件、本人にそれとなく確認しましたが、まったく身に覚えがないということでした。嘘をついているようには思えません。――いえ、お待ちください。勘で申しているわけではありません。もし、あいつが強請るのだとしたら、こんな回りくどいことはしません。直接わたしに連絡してきます。現に、前回のとき、追加料金を無心してきましたから」

「そんな話は聞いていないが」

「社長のお耳を汚すようなことではありませんから。それに、きっぱり断りました。それに加えて、あいつの性格なら、ほかの人間に金を渡すぐらいなら、ぜんぶ自分に寄越せと言うでしょう。その一点をもってしても、あいつの仕業ではないと思います。逆に言えば、いま、もっとも信頼できる人物ということになります。じつは、すでに斉田にこの手紙の差出人について探るよう依頼して……」

「わかった。もういい。なにか進展があったら教えてくれ」

そう言って、部屋を出ていくよう、手で示した。

西寺は、佐脇のやることが成果を生まなかった場合は、自分で手を回そうと考えていた。実は、このようなときのために、西寺製薬には警察ＯＢの天下りポストが用意されている。

製薬会社では、その製品の特性上、訴訟含みのもめごとは、日常茶飯事である。顧問弁護士だけでは間に合わない事柄もあり、警察にパイプをつないでおくことにメリットがあった。

「顧問」という名の役員待遇で、主に警察庁OBの天下りを受け入れている。

現役時代の役職は、局長のすぐ下の参事官や課長クラスだ。「課長」と聞くと知らぬものは軽んずるが、階級でいえば警視長にあたる。人口の多くない県なら、県警本部長に匹敵する、そこそこの大物だ。

今の顧問には、園原誠司という、警察庁長官官房の審議官経験者を置いている。長官官房は、エリートだらけの警察庁の中でも、さらにえりすぐりのエリート集団だ。つまり、なかなかの大物だ。三年前のあの手紙のあとで来てもらった。それまでの課長クラスより、報酬を上乗せしてまで飼ってきたのは、この日のためだ。

彼に相談するのが最終手段である。いまだに、古巣にかなりのコネを持っていると聞く。しかし、それは諸刃の剣だ。逆にこちらのことが警察に流れる可能性も大きいとみなければならない。やつらは、退職したあとも仲間意識が強い。

結局は頼むことになるとしても、園原ルートは時期尚早――それが信毅の出した結論だった。

とりあえずは佐脇のお手並みを見る。

三日過ぎ、五日が過ぎた。この間、追加の脅迫は来なかったが、斉田探偵事務所も、まったく成果を上げることはできないようだ。

関西方面へ出張などしているうちに、あっという間に一週間が過ぎた。手紙が届いてから八日目の朝、佐脇を社長室に呼んで今後のことを話し合った。

「ただの脅しだったようですね」

「まだ安心するのは早いだろう。予告どおりなら、今日あたり何かアクションを起こすはずだ」

「わかりました」

しかし、その後も変わったことはおこらず、とうとう二週間ほどが過ぎた。

「やはり、何かで三年前のことを知った奴が、便乗してあわよくばいくらか金でももらおうと、あんなものを出したのではないでしょうか。しかし、脅すことはできても、現実に金を受け取るのは難しいですから。断念したのではないでしょうか」

「そうだといいがな」

その翌日。恐れていたものが届いた。

前回と同じく、佐脇があわてふためいて社長室に入ってきた。手にしたものを、信毅におそるおそる差しだす。

「きたか」

外装も、宛名のプリントも、前回と同じだった。差出人の名はまたしても《ニシデラハジメ》。

ふざけやがって——。

《最初の鉄槌は下された
支払いをするまで、赤い砂の連鎖は止められない
自分で蒔いた種をだれか他人に刈ってもらうならば、
相応の対価は払わねばならない》

信毅は、顔が熱を帯びてゆくのを感じた。

後半二行は、信毅が著した『一握の野望』に出てくる一節だ。もっとも、著したといっても実際はインタビュー形式の取材を何回か受けて、それを基にライターが書き起こしたものだ。事前にゲラをもらったが、それすら読んでいない。佐脇に渡して「西寺家と会社に不利益なことが書いてないか」だけをチェックさせた。

たとえば、肇の弟、つまり信毅にとって大叔父にあたる人物は、二十歳の若さで早世した。肺を病んでいたというが、結核ではなかったらしい。あえていえば風邪からくる肺炎をこじらせたのが原因ではないかと伝わっている。肇はこのことからも、発病初期

における対症療法の重要さを痛感したという逸話だ。

信毅は、このエピソードの部分を、もっと悲劇的に脚色するよう要望を出すなどした。

この『蒔いた種』と『対価』の部分は、たしかに信毅が述べた内容なので、覚えている。

それにしても、『赤い砂』のこともそうだが、この脅迫犯は『西寺』のことをよく調べているらしい。つまり、挑戦状なのだ。おちつけ、と自分に言い聞かせる。激情に駆られては、判断力が鈍る。

「鉄槌とはどういう意味だ？　下されたとは誰のことだ。きみはどう思う」

「わかりません」

この無能が。

「まさか、三年前の再現になるんじゃないだろうな」

佐脇の顔が青ざめて、強張っている。この無能の小心ものが。

「いまさらだが、阿久津とかいう、死んだ職員の遺族は調べたんだろうな」

佐脇は、もちろんです、と答えた。

「斉田に、ほとんどつききりで調べさせました。完全にシロとは言えませんが、かかわりはなさそうだと言ってます。しょぼくれた母親とぱっとしない息子の二人暮らしで、パソコンやプリンタを持っているかすら疑問な生活レベルだそうです」

「人は外見じゃわからんぞ。とくに犯罪者はな」

「いまでも、しっかりマークしているはずです」

はず？　はずとはなんだ。しっかりとはどういう基準なんだ。

西寺は、いまは恐喝犯よりも、目の前におどおどしながら突っ立っている、血のつながらない従弟に猛烈に腹を立てていた。

――こいつを、『赤い砂』の宿主にして臨床試験をすればよかったのだ。

「この差出人は、一体何者だ。何故知ってる。どういうことだ」

佐脇に答えられるはずもないことはわかっているが、それでもつい口に出してしまう。

いらいらと視線を泳がせるうち、その佐脇の間の抜けた顔に目がとまった。

「まさか、おまえ」

「と、とんでもありません。私がなんで――」

腰をぬかさんばかりの佐脇の態度に、西寺はすぐに疑いを解いた。

「至急総務に連絡して、社内に変わったことがないか確認をとれ。欠勤した社員全員に連絡をとらせろ。確かめるんだ、生きているかどうかかな」

「はい」

あわてて佐脇が出て行こうとするのを、背中から呼び止めた。

「ちょっと待て」

「はい」まだ何か、という顔をしている。

「まさかと思うが、そのままストレートに『生きていますか』などと訊くなよ」

「あ、はい」

「それから、斉田に連絡して、進展がないか聞いてくれ」

「承知しました」


秘書課に内線をかけて、コーヒーのおかわりを頼んだ。少し酸味の強い豆を指定した。

それをブラックで飲みながら、六割は脅迫状を、残り四割で仕事のことを考えていた。

突然ノックの音がして、ろくに返事もしないうちに、またあわてふためいた佐脇が飛び込んで来た。

「社長――」

それだけ言って、言葉に詰まっている。

やはりこの男、次の異動で、一生二度と顔を合わせない部署へとばしてやると決めたが、その表情を見て冗談交じりの気分は吹き飛んだ。和紙を貼り合わせた能面みたいな顔をしている。

「なんだ、こんどはどうした」

「斉田に連絡がつきませんでした」

「それで、しょぼくれてるのか」

「事務所に、電話したのですが——」

「何だ。早く言え」

「電話に——。最初に、電話にでたのは、警察でした」

「警察？　あいつ、何かやらかしたのか」

だから言っただろうが。

「そうではなくて、斉田が、あの男が、死んだそうです。自殺らしいのですが、詳しくは教えてくれませんでした」

4

今年は記録的な冷夏になりそうだと、世間では騒いでいる。七月も、三十度を超える日は数えるほどしかなかった。

あの夏は暑かったが、と永瀬遼は思う。同窓生にして同僚、そしてなにより友人であった工藤巡査部長が死んだ、三年前の夏だ。

自殺の動機などについては、結局のところ何も解明はされなかった。それは、何も工藤が差別されたわけではない。「自殺」と判断し、そこに犯罪性がなければ、それ以上警察は介入しない。本当に自殺ならば、だ。

それに、表向きは「事故」扱いになっている。自殺ですらない。あたりまえだ。鑑識係とはいえ、現職の警察官が同僚の拳銃を奪い、発砲し、重傷を負わせ自分を撃った。こんなことが公になったら、署長の首どころではすまないだろう、総監や、場合によっては警察庁の長官、あるいはさらにその上の引責問題になっただろう。

隠蔽（いんぺい）はそれだけではない。

工藤のほかにも、わかっているだけで三名、関係すると思われる自殺が起きている。電車に飛び込んだ、疾病管理センター職員の阿久津久史。その二週間後に、阿久津を轢いてしまった運転士の早山郁雄。同じ日に工藤、そしてさらにその二週間後に、工藤に拳銃を奪われ、大けがを負った山崎浩司巡査。

どう考えても偶然とは思えない。あきらかにつながりがあると思われるが、彼らのあいだに個人的なつながりはない。工藤と山崎は同じ署に勤めていたが、自殺前の聞き取りで、山崎は「工藤さんとは面識がない。ほとんど話したこともない」と証言している。

そして、このときは「早く怪我を直して、職務に励みたい」と前向きな発言をしていたという。それが、事件から二週間後に、急に錯乱したようになって、室内をめちゃくちゃに破壊し、廊下に飛び出して、すれ違う人を突き飛ばしながら、非常階段の踊り場から飛んだ。やはりこの間、ひと言も発しなかったという。

人間関係が無縁なら、こういう仮説が成り立つ。

「ある人物が自殺する場面に居合わせると、その二週間後に、錯乱状態となり無言のまま自殺する」

まるでホラーではないか。非科学的だ。それに、〝目撃者〟ならほかにもたくさんいる。

どうして彼らだけだったのか。あえていうなら「触れるほど近くにいた」ということだろうか。

だとすれば、やはり「悪霊」のようなものが取り付いていて、宿主が死んだ瞬間にその体から離脱し、近くの人間に憑依（ひょうい）する——。それでは怪談だ。

まじめな会議の場では口にだせないほど現実味がないので、結局うやむやになったが、みな心の中で無関係ではないと思っているはずだ。

怪しい事案なのに、上層部の都合と「怪しすぎるから」という理由で風化していくことが悔しい。三年経ったいまでは、ほとんど話題にもならない。

今年の夏、永瀬は、管内の連続強盗傷害事件を追っている。高田馬場駅近くの繁華街。大通りから一本路地を入った物陰で酔っぱらいを殴り倒し、昏倒（こんとう）している間に金品を奪う、いわゆるノックアウト強盗が、連続発生している。ついに重傷者が出た。倒れた際に頭を打ち、昏睡状態が続いている。

捜査本部が立ち、捜査一課が乗り込んでくることになった。ローテーションの関係で、五係だ。

五係といえば、奇しくも三年前、工藤の事件があったときに組んでいたのも五係だった。

そして、やはり三年前と同じく、長谷川則彦巡査部長と組むことになった。顔合わせのとき、こんな奇遇もあるんですね、と挨拶したら、偶然なわけないだろ、と笑われた。

「係長に言って、指名したんだよ」

驚いた。

「自分をですか」

「ああ。永瀬さん、あんた不愛想といえば不愛想だが、よけいな口をきかないのがいい。そのわりに、やることはきっちりやる。そういう相手はやりやすい。その逆の場合は最悪だ。ひとりのほうがましなぐらいだ」

三年前にくらべて口調がくだけていたので、永瀬もつられて笑った。不愛想なところが気に入ったと言われたので、気が楽になった。お愛想を言ったり、どうでもいい天気の話で場をつないだりなどは、もっとも不得手とするところだ。

その長谷川と歩き回って二週間、ほとんどこれという証拠も証言も出てきていない。

奪った財布は、現金だけ抜き、カード類は残したまま、大胆にも商業施設のトイレに捨ててあるのがみつかった。入り口からそう遠くない場所に監視カメラはあるが、さすがにトイレの中にまではない。それでも、その前の定期清掃から発見された時刻までのあいだにトイレに入ったと思われる人物を洗う作業がなされた。

若者の街であり、夜の込み合っている時刻ということもあって、一時間十数分のあいだに、百人を超える利用者があった。ほぼ手ぶらの人物や、高齢者、小学生以下の子ども、あきらかに強盗とは無縁そうな勤め帰りのサラリーマン、などを除いても、まだ半数が残る。

録画チームはこれをひとりひとりプリントアウトし、現場付近で聞き込みしたり、面取りのため流したりしているが、成果は出ていない。

今日の「お勤め」に出かける前に、他署で起きた案件を聞いた。

池袋にある探偵社の経営者が、事務所の窓から飛び降り自殺した。動機は今のところ不明、職員の目の前で四階の窓から飛び降りた。いまのところ事件性は見られない——。

また飛び降りか。

三年前のことを思い出していた矢先だったので、複雑な気分になる。どうしてみんな、〝解決法〟として自殺を選ぶのか。もちろん、それなりに事情をかかえているのはわかる。苦しい思いをして生きていくより、楽になりたいのだろう。

しかし、もしもかなうなら永瀬は反論したい。死ぬのは逃避ではないのか。自分が楽になればそれでいいのか。残された者の生活や思いは無視するのか。たとえばあの日――。

「永瀬さん、いこうか」

もう何年も前に封印したはずの記憶を、掘り起こしかけた永瀬に、長谷川が声をかけてきた。

「あ、すみません」

詫びて歩きだす。

ふたりの仕事は地取りと呼ばれる聞き込みだ。

例のトイレ近くの映像を入手してからは、二十代、三十代と思われる男性の上半身を拡大しプリントしたものを持って、近隣の商店を中心に訊いて回っている。

絞ったといっても、まだ二十三人も残っている。高校生のアルバイトの店番しかいなくて話にならなかったり、留守であったりと、二度、三度訪問しなければならない店も多い。運よく本題に入れてからも、すんなりとはいかない。

「この中に見覚えのあるかたはいませんか」

「見たことがない」と断言してくれれば、まだいい。ほとんどが「さあ」と答える。

「見たことあるような気もするが、よく覚えていない」という答えだ。

しかたなく、しばらくその場にいて思い出すのを待つ。結局埒が明かない。「何か思い出したら、あるいは見かけたらご連絡ください」と名刺を渡して、次の店へ行く。

気力と体力を要する仕事だ。

それでもなんとか、高田馬場駅近辺から、しらみつぶしに南下して、新大久保駅近くまでやってきた。しかし、成果はほとんどゼロだ。


探偵社社長の飛び降り自殺のニュースを知って、さらに一週間ほど経った。

午後一時を過ぎて、ランチタイムの潮が引いたころ、少し遅れて昼食にした。

冷夏とはいえ、外回りは疲れる。どうしても味の濃いものや麺類が多くなる。今日は、目についた店構えの広い蕎麦屋に入った。長谷川はザルの大盛りを、永瀬は冷やしたぬきと小どんぶりの海鮮丼のセットを頼んだ。

できるのを待つ間、ふたりとも、そこにあった週刊誌を開いた。食事の時間ぐらい、仕事の話はしたくなかった。

グラビアには、謹慎中の政治家がパーティーを開いてご機嫌な場面だとか、アイドルと若手男優のお忍びデートシーンだとかの隠し撮りが続く。興味がないのでぱらぱらとめくると、『ウィークニューズ』という、先週一週間のニュースのダイジェスト版のコーナーがあった。

その中に、あの探偵事務所の社長の自殺に関する記事が出ていた。記事にした意図は、この探偵社の社長が、数年前のインサイダー取引の仲介役をしたという疑いがかかった人物だったからだ。しかし、その件に関しては結局不起訴になっている。今回の自殺はそれと関係があるのか、という思わせぶりな内容だった。

永瀬が気になったのは、ついでのように載っていた職員の証言だった。

《前の日まで全然悩んだようすもなくて、元気いっぱいだったのに、あの日突然なんだか暴れ出したんです。――そういえば、めずらしく夏風邪をひいたとかいって、何日か休みましたけど、もしかするとあの休みのあいだに何かあったのかもしれません》

夏風邪をひいた――。

ひっかかった。開いたページで止めたまま、何が気になるのか考えた。ほどなく、注文したものが出てきた。

そばをすすり、海鮮丼をほおばりながら、記事を読み返す。

「なんだ。気になる記事でもあったか」

三週間も一緒にいるので、しかもこれで二度目のコンビなので、そこそこ気心は知れて来た。当初よりくだけた口をきくようになったのは、親しさのあらわれだろう。それでも、戸山署の先輩たちよりはずいぶん紳士的だ。

「いえ、とくには」

長谷川は、そうか、とうなずいて話題を変えた。

「ところで、そろそろ店じまいかもしれないな」

「本部のことですか？」

長谷川は、ずずずっと音をたててそばをすすった。肯定の意味と受けとめる。

たしかにそうかもしれないと思う。本部が立って三週間あまり、進展はまったくといっていいほどない。危篤だった被害者はその後持ち直して、起き上がれるほどに回復したという。そしてなにより、捜査本部が立ってから、犯行が止まってしまった。連続犯は捕まるまでやめない、というセオリーがある。しかし、この犯人には何が都合があったのかもしれない。

「たたむのはいつごろですか」

長谷川は、次のそばを飲み下して答えた。

「まだはっきりとはわからんが、数日のことかもしれない」

「そうですか」

応援要員を含めて、これまでに何度か捜査本部の一員として働いたが、ここまで収穫がないのは初めての経験だった。

「心残りだがな」

たしかに、刑事というものは途中で投げ出すのを嫌う人種だ。とくに、長谷川のようにこれまで数多くの実績をあげてきた刑事なら、悔しさもそれなりに大きいだろう。結局、所轄署、つまり永瀬たちが継続捜査することになる。


「長谷川さん。ちょっとお願いがあるんですが」

店を出てすぐに永瀬が切り出した。

「なにか」

「ひととおり終わったあたりでいいですが、野暮用で二、三時間、暇をもらえませんか?」

長谷川が永瀬の顔を見た。もちろん、こんなことを永瀬が口にするのは初めてだ。コンビを組んで日が浅ければ「私用なら勤務が終わってからにしてくれ」と言われたかもしれない。しかし長谷川は、永瀬に、やむにやまれぬ事情があるのだろうと察してくれたようだ。

「さっきの週刊誌に何か書いてあったか?」

「どうしてそう思うんです」

長谷川は、なめんなよ、と笑って、こぶしで永瀬の胸を突いた。

「あれを見たときから、何かずっと考え事をしてる。心ここにあらずだ」

「すみません。そのとおりです。ちょっと昔の事件にかかわりそうなことがあって」

「おれには言えないことか」

「いえ、秘密にするほどのこともありません。ただ、あまりに雲をつかむような話なので、うまく説明できませんし、話してもわかっていただけるかどうかわかりません」

長谷川は、永瀬から視線を外して、ふっと息を吐いた。

「わかった。そういうことなら、ひととおりなどと言わず、今ここで別れよう」

「えっ、そんな」

「鉄は熱いうちに打てっていうだろう。こっちの聞き込みは、おれひとりで間に合う。どのみち、急にでかい獲物がかかったりはしないだろう」

「ありがとうございます」

腰を折って、礼を言った。


永瀬は、斉田探偵事務所が入ったビルの正面に立っていた。

この場所は、一週間前の速報を聞いた日に、気になって調べておいたのだ。

「気になったことは放置しないで、メモするなり、裏をとるなりする習慣をつけろ」

それも武井に教わったことだ。

雑居ビルで、問題の事務所は四階にある。道路に向いた窓には、『調査・相談、迅速・信頼——斉田探偵事務所——』という、派手なシール印刷が貼られている。間違いない。

入り口に警備員などはいない。勝手に入って、エレベーターに乗る。一階はコンビニ、二階三階はタイ式マッサージ、五階と六階は居酒屋系の飲食店が入っている。このあたりでは典型的なビルだ。

四階で降りて、事務所の前に立つ。自動ドアではないガラス製の扉を押して中に入る。

「ごめんください」

形ばかりのカウンターのようなものがあるので、そこから声をかけつつ、事務所の中をすばやく観察した。

グレーの事務机が四台、奥まったところに責任者のものらしき両袖の机、その脇に簡単な応接セット。反対側の壁際に書棚。コピー機が一台。四台向き合った机に二人の女と一人の男が座っている。

乱雑な机の上の書類を整理していたらしい三人が、そろって永瀬に視線を向けた。なんとなく、これから引っ越しをするような散らかり具合だ。社長が死んだので、会社をたたむのかもしれない。

「なんでしょう」

あまり丁寧でない物言いで、若いほうの女性社員が応対した。

永瀬は身分証を提示しながら名乗り、少々話が聞きたいと言った。

「お待ちください」

女が戻っていったが、全員に話は聞こえていたはずだ。ひそひそと何か話し合っている。だれが応対するか、おそらくそんなことだろう。結局、中年の女性社員がこちらへやってきた。

「どんなことでしょうか？」

「いくつか、もう一度確認したいことがあります」

地元の警察と思い込んでくれるのを期待した。ここは、管轄外だ。許可も得ずに、よそのシマで勝手なことをやっている。ばれたら大問題だ。しかし、ばれなければ何も起こらない。

「知っていることは、もうお話ししましたけど」

あきらかに迷惑そうに言う。これが犯罪者であれば、もう少し態度も変わるのだろうが、なにも悪いことをしていないという意識があるのか、忙しいのに迷惑だという表情を隠さない。

なんとか手短にすませますから、と押し通し、応接セットに座ることができた。ソファに、この女と、結局は男の職員も並んで座った。

「移転ですか？」

事務所の中を見回して訊く。木本と名乗った男の社員が答える。

「いえ、会社は終わりです。税理士さん、弁護士さんと相談して、清算の方向ですすめてもらっています。幸い、負債はなかったみたいなので、すんなりいきそうです」

「わたしたちの退職金はきびしそうですけど」

井上（いのうえ）と名乗った女が、不服気（げ）に口を挟んだ。気持ちはわかる。

「ならばお忙しいと思いますので、さっそく用件に入らせていただきます。まず、社長さんが亡くなったその時の様子を、もう一度聞かせて下さい」

井上が目をむいた。

「ぜんぶですか」

「ひととおりでけっこうです。何度も話すうちにあらためて思い出すこともよくあります」

「自殺なのにですか」

「自殺と断定するための、最後の聞き取りです。これでもう、おじゃますることはないと思います」

もちろん思いつきだ。あとは野となれ山となれだ。

木本に促されて、井上はしぶしぶという感じで語り始めた。

「何度もお話ししました通り、あの日社長は、『ちょっと頭痛がしてだるい』と奥の部屋で休憩されてました」

「頭痛、ですか」

「ええ、そうです。たしかそう言っていました」

「それで、社長さんは奥の部屋で休まれたんですね。ちなみに奥の部屋とは？」

「秘密の度合いが強いお客様との打ち合せや、社員ミーティングをする部屋です」

井上が気味悪そうにひとつのドアに視線をむけてすぐに戻した。気乗りしないようすだったが、話し始めると記憶が鮮明によみがえるのかもしれない。

永瀬は、隣の部屋に通じるらしいドアを見つめた。

「その部屋も、あとでもう一度見せて下さい。それで？」

「――それで、しばらくしたら〝ごん〟〝ごん〟っていう、壁を叩くような低く響く音が聞こえてきて――」

井上はそこで一旦、呼吸を整えた。

「壁をたたく音」

「それは、そのことはもういいじゃありませんか」

いまだにその音がきこえるかのように、井上は頭を振って言った。唇がわずかに震えていた。

「どうぞ続けてください」

「ドアをノックしても、名前を呼んでも返事がないので、部屋に入りました」

「鍵はかかっていなかったんですね」

「はい」

「それで」

「社長は――あの音は――、社長が、壁に頭を打ち付けている音だったんです」

井上は再び言葉に詰まり、ハンカチで鼻を押さえた。

「社長は、わたしが中に入っても振り向きもしないで、壁に頭を打ちつけていました。そのたびに〝ごん〟っていう音が響きました。びっくりしてかけよって、『社長どうしたんですか！』って肩に手をかけました。そしたらようやく社長が振り向いて、その顔に――」

井上は、ハンカチを顔全体に当てたまま、先を続けられなくなった。となりの木本も目尻を指で押さえていた。永瀬はよけいな口を挟まず、井上の感情が収まるのを待った。下手に「わかります」などと合いの手を入れると、急に「何がわかるんだ」と怒り出したりするものもいる。激情が湧き上がっているときは、よけいなことは言わないほうがいい。二、三度鼻をすすり上げて、井上が続けた。

「振り向いた社長の額は血だらけでした。その時ついた血が、まだ壁に残ってます。洗っても落ちないんです」

「自分で血だらけになるまで頭を打ちつけていたんですね？」

「はい」

「何かしゃべりましたか？」

「いいえ、無言でした。何か言ったのかも知れませんが、覚えていません」

「そうですか。それで」

「社長は、突然わたしを突き飛ばしました。とっさに殺されると思いました」

「殺される？　何故そう思ったんです？」

「目です。いつもの社長の目じゃありませんでした。怒ってるとかそういう言葉では説明できません」

「正常ではなかった？」

「はい。――でも、わたしを突き飛ばすと、もうわたしのことは頭になくなったみたいで、あっというまにドアから飛び出していきました。わたしはあまりびっくりしたので腰を抜かしたみたいになって、しばらく立てませんでした。そしたら――」

再び井上が思い出したくないように、身体を震わせて両腕で自分を抱えた。

「そしたら？」

「風が吹いて来たんです」

「風？」

永瀬は、生ぬるい風が首筋を吹き抜けるように感じた。

「つまり、だれかが窓を開けたということですね」

「はい、社長ご自身です。——でも、とっさには、なんだろう、としか思いませんでした。立ち上がろうとした時、どこか遠くで『どすん』という音がしました。事務所側に戻ると、やはり窓が開いていて社長の姿が見えませんでした」

「その時、ほかのかたは？」

黙って聞いていた木本が答えた。

「私は仕事で出かけていました。杉浦(すぎうら)君は——あっちの彼女ですが——お弁当を買いに出かけていたそうです」

「すると、井上さんと二人きりだったのですね」

「はい、何度もしつこく聞かれましたが、ほかに誰も居ませんでした。その直前に訪ねてきた人もいませんし、電話もかかってきていません。でも、私が社長をどうにかできるわけないじゃないですか」

少し収まりかけた興奮が、さっきよりもひどくなった。しかたない。最後まで訊くしかない。

「そんなことは誰も考えていないと思いますよ。——それでその後は？」

「窓に近づくのも怖かったんですけど、でも見ない訳にもいかなくて。——窓から見下ろすと、思ったとおり、道路に倒れている社長が見えて、何人か人が集まっていました。

だからわたし、一一九番に連絡して、そしたら『警察にはこちらから通報しますか?』って聞かれたので、お願いしました」

井上が再びハンカチに顔をうずめてしまったので、またしばらく待った。

「もう少しだけお願いします」

永瀬としては、彼らと約束するまでもなく、さっさと切り上げたい理由があった。なんといっても他署の事件である。それも独断で目撃者の話をとっている。所轄の人間と鉢合わせしようものなら、ちょっとした騒ぎになりかねない。

「社長さんは何も言い残さなかったのですね」

「はい。うなったりとかはしたかもしれませんが、意味のあることは何も」

「最近、社長さんに何か変わった様子はありませんでしたか?」

「特別落ち込んだり、トラブルを抱えているようには見えませんでしたが」

「どんなことでもいいんです。会話の内容などを思い出してもらえませんか」

それには木本が答えた。

「そういえば、むしろ新しい大口の仕事がとれそうだと喜んでいました」

「新しい大口の仕事?　そう言ったのはいつ頃ですか?」

「あんなことがあった日の、二週間ぐらい前です」

「具体的にはどんな仕事か聞いていますか?」

「それが、その後その話は二度としませんでした。機嫌はそれほど悪くなかったので、話は進んでいるのだと思っていました。ただ、なんといっても、社長はあまり人に腹の中を見せる人じゃなかったですから」

「その『大口』の仕事に関するスケジュール表や、提案書みたいなものは？」

ふたりそろって顔を左右に振った。

「見ていません」

「なるほど。——ところで、経理を担当されているのは？」

「わたしです」

井上が右手を軽く挙げた。

「心当たりのない入金などは？」

「今のところありません。でも、仮にすでに仕事が発生していたとしても、企業相手なら、たいていは翌月末以降の支払いですから、振り込まれるのはもう少し先のはずです」

「わかりました。最後に、先ほどお話に出た、隣の部屋をちょっと見せて下さい」

案内され、中に入った。そこは十畳ほどの部屋だった。風景画が一枚飾られているほかは、これといった装飾などはない。スタンダードな応接セットと、会議に使いそうな長方形のテーブルがひとつ、その周囲に椅子が六脚、あとは、簡単な書棚などがあるばかりだ。

奥の壁のちょうど真ん中あたりに、だいぶ薄くはなっているが、明らかに血痕とわかるしみがついていた。近寄って観察したが、これという変わった印象はない。

事務所に戻りながら、最後の用件を切り出した。

「たしか、斉田社長は、夏風邪をひかれていましたよね」

「はい」と井上が答える。「あの日の十日ぐらい前だったと思います。何日か休んだりしました。あの社長が風邪で休むなんてめずらしいって話していました」

ねえと言って、こちらを見ている杉浦を含めて、三人がはじめて静かに笑った。

「当日はどうでした」

「はい。一度治りかけてよくなったのに、またぶり返したと言って、奥の部屋で休んでいたんです。まだ朝のうちは『なんだかすっきりしないな』とか、ぶつぶつ言ってましたから」

永瀬がゆっくりくり返した。

「治りかけた夏風邪が、ぶり返したと言ったんですね」

「はい。そうですが、それがなにか」

「いえ、これもまた念のための確認です」

事務所の中を通り抜けながら、いま思いついたように言った。

「そうだ。社長さんの名刺入れを見せてください」

前と変わっていませんけどと、どうやらいちいち愚痴をこぼすのが癖らしい井上が、それでも応じてくれた。社長のものだったらしい机から、Ａ４サイズのリングファイルを二冊取り出した。机の上で開く。その中には名刺がきっちり整理してあった。几帳面な性格だったようだ。

永瀬は、ほぼ五十音順に並んだ名刺をめくった。「あ行」を探したが目当てのものは無かった。こんどは、「か」行の後半を指先で追いながらひとつひとつ確認していった。

そしてついに目的のものを発見した。

《国立疾病管理センター　阿久津久史》

その時、二人連れの男が事務所に入ってきた。

「ごめんください」

同業は直感でわかる。これ以上とどまることは、すべてをぶち壊しにする可能性すらあった。永瀬は、新しい訪問者に事務所の三人が気をとられているすきに、阿久津の名刺を抜いた。そっとポケットに落とし込み、退去の挨拶をした。

今まであれこれしつこかった永瀬が、急に引き上げようとしているので、事務所の人間は不思議なものを見るように、挨拶を返した。

訪問者ふたり連れのうち、年配で背が高く顔色の悪い男が、擦れ違いざまに、永瀬の顔をちらりと見た。エレベーターを待たずに、非常階段兼用の狭い階段を駆け下りた。

5

西寺信毅社長のほか、四人の重役が、十二階の重役専用会議室にいた。

業界でも指折りのワンマンぶりが有名な信毅だったが、社内にはやはり派閥というものは存在していたし、ポスト創業家を狙うものもいた。

西寺製薬本社には、取締役と名の付くものだけで十二名いるが、今ここにいるのは、その中でも信毅派の核とも呼ぶべき四人だった。

普段、部下の意見はほとんど取り入れたことのない信毅にとっても、さすがにひとりの腹に納めて握りつぶすには事が大きくなりすぎた。

あろうことか、探偵社の斉田が、例の症状を呈して死んだ。あれが、単なる自殺でなく、人為的な外因があるのだとすれば、脅迫者の『鉄槌』は、まず斉田に下されたことになる。しかも、三年前の一件を含め、これまでわかっている「最後の発症まで感染後約二週間の潜伏期間」という症例と計算が合わない。

つまり脅迫者は、こちらがどう出るかに関係なく、脅迫状を出すとほぼ同時に、なんらかの手を使って斉田を感染させたのだ。

「最初に率直な意見を聞きたい」

信毅が、煙草の煙を吐き出しながら切り出した。

最近、喫煙室以外は禁煙というルールを採用する会社が増えている。特に、都心の大手では、それがむしろ社としてのステイタスになっている感もある。ここの役員会議室も他社に先んじて原則禁煙としたが、社長みずからその禁を破った。

そもそもは、社のイメージ的に禁煙を宣言していたのだが、例の手紙が来てからは、一本二本と吸い出して、いまではすっかり人目をはばからず、口にくわえるようになっていた。

もともと喘息(ぜんそく)の気がある野崎取締役広報・宣伝部長は、隣の席で煙をうまくかわしているのが、信毅にもわかった。

「きみ」

最初にその野崎を指名した。もちろん、あわてさせるためにわざとだ。

社長が信毅に代替わりしてから、急速に登りつめた役員の一人だ。陰湿な性格が災いして先代の覚えは良くなかった。コネと、巧みに社内で作る〝貸し〟で築きあげた情報網が、最大の財産という男だ。その情報網を駆使して集めたものを、全て信毅に差しだして――それが先代を早めに引退に追い込む手立てにもなったのだが――この地位を得た。

飲み屋で、信毅の夜の精力について冗談を言ったことが元で、地方に消えた課長もいた。〝通報〟したのは、野崎という噂らしいが、信毅は知らない話だ。課長ごときの陰口でいちいち腹を立てたり人事に口を挟んだりするほどひまではない。忖度(そんたく)した野崎がかってにやったのだろう。

どちらでもいい。人気取りのために弁解する気もないし、社員の人生になど関心はない。悪口を言えば飛ばされる危険のある会社で悪口を言ったのが事実ならば、それは危機管理意識のなさの証左だ。左遷や出向は当然だろう。いやなら辞めればいいのだ。勤め先はいくらでもある。

額の汗をぬぐいながら、野崎が発言した。

「いましばらく、先方の出方をみるべきだと思います」

間を置かず訊き返す。

「これ以上出方をみてどうする。すでに『鉄槌』とやらを下しはじめたぞ」

野崎は、手もとの、あまり意味のないレジュメから視線を上げずに答える。

「再度要求があれば、補償金の額で折り合いをつける交渉を試みてはいかがでしょうか」

「脅迫者のいいなりになれというのか」

「いえ、いいなりではなく、交渉と――」

煙草の煙を吐き出しながら喋るため、そのほとんどが野崎の顔にかかった。咳き込みそうになるのを非常な努力でこらえているのが面白い。

「結果は同じことだろう。とにかく、そんなつもりはない。——次、中谷」

あっさり切り捨てられた野崎は、真っ赤に顔を染めてうつむいたまま固まっていた。

「別の探偵事務所を使って、探ってはいかがでしょう」

中谷取締役総務部長は、緊張したときの癖で、しきりに眼鏡を触っていた。

「探偵事務所？　斉田の二の舞いになる恐れがあるんじゃないか」

中谷は、いえ、と強い語調で切り返しながら、犬猿の仲である、木之内取締役開発部長にちらりと視線を走らせた。

「斉田のような男を使ったことが、そもそも間違いだったと思います。もっと大手で仕事の堅い所を知ってます」

「うん——」

こんどは即座に否定せず、信毅は腕を組んでつぶやいた。

「それもあるな」

今日はじめて信毅が口にした肯定的な意見に、一瞬、ざわざわとした空気が流れる。みな、その空気を読もうとしている。

木之内が赤い顔をして、発言した中谷のほうを睨んでいる。最初に斉田を使ったのが木之内だったことを、みな知っている。

それにしても、と信毅は思う。ここまで聞いてきて「警察に届けよう」と言うやつがひとりもいない。こいつらの道義心はどうなってる。

「ひと通り聞く。次」

視線を向けたのは、まだ顔を赤らめている木之内だ。木之内は用意しておいたらしい答えを、ほぼよどみなく口にした。

「斉田のところに何が残っていたのか。それを調べるのが先決です。それ次第で態度を決めるべきではないでしょうか。探偵社の職員に探りをいれてみます」

「それはもうやりました。当然」

佐脇が自慢げに割り込む。

「――結局、何もめずらしいものは出てきませんでした。もちろん、例のもの、も」

「この場で、もってまわった言いかたなどしなくていい。――つまり、うち以外にも『赤い砂』を入手したやつがいる、ということだな。すくなくとも、脅迫者は持っている。しかも、脅されるまで気づかなかった」

木之内がますますしどろもどろになる。

「そこはまったくの想定外でして……」

「おまえたちが想定して、当たったことが何かあるのか。だいたい、そもそもの原因になった例の開発はどうなってる」

不意打ちを喰らって、木之内の視線が泳いだ。

「現在全力をあげまして……」

「何年全力をあげたら実がなるんだ。結果を出すのに、あとどのくらいだ」

「先週の報告書にも書いておきましたが、最低一年――」

西寺は黙って見つめ返した。木之内の額に汗が浮いていた。

「――せめて、十カ月」

「遅すぎる。三年近くもやってて、まだ実用化できんのか」

「はあ、ウイルス研究というものは非常に手間がかかるものでして。それに、ご存じのように『赤い砂』はRNAタイプですので、変異しやすく……」

「聞き飽きた。RNAだろうがDNAだろうが関係ない。そんなことは、はじめからわかっていたことだろう。あと半年でなんとかしろ。十月には、『赤い砂』の正規のサンプルが日本に入ってくる。各社手ぐすねをひいている。ほかが、うちと同じことをしていないとどうして確信がもてる。それどころか、もっと金を使っているかも知れん。選挙速報じゃあるまいし、ウイルスを受け取ったとたんに『当社は成功しました』とやられたら、これまでのことが水の泡だ。いいか、どうあっても今年度決算前には結果を出すんだ」

演説ほどの長ぜりふを一気にしゃべったが、木之内は細かいところをついてきた。

「お言葉ですが、ウイルスを入手していきなりとはさすがに……」

「そんなことを説明してもらうために給料を払ってるんじゃない。無理ならいまここでそう言ってくれ。別の人間にやらせる」

椅子の背もたれに背をあずけ、わずかにのけぞる姿勢をとった。そのまま、木之内の返事を待つ。

「では、そのように」

「それこそ『みなさんご存じかと思いますが』来年にはいよいよ新社屋の竣工(しゅんこう)だ。増資をするのにには材料が必要だ。認可まで行かなくていい。一例でも臨床結果がでればそれでいい。株がはね上がる。自社株を持ってるきみらだって、にわか億万長者だろうが」

多少の道義心など、ゴミ箱に投げ入れる程度の金は手にするのだ。

うつむいたまま返す言葉を持たない木之内に、煙草を挟んだ二本指を差し向けた。

「それとも、きみの責任で〝風説の流布〟をやってくれるか？　フライングのリークだよ。万が一後ろに手が回っても、退職金ぐらいはくれてやる。ん？　どうだ」

あわてて顔を上げた木之内が、すがるような視線を西寺に向けた。

「それは……」

「だったら、研究員にハッパをかけて本腰でやらせろ」

「はい」

うなだれた。どいつもこいつも骨のないやつばかりだ。とっくに本腰をいれてやらせていることなど知っている。専任の研究担当員を五人増やした。残業・休日出勤も、多い者では百時間になろうとしている。すでに、他の研究開発に支障が出始めている。早く区切りをつけたいと最も切に願っているのは、他ならぬ木之内本人だろう。

そんなことは知っているし、理解している。だが「がんばったけどだめでした」という論理は、企業の辞書にはない。

「最後、佐脇」

「はい」

ふだんのこうした会議より、態度に余裕が感じられる。ほかの連中よりも、一足早く脅迫の事実を知っていたため、それだけ考える時間が多くあったからだろう。

「社長、これはもはや警察に連絡すべき事態ではないでしょうか」

相変わらずのばかなのか、起死回生で思いもしない奇策を練ってきたのか、もう少し聞いてみることにする。

「ほう。ようやくまっとうな社会人の意見が出たな。で、どこまで話す。三年前のあの件が蒸し返されたら、ウチも犯罪行為の共犯だぞ」

「あれはしかし、無かったことで双方が納得したのでは？」

たしかに一理ある。あれは、あまりに影響が大きかったので、疾病管理センターとの協議の結果「無かったこと」にすることで合意に至った。表ざたになったらまずい、関係機関の思惑が、その一点で一致したためだ。そして、研究支援の名目で、十億以上の金を払った。

「疾病管理センターも口裏を合わせてくれるはずです」

めずらしく一理ある。罵倒せずに反論する。

「しかし、窃盗は——まだほかにももっと重い罪があるかもしれんが、かりにあれを窃盗ということにしよう。知ってると思うが、窃盗は親告罪ではない。いくらお互い納得していたと言ったところで、立証されたら終わりだ。警察はともかく、検察は、やる気になればなんとしてでもやるぞ」

「こんなときのために、園原さんに来ていただいているのではないでしょうか」

信毅自身、迷った選択だ。皆の前で白黒つけるのも面白い。

「一理あるが、藪蛇にならんか？　痛くないどころか、かなり痛い腹をさらに探られることになるだろう。彼はもともとあっちの人間だ。ぎりぎりになれば、古巣にしっぽをふるんじゃないか」

「おっしゃるとおりです。じつは、これも斉田にさぐらせていたのですが、園原さんの事情ですね。彼は……」

「ちょっとまて。そもそもの話だが、たしか斉田とかいうやつの事務所は、全部で四、五人のちっぽけな所帯じゃなかったか？　三年前のときも思ったが、そんなやつがどうして、公的機関や公務員と裏のつきあいができるんだ」

「まさに、いま社長がおっしゃったのが理由です。大手事務所が動けば、目立ちます。相手も警戒します。それに、企業は大きくなるほどリスクを避けます。ことなかれ主義に陥っていきます。『記者クラブ制度』で骨抜きにされた大手新聞が、政治家のスキャンダルを暴けなくなったのと同じです」

こいつ、昼寝から醒めた山羊みたいな顔をして、そんなことを考えていたのかと、少し見方を変えた。

「演説中わるいが、結論をいそいでくれ」

「失礼いたしました。そんなわけで、多少不審がられることをクリアできれば、失うもののない斉田みたいな男のほうが思い切ったことができるわけです」

「たしかに、最後に思い切ったことをしたな」

ほかのメンバーから苦笑が漏れた。佐脇は、少しだけ不愉快そうな表情を浮かべたが、すぐに気をとりなおしたように、先を続けた。

「その斉田が――まだ噂レベルで裏付けまでいっていませんでしたが――仕入れた情報ですと、園原さんは『負け組』に入っているようです」

「負け組？」

野崎が口を挟んだが、信毅がちらりと睨むとうつむいてしまった。

「みなさん、ご存じのように、いわゆるキャリア官僚たちの目指すところはひとつ、事務次官クラスです。東大卒がごろごろいる中で、一、二年に一人しか就けない超エリート席です。この争いに敗れたものは――正確には勝ち目がないとわかったときに、早期退職します。そして天下りをします」

「そんなことはわかってるよ」

木之内がやじをとばしたが、信毅はそのままにした。

「失礼しました。それで、園原さんはその早期退職エリートの一派でした。警察庁の一般公務員の最高位は警察庁長官です。俸給的には事務次官と同等ですが、権力という意味においては他省庁の事務次官より強権です。任期も、他庁と違って数年に渡るのがめずらしくありません。園原さんがついていた人物が、この長官ポスト争いに負け、連座で早期退職となったわけです」

「だから、多少のことで古巣にいちいち言いつけたりしない、というわけか」

「おっしゃるとおりです。むしろ、敵愾心（てきがいしん）を持っていると思います。そしてそろそろ次の人事で長官が替わるはずですので、手札は増やしておきたいはずです。それに、なんといってもいまは、西寺製薬から報酬を得ているわけですから、ここは腹をくって警察への対応はおまかせになってはいかがでしょうか」

「どうしたんだ。別人のようだな。きみが腹をくくるところを初めて見た。まさか、当社の栄養ドリンクでも飲んだのか。――わかった、そうしよう。園原さんにはおれが話す」

「ありがとうございます」

佐脇が礼をいい、ほんの一瞬、木之内へ視線を向け、また信毅を見て、にやりと笑った。いいたいことはすぐにわかった。三年前のすり合わせ内容を思い出してくれ、ということだろう。もちろん忘れてはいない。

「最悪の場合は開発部長がドロをかぶる」

木之内本人を抜いた重役会議で、そう取り決めたはずだった。

その気配を察したわけではないだろうが、木之内開発部長が反論した。

「私は反対です。あの事実が公になれば研究そのものが頓挫する怖れもあります」

この木之内のその場しのぎの反対意見が、結果的に信毅の背中を押した。

「いや、決めた」

西寺は、組んでいた腕をほどいて、佐脇に指示した。迷いはもうなくなっている。

「園原顧問を呼んでくれ。二人で話したい。みんなご苦労さん。今日のところは以上で解散だ」

会議を招集しておきながら、気が変わった途端にメンバーを追い出すように解散する。

気づかないふりをしながら、信毅は退出してゆく重役どもの表情を盗み見ていた。どの顔も屈辱感をありったけの自制心で押し込めているのがよくわかった。いやなら辞めろ。理由があってのワンマンだ。忠誠心のテストだ。

信毅は、最後に一礼して退室しようとした佐脇を呼び止めた。二人きりになった部屋で、さらに声を落とすのは信毅にしてはめずらしいことだった。

「三年前の関連書類はすべて処分したはずだな」

「はい」

「念のため、もう一度調べておいてくれ。但し――」

「はい」

「木之内が係わっていた事実を証明する書類は残してあるな」

大丈夫です、と佐脇がうなずく。

「きっちり保管してあります」

佐脇にしては、大胆な笑みを浮かべた。

園原顧問を待つあいだ、コーヒーをもう一杯入れてもらった。

こんどは酸味を抑え、ダークローストの豆を指定した。香りを楽しみながら、窓から見える景色を、ぼんやりと眺める。何かを思考するのに、ここは好きな場所だ。

信毅は、木之内が最初にこの話を持ちかけてきた日のことを、鮮明に覚えている。

彼が「二人だけで話したいことがある」と訴えてきたのは、三年前の五月の連休直後のことだった。

木之内は、西寺製薬の重役陣の中でも、異色の存在だった。研究畑を歩いてきたのだが、学術派としてはめずらしく、野心に富んでいた。

別なチームが進めている研究の、成功直前の上澄みだけを、ごくあたりまえのように掠（かす）め取る、というようなことさえしばしば行った。

熱心な研究者ほど、なかなか検証にピリオドを打とうとしない。ひとまずの成果が出ているにもかかわらず、だ。納得がいくまで、実験や検証を繰り返そうとする。しかし営利企業は、研究が終着の目的ではない。開発が一年延びただけで数億から数十億の単位で、費用が膨らむ。

会社としては、「見切り発車」とまでは言わないが、ある程度のところで成果が欲しかった。そんなとき、この木之内は、研究途中の事案もうまくまとめ、時には一部改竄（かいざん）までして形あるものに結実させた。そのまま商品になったものさえある。

そして、成功の名誉はチームの長の手に渡る。したがって、同僚には受けがわるいが、上司の覚えはめでたかった。平均よりときにかなり早いスピードで階段を上っていった。

私利私欲のためだけではない、という顔はしているが、結果的に自分がいい目を見ているのだから、説得力はない。同僚の恨みを買うことはあっても、敬意をはらわれることはありえない存在だ。あの、ことなかれ主義の佐脇でさえ、木之内を目の敵にしている。

しかし、成果をあげれば人格はあとまわしにされるのは、企業倫理の裏の顔だ。『専門知識を持った上に、開発研究をマネジメントできる才能』を売りに、ついには取締役の一員に名を連ねるようになった。『非合法すれすれの橋を渡る』と揶揄（やゆ）されてきたが、〝すれすれ〟として公表するのは、どうにか違法性がないからであって、信毅から見ても、道義心を持ち合わせているようには感じられない。

その木之内が持ち込んだ案件について、余人を交えず、二時間近く話し込んだ。最初の三十分ほど、木之内の説明を一通り聞いた後で、最初に信毅の口からでたのは「それは犯罪ではないのか？」という疑問だった。

「法的には」

「法的には、だと。おれに犯罪に手を染めろというのか？」

爆発しかけた信毅を、あわてて木之内がなだめた。

「もちろん、社長はご存じ無いことです。それに、わたしも表にでるつもりはありません。知り合いの探偵社に間に入らせます。この男は割と汚い仕事もこなします。万が一発覚したとしても窃盗です。多めに金を握らせれば、一人で被るでしょう」

「しかし、そこまでしなくとも、なんとかならんのか？」

「いま、政府は面子（メンツ）にかけて、新しく作ったレベル4対応の研究施設を稼働させようとしています。金はあるのですが、いろいろと課題が山積みで、だいぶてこずったようです」

「課題とは？」

信毅は、問題点を一般化するのが嫌いだった。「うちの子は野菜嫌いで」という母親を軽蔑する。「うちの子はピーマンとシイタケとニンジンが嫌いで、キャベツはホイコーローにすれば食べる」と分析するのが、あたりまえだろうと思っている。

「たとえばですね、国が管理するのか、民間に委託するのか、その利権を管轄する部署ですとか、あるいはもっと根が深いところでは、候補予定地の住民の反対が強くて、買収すらままならなかったとかです。どうにかこの夏あたりから稼働の目処が立ったようですが、もたもたしているいまがチャンスです。他社に抜け駆けするのは」

「しかし、ライバルは国内だけではないだろう。アメリカや欧州にはでかい会社もあるし、政府も協力的のようだし、先を越されるのは目に見えている」

「もちろん、承知しています。だから、その先を行くのです。あるいは、目先を変えると申しますか」

「どういう意味だ」

ようやく、木之内の話に興味が湧いた。

そしてその説明を聞いて、現実的に思えてきた。犯罪者としてさらしものになるのは絶対にごめんだが、誰かが泥をかぶれば、製品は生き残る可能性が高い。製品が生き残るなら、それと一緒に西寺の名も残る。

名誉欲をくすぐられた。だから、あえて金銭の話にした。

「確かに、うまくいけば利益はでるだろうな」

「『利益がでる』という言葉は適切ではないと思います、社長。発表したとたんに、株価は数倍あるいは十倍以上に跳ね上がるでしょう。特許さえとってしまえば、向こう十年は何もしなくとも、パテント料だけで現在の経常利益を凌(しの)ぐでしょう」

信毅は、うむ、と答えて、頭の中でいくつかの計算をした。

「それに利益だけの問題ではありません。実用化すれば、数億人単位の人命を救うことになります。ジェンナーによる天然痘ワクチンの発見に匹敵する快挙です。我が社の名と社長の名が、永遠に記憶されるのです」

信毅は、最後の決断を下す前の癖として、腕組みをしたまま目を閉じた。本当は、すでに心は決まっていた。

「予算は？」

「研究費はほかの事例よりは多めにみていただいたほうがよろしいかと存じます」

つまり、百億単位ということか。

「ウイルスの入手そのものには、一千万もあればよろしいかと。そして、この方法は〝ヒト〟の免疫システムに頼りませんので、ギリギリまで動物実験でいけると思います」

「問題は、入手方法ということか。――わかった。任せる。予算に関しては、佐脇と相談してくれ。今から俺は忘れる。なにも聞いていない。いいな？」

「はい。次にこの話題を出すのは、成功のご報告をする時です」

木之内は得意げな、そして西寺が生理的に嫌いな、左右非対称の歪んだ笑顔を見せた。


ドアをノックする音で、三年前の回想から引き戻された。

「社長直々に、何かご用ですか？」

筋肉の上にすっかり脂肪がのった体をゆするようにして、園原が部屋に入ってきた。

案内してきた秘書課の社員に、アイスコーヒーをふたつ頼んだ。

西寺は応接セットをすすめて、自らも腰を降ろした。園原はひとつ唸って、体を窮屈そうに畳んだ。

園原の青いチェック柄のシャツの襟回りには、トレードマークとなったループタイがゆるく巻き付いている。冷房が効いているにもかかわらず、右手には扇子が握られていた。赤みの強い顔に人当たりの良さそうな笑顔を浮かべてはいるが、長い官僚――それも警察官僚——人生で染みついてしまった、さぐるような目の鋭さは消しようがなかった。

園原が反り返って歩く理由は、単に腹が出ているからばかりではないことを、西寺製薬の社員は皆知っていた。彼らは「反り腹」とあだ名を付けている。

「実は、三年前の事件で脅迫されています」

信毅はいきなり本題を切り出し、脅迫状を示した。三年前の連続自殺事案のとき、園原はまだ天下ってきていなかったが、当然事情は知っている。

「脅迫？」

園原は差し出された二通の脅迫状に、事務書類でも読むような表情で目を通した。うーん、とひとつ唸ってから、

「あまり、べたべたさわらん方が良かったですね」

手紙をそっとテーブルに戻した。

「正直言いまして、最初は握りつぶすつもりだったもので」

「なるほど——。こうして相談ということは、その後何か具体的な動きがあったということですか？」

いつの間にか開いた扇子で煽いでいる。

「ええ、斉田とかいう、例の探偵社の社長が死にました。詳しくはわかりませんが、自

殺だそうです」

「自殺ね。——この鉄槌というのがそれを指すのか」

ドアをノックする音がして、社員がアイスコーヒーをそれぞれの前に置いて出て行った。その間、園原は腕組みをし、反り返るようにソファに背をあずけ、しばらく天井を睨んでいた。取締役から新人まで、およそ社員の中で西寺社長の前でそういう態度をとるのは〝反り腹〟ただひとりだった。

秘書課員が出ていき、園原がやや前かがみになって、続きを口にする。

「人が死んだことと絡みがあるとなれば、警察に届けておかないと、あとで立場が苦しくなるのでは」

「しかし、脅迫のもととなった理由を尋ねられたら、三年前の一件を出さざるを得ない。それは、できるだけ避けたいと思います」

「しらを切ったらどうです」

「わたしだけならなんとかなると思いますが、うちの連中は小心者か裏切者か愚鈍なやつらばかりで」

園原が、そのあだ名のとおり、反り返って大笑いした。

「西寺社長、おことばですが、それがあなたのよくないところです。彼らだって人間だから、感情があります。犬だって——比喩じゃなく本当の犬のことですが、叱ってばかりいる飼い主と、愛情を注いでくれる飼い主では、態度がまるきり違いますよ」

園原が西寺の目をじっと見つめてきた。妙に澄んだ、それでいて底の見えない沼のような瞳を、西寺も見返した。

「わかりました。どうすればいいでしょう」

「わたしも、何人か知り合いがいます。その人間に非公式に話してみます。だれがいいかな――」

再び目を閉じて、考え込んだ。自分で納得がいったらしく、うなずいた。

「うん、二、三心当たりがあります。ちょっとコレが必要になるかもしれませんな」

そう言って二本の指で杯を傾ける仕草をした。酒宴の席を設けて〝手土産〟を持たせることを意味していた。

「それは、お任せします。佐脇に言っておきますので金のご遠慮はいりません。しかしそれで秘密裏に処理できますか？」

「やはり、スケープゴートが必要になるかもしれません。一人でいい。腹づもりしておいてください」

「わかりました。よろしくお願いします」

園原は、扇子で太股（ふともも）のあたりを叩きながら、入って来たときと同じように悠然と退室していった。

いつの間に飲んだのか、アイスコーヒーのグラスはすっかり空になっていた。

6

朝の定例会議が終わって、席を立とうとした時だった。

「永瀬、ちょっといいか」

課長の三島(みしま)に呼び止められた。奥間課長の後任だ。

工藤の一件は、対外的には事故で済ませられたが、たとえ事故だとしても、拳銃暴発で死者が出たのだ。だれかが責任をとらねばならない。戸山署でいえば、署長、副署長、刑事課長の三名が異動になった。降格はなかったが、事実上の左遷で、とくに署長は出世の〝戦力外〟になったという噂だ。

永瀬と武井はそのまま居残っている。これにも違和感はある。本当なら、時期的に転任辞令が出てもいいころだった。特に武井はすでに六年目に入っている。ひとつの署としては異例の長さだ。これはこれで、政治的な意図を感じる。不満をぶちまけた永瀬とセットで〝危険物〟扱いされているのだ。

だけど、と永瀬は自分にいいきかせる。やることをやるだけだ。

三島課長は、前に立った永瀬を少し待つよう手で制して、他の人間が会議室から退出するのを待った。横に目をやれば、どうやら武井も残るらしい。

武井は今回、連絡要員として、本部に残っている。あれはあれできつい仕事なのだが、外回りは体がもたないと上司も判断したのだろう。昨年、妻をがんで亡くした。胃の不調を訴えて検査をしてから、わずか半年の命だった。それ以来、古いことばでいう「おとこやもめ」の雰囲気を漂わせている。

最後の職員が気を利かせてドアを閉めたのを見て、三島は永瀬に向きなおった。会議室に今は三人きりだ。三島はいきなり本題に入った。

「永瀬。おまえ、池袋の探偵社の社長が自殺した一件に、首を突っ込んでいるらしいが、ほんとうか？」

どうする。シラを切るか——。

永瀬は一瞬迷ったが、課長が口に出すからには何か根拠があるのだろう。所轄署から連絡がきたと考えるのが妥当だ。ならばとぼけるのは時間の無駄だ。

「何か問題がありましたか？」

永瀬の返答に、先に反応したのは武井だった。

「そう言うからには事実なんだな？」

「本当です」

口を半開きにしてあきれている。武井の性格からすれば当然かもしれない。

「本庁の長谷川刑事はどうした？　まさか、一緒か？」

「訳は言わずに、別行動をお願いしました」

　武井はひとまずほっとしたようすだったが、三島は、きさま、とうめいた。三島がすぐに次の言葉を発しないのは、怒りのあまりだった。口から泡を飛ばさんばかりにして、怒鳴る。

「それは誰の指示だ。どの事件の捜査だ」

「どなたの指示でもありません。戸山署（うち）が抱えている事件とは関係ありません」

　三島の顔色が、どす黒いほど赤くなった。

「それなら、なぜそんなところへ行った。服務中だろうが」

「個人的に調べてみたいことがありました」

「寝ぼけたことを言ってるんじゃない！」

「いや、しかし……」

「いまうちが、未解決の事件をいくつ抱えていると思ってるんだ。そもそも、捜査本部（チョウバ）が立って、おまえはその専従だろうが。そっちはどうした。ひとつも成果を上げんで、よそのシマのそれも自殺なんかに係わっている場合か」

　成果を上げていないのは、ほかの署員もおなじことだが、そんな反論はしない。代わりに、どうしても言っておきたいことがある。

永瀬はわずかに身をかがめて、言葉に力を込めた。

「課長、聞いてください。これは三年前の高田馬場駅の、転落死事故に関係があると思います。あれがただの自殺でないとするならば、工藤も何らかの形で巻き込まれた可能性があります」

だがそれは、三島の怒りを静めるどころか、火に油をそそぐ結果になった。

「ばか野郎。そんなことだろうと思った。いいか、よく聞け。あれは終わった事件だ。何度言えばわかるんだ。工藤の件も、なんとか最低限の騒ぎで収まった。何故いまさら蒸し返す。三年前の自殺と関連があるなんてことをマスコミが嗅ぎつけたら、奴らは大喜びで飛びつくぞ。それがどういうことを意味するかわかっているのか。当然、当時の捜査内容がやり玉にあがるにきまってる。工藤のことも蒸し返せば何を書かれるかわかったもんじゃない。おまえはそうしたいのか。いいか二度と首を突っ込むな」

こんどこそ本当に唾を飛ばしながら一気にまくしたてた。

もしも、奥間課長が今でも残っていたら「だめもとで、こっそりやってみろ」と言ってくれたかもしれない。しかし、三島にとっては前任者の不始末だ。自分にまで火の粉がかかってはたまったものではないだろう。気持ちはわからなくもない。理解はできるが、尊敬はできない。

黙ったまま突っ立っている永瀬の顔を、三島は持っていたボールペンの尻で指しながらいい放った。

「よく聞くんだ、永瀬。これは命令だ。二度と池袋には行くな。いや、池袋だけじゃない。あの一件は忘れろ。一切だ。逆らえば、服務規程違反で懲戒処分だ」

「――はい」

もはや何を言っても通りそうにはなかった。

「脅しじゃないぞ。首を洗っとけ」

「申し訳ありませんでした」

永瀬は頭を下げて、退室した。

「その顔じゃ、しぼられたらしいな」

署の出口で長谷川が待っていた。わずかに微笑んでいる。

「たいしたことありません。ご迷惑おかけしました」

頭を下げた永瀬に、長谷川は無言で軽くうなずき返した。

そこへ武井が追いついてきた。永瀬に巻き込まれた形で、多少立場が悪くなっても、事情の許す限りは、暴走しがちな永瀬に理解を示してきた。今も、息子の愚行を心配する父親の顔になっている。脇で待つ長谷川に断りをいれてから、武井は物陰に永瀬を引き込んだ。

「だから言ったろう。上の連中はな、蒸し返されるのが好きじゃない。蒸し返すってことはつまり、どこかに穴があったたってことだ。それがはっきりすればまた責任問題になる。終わっちまったことは、そっと眠らせておくのが一番なんだ」

説教されるまでもなく、警察——いや、組織とはそういうものであるとわかっている。しかし、三年前から「うやむやに葬られるのを黙って見ていた」という自責の念が消えたことがない。組織に対して、そして何より自分自身に対して、不満をくすぶらせたまま毎日を送ってきた。

今、その残り火が再び燃え上がろうとしている。今度は簡単にあきらめない。最悪のケースも覚悟している。この気持ちは、「正義感」などと、ひと言で片づけられるものではない。体の芯の、自分でもよくわからないところが熱く火照った。

そこに犯罪があれば、文字通り地べたをはいつくばって、真実を探り出すのが刑事だ。猟犬と同じく、目の前の獲物をどこまでも追う。追うことが習性であり、その瞬間は褒美やエサのことなど頭にない。きれい事ではない。食らいつき、噛み殺すか、逃げられるか——、署員が、なかでも刑事が、ときに私生活さえ犠牲にしているのは、その真剣勝負の世界に身を置いている自覚があるからだと思っている。

「いいか、永瀬。もしも、工藤がだれかに殺されたなら、それこそ面子にかけても犯人をあげなきゃならん。しかしあれは自殺だ。事件じゃない。もう忘れろ」

そう、すべての始まりは、阿久津の飛び込み自殺だった。

それが呼び水となったように、工藤、早山、山崎と、関係者が続けて自殺した。そしてぴたりと止まった。なぜそんな偶然が起きたのか、なぜ止まったのか。謎のままだ。

そして三年後の今、同じように不可解な自殺を遂げた斉田が、その阿久津とつながりがあったことがわかった。これはもはや偶然では片付けられないだろう。

永瀬は、手帳のあいだに挟んだ阿久津の名刺を、武井に見せようかと悩んだ。斉田の名刺入れから抜き取ったものだ。だが、まだ武井に話すべき時期ではないと思った。知れば、それを隠すことで苦痛を与えることになる。

「わかりました。忘れます」

永瀬は頭を下げ、まだ何か口にしかけた武井を残して、長谷川のいるほうへ走った。

長谷川に待たせた詫びをいれて、歩きだした。長谷川はもめている内容についてどの程度知っているのか、口を挟もうとはしなかった。

「今日はアポをとった。この前一度会った、目撃者の上田だ」

長谷川が言う。

「わかりました」

事件以来、上田からはすでに一度話を聞いている。それでも、たとえ相手が迷惑がろうと、手がかりがないか何度でも話を聞くのが定法だ。

それきり、長谷川は余計なことは言わなかった。前回彼が本庁に戻ったあと知ったのだが、柔道四段、剣道三段、ときに逮捕術の教官も務めるそうだ。

その猛者の気遣いを、永瀬なりに感謝していた。


上田康児という二十七歳の勤め人が、連続ノックアウト強盗事件を目撃した。

会社の同僚と高田馬場駅近くで十二時近くまで飲んで、一人暮らしのマンションに歩いて帰る途中、現場に出くわしたのだ。ひとけのない、そして街灯の間隔があいている住宅街だった。

若い男が、大の字にのびている男の、スーツをまさぐっているところだった。

最初は、連れが介抱しているのかと思った。しかし、それにしては不釣合いな年格好と、こちらを睨んだ若い男の目つきで、「犯罪」の二文字が浮かんだ。

「うわあ、なんだ」

素っ頓狂な声に強盗も驚いたらしく、財布をつかみ、あっというまに走り去った。

目撃した上田も腰を抜かし、通報もできずにいるところへ別な通行人が通りかかった。

結局一一〇番通報をしてきたのは、上田でなく、この二次的目撃者だった。

我を失った上田が、犯人の顔を見た唯一の人間だった。だが、本人は認めないが、動転しあわてふためいていたので、まともに人相風体を覚えているはずなどなかった。聞き取りをするたびに、年齢層や体つき、服装までころころと変わった。

こいつがもう少しまともに見ていてくれたらと、捜査関係者はため息をついた。

「会うのは昼休み。やつの勤め先がある九段下」長谷川が簡潔に言う。

「わかりました」永瀬はうなずく。

九段下駅まで、高田馬場からなら、地下鉄東西線で一本、十分ほどだ。時間を有効に使うために、午前中は高田馬場駅改札近辺で聞き込みすることにした。例の写真を手に、通行人に声をかけるのだ。署名活動かセールスだとでも思うのか、近づく前に逃げていく通行人も少なくない。かりに話を聞いてくれても収穫はない。それどころか「この前も訊かれましたよ」と答える大学生もいた。徒労感が増してゆく。

記録的な冷夏になりそうだと、世間では騒いでいるが、体にへばりつくような湿度は体力を奪う。十一時半を少し回ったころ地下鉄に乗ったが、汗が引く間もなく九段下駅に着いた。

午後十二時少し前に、待ち合わせた駅近くの喫茶店に入ったとき、ようやく生き返るような思いがした。

時間が惜しかったので、長谷川の提案で、少し早めに来てここで昼食を済ませようということになっていた。店内は席の間が離れていて、しかもあまり混んでおらず、都合がよかった。

メニューを渡されて、その理由がわかった。ホテルのラウンジのような金額だ。一瞬とまどった永瀬を見て、長谷川が苦笑しながら「おれがおごるよ」と言った。

「とんでもないです。自分はどうせ独り身ですし」と笑い返した。

それでも一番安くて腹持ちがしそうな、ミートソーススパゲティとアイスコーヒーのセットを頼み、腹に収め、ひといきついたころ、目撃者の上田が店に入ってきた。

永瀬も、署で一度会ったことがある。手を上げて合図すると、上田がこちらにやってきて、椅子に座った。

「アイスコーヒー、ガム抜き」

メニューも見ず、店員に注文した。

永瀬はあらためて、目の前に座る若い男を観察した。髪の脇は短く刈っているが、妙に伸ばした前髪が、すぐに垂れ下がる。ひっきりなしにそれをかき上げる仕草が、落ち着かない印象を与える。

「電話で言いましたけど、時間、十五分くらいしかとれませんけど」

メンソールの煙草に火を付けながら、上田が言った。視線は、店内を見回している。見知った顔がないか確認しているのかもしれない。時間がとれないというので、上田の勤務先から近い喫茶店を指定してもらった。

「大丈夫です。話が長引くようなら、もう一度署にご足労ねがいますので」

永瀬が事務的に答えた。上田がぎょっとしたように、永瀬を見返す。長谷川は静かに笑みを浮かべている。その長谷川が、後を継いだ。

「いや、お手間は取らせませんよ。用件は簡単です。その後、犯人に関することで何か思い出したことはありませんか」

上田はすぐには答えず、煙草の煙を天井に向かって長々吹き上げた。

「さあ。やっぱりこの前話した以上のことは、思い出せませんねえ」

人の顔もろくに見ようとせず、そっぽを向いたままだ。その誠意のない態度に、永瀬の腹の底が熱くなった。だが、顔には出さないよう努める。話を聞きたいと頼んだのはこちらだ。長谷川の口調も丁寧だ。

「どんなことでもいいんです。何か匂ったとか。装身具の音がしたとか。どんな小さなことでも」

「やっぱりダメですね」

即答だ。だから無駄だって言ったのに、そう顔に書いてある。

長谷川が攻め口を変えて、あれこれ水を向けて何かしら引き出そうとしたが、上田ははなから思い出す努力を放棄していた。

「何度聞かれても、ないものはないよなあ」

永瀬は口を開かない。開けばそこで終わってしまう。申し訳ないとは思いつつも、応対を長谷川にまかせきりにした。

「もう一度会えば見分けがつきますか？」

「そりゃあ、振り向いたときに、ばっちり顔見ましたから――」

そこで何か思いついたらしく、ようやくまともに長谷川の方に向き直った。

「そうだ、ひとつ訊いていいですか」

「何か思い出しましたか」

「そうじゃなくて、やっぱあれですか。もし、ぼくが何か手掛かりとか提供して、それで捕まったら、金一封とか出るんすか？」

さすがに言葉につまった長谷川が、それでも気を取り直して応じようとする前に、永瀬がさえぎった。もう限界だった。

「あんまり舐めたことばかり言ってるなよ」

「な、なんだよ。協力してんのに」

のけぞるようにして、長谷川と永瀬を交互に見る。ただし、目は合わせない。

「それとな……」

ぐいっと顔を上田の鼻先に近づけた。

「人と話すときは、ちゃんと目を見て話せ」

「まあ、まあ」

胸倉をつかまんばかりの永瀬を、長谷川がなだめた。

「帰りますから」

上田が立ち上がった。ぼそっと悪態をつく小声が聞こえた。

「なんだよ、税金で食ってるくせに」

口を開きかけた永瀬を、長谷川が手で制した。代わりに上田を睨む。

「おい」

声の質が、がらりと変わっていた。

「いま、彼に言われたばかりだろう。あまりそういう口はきかないことだ」

ふだんの長谷川とまったく違う、野太い声でゆっくりと吐き出される言葉には、脇で聞いている永瀬にも、怒鳴られる以上の迫力があった。

上田は、人が変わったような長谷川を、ぎょっとした顔つきで見返した。

「彼はな、いや彼だけじゃない。現場でやってる刑事はみんなそうだ。あんたらが酔っぱらって夜中ほっつきあるいても、安心して家まで帰れる世の中にしようと、ロクに休みも取らず働いているんだ。どうだ汗臭いだろうが」

永瀬の背中に手を当て、ぐい、と上田のほうに押し出した。上田がのけぞる。

「わかったら、二度とそういう口はきくな」

上田はろくに返事もせず、伝票には目線も向けず、さっさと店を出ていった。

冷房の効いた店内から表に出た瞬間、再び湿気がまとわりついてくる。駅まで並んで歩きながら、長谷川が声をかけてきた。

「永瀬さんよ――」

言いたいことはわかっている。しかし、耳を傾けるのが礼儀だと思った。喫茶店代を出してもらったことは別にしても。

「あんなガキ相手に、熱くなってどうする」

「申し訳ありません」

長谷川はどうやら二枚持っているらしい、タオル地のハンカチで汗をぬぐいながら、またいつもの口調に戻った。

「戻る前に、ちょっと話そうか」

永瀬も反対はしなかった。近くに別のコーヒーショップを見つけ、喫煙コーナーがある、二階の奥まった席に陣取った。値段はさっきの半分以下だった。

アイスコーヒーにミルクとシロップを流し込んだ長谷川は、マイルドセブンを取り出した。煙草を吸わない永瀬を気遣って、普段は極力吸うのを我慢してくれているのはわかっていた。

「悪いが、考え事をする時は我慢できなくてね」

「どうぞ。気にしないで下さい。刑事部屋じゃいつも煙まみれですから」

美味そうに、ひと息で長く煙を吐きだした長谷川が、永瀬を見た。

「話というのは、さっきの上田のことじゃないんだ。あんたが気になってる、その三年前の事件のことを教えてもらえないだろうか。もちろん、およそのことは聞いている。だが、外部に伝わった以外に、何か裏があるなら教えてくれ。そして、あんたがそれについてどう思って、どうしたいのか、それが聞きたい。このまま中途半端な気持ちで今の捜査を続けても、ろくな仕事はできんだろう。率直に言うが、あんたが上田にぶつけた怒りは、本来自分に向けたものだろう。おれとしても、そういう仕事をされては面白くない」

永瀬はうなだれて聞いていた。やはりお見通しだ。心ここにあらずなのを見抜かれている。

嘘をついても無駄だろう。そして、本当のことを言えば、長谷川なら清も濁も呑み込んでくれそうな気もする。

だが、どう話せばわかってもらえるのだろうか。物的証拠はない。状況証拠、それも「なんだか怪しい」というレベルだ。もっといえば、もしも工藤が友人でなければ、永瀬自身もほとんど関心は抱かなかったかもしれない。つまり、これは自分の、個人的な案件なのだ。

どう話せばいいのか、自分自身も分からなくなった。

すみません。雑念は追い払って、今のヤマに専心します――。

そう言って謝るのが一番いい気がする。それで全部終わる。終わらせる。そして、忘れることだ。

――あんな死に方をしなければならなかった奴にもそれなりの事情があったんだろう。死ぬ前に言いたくて言えないことがあったかもしれない。

最後に会ったときの工藤の言葉だ。だったら工藤、おまえにはどんな事情があったんだ?

――自殺を憎むのは知っているが、大事なことは見落とさないようにな。

あのときは途中で咳き込んでしまったが、工藤はそう続けたかったに違いない。だが、何を見落としているというんだ。

もういい。もう済んだことだ。長谷川に謝って、午後は気持ちを切り替える。聞き込みを続けるのだ。今、追っている事件の手がかりが見つかるまで。それが自分の仕事だ。

「もう忘れます」

そう言えばいい。

決心を固めるために、目の前のアイスティーをひと息に飲み干した。長い息を吐いてふんぎりがついた。ようやく口を開いた。口は心より正直だった。

気づいたときには、長谷川に向かって全てを語り始めていた。

長谷川は、時々事実関係の確認をする以外は、いちいち感想を口にせずにただ聞いていた。

しかし昨日、途中で別れてから探偵事務所に行き、斉田の自殺について身分を偽るに等しいことをしてまで聞き込みをした、と打ち明けると、さすがにあきれたようだった。

「野暮用とは思ってたが、何とそんなこととはな。あんた、やっぱりいい度胸してるな。おれもとんだコケにされたもんだ。この次はな――」

永瀬の目をじっと睨んだ。

「必ずおれにも嚙ませてくれ」

あははと笑って「いや冗談だ」と付け加えた。

ひと通り話し終えたところで、ようやく長谷川が事件性について感想を口にした。

「たしかに、その阿久津という男と死んだ探偵社の社長につながりがあると、これは偶然と考える方が無理があるな。ところで、その工藤とかいう警官、解剖はしたんだろう？」

「ええ。医務院で行政解剖でした」

長谷川の表情が曇る。

「明らかな自殺じゃそれもありうるが、仮にも拳銃がらみだろう。はじめから〝事故〟にしたかったとしか思えんな」

「そうですね」

「あるいは、その二人の刑事が噂してたという〝呪い〟という線もあるか」

驚いて長谷川の目を見た。冗談で言っているのか判断がつかない。

「どうする。なんだったら、このあと別行動にしてもいいぞ。上田のことを書けば、なんとか日報は埋まるだろう。そして、もう少し引っかきまわして気が済んだら、明日からは本来のヤマに専念するか？　おれと」

答えられなかった。はいそうします、と言えばいいだけのことだが、約束はできない。うつむいて唇を噛んでいると、長谷川が笑い出した。

「あんた、ほんとにおもしろいやつだな。じつをいうとな――」そこで声をひそめた。周囲に聞き耳を立てているものなどなかったし、まして警察関係者などいそうもないが、そうすることで、仲間意識を示そうとしてくれたに違いない。

「おれも、毎日無駄足にはうんざりしていた」

「長谷川さん」

めったに他人にほどかない、永瀬の心を縛る紐がゆるんだ。

「それで、どうしたいんだ？　池袋の所轄連中だって、『資料見せてください』『はいどうぞ』ってわけにはいかんだろう。そもそも、おたくの課長の所へ話を通してきたというのは、抗議の意味だろうからな」

「斉田と、疾病管理センターの職員だった、阿久津の接点が何なのかを探します」

「どうやって？」

「とりあえずは阿久津の遺族をあたります」

「まあ、それが常道か」

長谷川が、短くなった二本目を灰皿に押し付けて消した。永瀬は、記憶をたどりながら、自分自身に確認するように説明する。

「今は、岩永（いわなが）という旧姓に戻って、西東京市の都営住宅に住んでいます。元妻とひとり息子の二人暮らし。息子は十八歳になるはずです」

長谷川の右の眉が、持ち上がった。感心したり楽しいときに出る表情だ。

「いつ調べた」

「昨日、名刺をみつけたあと、署に戻ってから電話番号を調べて、何度か家に電話をかけて適当な用件を言って、聞きだしました。どうも、夜勤のある仕事に出てるようです」

長谷川がにやにやしながら、ふうん、とうなずいた。

「わかった。午後の聞き込みは、おれ一人でやる。あんたは好きなようにしろ。但し、昨日今日の駆け出しじゃないんだ。すぐに上にばれるような下手は打つな。おれも見て見ぬふりぐらいはできるが、かばうことはできない。自分の巣じゃないしな」

「ありがとうございます」

店を出て、めずらしく照りつける太陽を仰ぎながら、長谷川がぼやいた。

「おれも、少し違う仕事がしたくなってきた」

地下鉄駅の入り口へ向かう長谷川の背中に、永瀬はもう一度深々と頭を下げた。

7

永瀬は高田馬場駅で長谷川と別れ、西武新宿線に乗り換えた。

死んだ阿久津久史の妻だった岩永多佳子(たかこ)と、ひとり息子明浩(あきひろ)が暮らす場所は、既に調べがついていた。合併で新しくできたばかりの西東京市にある、都営団地だ。

西武新宿線田無駅から団地まで、バスも出てはいるが、間が悪く、二十分近く待たねばならない。タクシーを使うことにした。

お目当ての棟の少し手前で停めてもらった。ざっと見ただけで十棟以上が立ち並ぶ、中規模の団地だ。建物は古いが、土地はゆったりめに使っていて、緑も多く、息苦しい感じはしない。

調べておいた棟をみつけ、一階の郵便受けで確認する。四〇三号室、すぐに《岩永》の表札を見つけた。

エレベーターがないので、階段で四階まであがる。少しだけ息を整え、インターフォンを押した。居てくれと祈った。

〈はい〉

機械が古く、まるで変声器を通したようだが、女性の声だ。警官であることを名乗ると、お待ちくださいと答えた。

少し待つと、そっと開いたドアから、中年女性の顔がのぞいた。若いうちに明浩を産んで、まだ四十歳ちょうどのはずだが、歳より老けてみえた。目じりのあたりにやつれた影が見える。「病み上がり」という表現が似合いそうな、艶のない白い顔をしていた。

「どんなご用件でしょう?」

警戒心の強い小動物のような目で永瀬の顔を窺った。身分証を提示し、もう一度名乗る。

「亡くなったご主人の件で、少しお話が伺いたいのですが」

多佳子の顔には、露骨に迷惑そうな表情が浮かんだが、それ以上に玄関先での問答は避けたいようだった。短い逡巡（しゅんじゅん）のあと、ドアを広く開けた。

「どうぞ……」

永瀬を招き入れた。そのまま狭い靴脱ぎ場で立ち話になった。奥へ入れてくれるようすはなさそうだ。それもまたしかたがない。話を聞けるだけ幸運だ。

「夜勤があるので、四時には出たいんですけど」

申し訳なさそうに多佳子が言う。まだ一時間半以上ある。充分だ。

「あまりお時間はとらせません」

多佳子は無言で先を促す。

「それでは前置きなしでうかがいます。久史さんの仕事か個人的なつきあいで、斉田という名前に記憶はありませんか。池袋で探偵社をやってます」

「サイダですか」

永瀬は、メモ帳を開いて見せた。

「こういう字を書きます。探偵社の名前もここに出ています」

多佳子は、そのメモ帳をのぞき込んだが、すぐに顔を上げて、申し訳なさそうに首を左右に振った。

「すみません。記憶にありません。たぶん、はじめてのお名前だと思います」

「賠償金だとか、いまさら責任問題を蒸し返すつもりではありませんので、安心してください」

永瀬は、多佳子のみなりや、目隠し代わりの玉のれんから透けて見える、リビングのたたずまいを、瞬時に見て取った。裕福とはいえない生活のようだった。夫の自殺によって、ＪＲから多額の賠償金を要求されたとは聞いていない。しかし、それなりに出費はあったろうし、生命保険にどのぐらい入っていたか疑問だ。死亡時四十三歳という年齢と、自己都合扱いになったならば、退職金も一時金程度だったはずだ。

中学、高校の息子をかかえては、厳しいはずだ。

永瀬の説明を聞いて、少しほっとしたようすも見せたが、それでも答えに変わりはなかった。

「すみません。ほんとに覚えはありません」

これ以上正面から粘っても、進展はなさそうだ。それに、態度は従順そうだが、警察を恨んでいると感じた。警察を憎んだり恨んだりしている人間は、露骨に睨みつけるか、その反対に絶対に視線を合わせようとしない。多佳子は、永瀬が身分証を見せてから、一度も視線を合わせていない。その理由はなにか。やはり、あのときの捜査に納得がいっていないのか。

「いまさらですが、ご主人が亡くなった件で、最近また何か困ったり悩んだりする事情が生じたりしていませんか」

やはり視線を合わせないまま、少し考えて、首を振った。

「とくにありません」

「くどいようですが、もう少しだけ。——事故当時もさんざん聞かれたとは思いますが、もう一度思い出してみてくれませんか。久史さんは事故の直前、いつもと変わった様子はありませんでしたか？　何かにおびえるとか、逆に妙にはしゃいでいるとか、ふさぎ込んでいたとか……」

こんどは最後まで訊かずに首を振った。

「いいえ、なにも変わった様子はなかったです」

わずかにも、心を開こうとはしない。阿久津久史のことは、やはりこれ以上何も出てこないのか。

「わかりました。ありがとうございます。これ、わたしの名刺です。あとになってでも結構です、何か思い出したり、相談されたいことがありましたら、遠慮なく直接わたしの携帯に連絡を下さい。二十四時間いつでも結構です」

「はい」

素直に受け取ったが、電話をかけてきそうには思えなかった。手ぶらも悔しいので、少し補足の質問をする。

「ところで、これからお勤めですか？」

水商売という雰囲気はない。もっとかたくて地道な仕事という印象を持つ。多佳子の答えは永瀬の読み通りだった。

「はい。山下病院で看護師をしています。今日は夜勤なんです」

そこでようやく、永瀬の目を見た。「阿久津久史の元妻」でなく、自立し家計を支える「岩永多佳子」に戻れたのかもしれない。

「それは大変ですね。息子さんは夜一人で留守番ですか」

「もう十八歳ですから。受験勉強もありますし、むしろ私がいない方がせいせいするみたいで」

「まあ、わたしにも覚えがありますが、そんな態度になってしまうんですよ。お母さんが頑張っているから、こうして住むところにも食べるものにも困らないとわかっているはずです。心では感謝していると思いますよ。——あ、すみません。余計なことを言いました」

夫のことでは口が重かった多佳子も、息子のことになると幾分言葉が出るようになった。

「今はアルバイトに行ってます。受験があるからしなくていいって言ってるんですけど、言い出したらきかなくて、最近ほとんど話す時間も無くなって——」

聞きながら永瀬は迷っていた。ここであのことを口に出すのは、大切なものを汚すような気がした。だが、相手に胸襟を開かせるには、自分の裸を先に見せなければならないだろう。

「じつはわたしも、中学二年生の時に父親を亡くしました」

多佳子の目がはっとしたように開いた。

「やはり母親ひとりに世話になりました。わたしの前では、母は決して愚痴をこぼしませんでした。わたしも、あらたまって礼を言ったことはありません。その理由は単純、言葉には出来なかったからです。今でも感謝しています。たぶん、息子さんも口には出さなくてもきっと同じ気持ちでしょう」

多佳子の目の縁がうっすら赤くなるのを見て、永瀬は勝負の札を出した。

「岩永さん、よく聞いて下さい。亡くなったご主人が、万一なにか犯罪に関係していたとしても、本人が死亡している訳ですから、よほどの重大犯罪でなければ、まず間違いなく不起訴でしょう。でも、奥さんがその事実を知っていて隠蔽したとなると、事後従犯といって罪に問われることもあり得ます。もし今、奥さんが身柄拘束されたら、息子さんはひとりぼっちになってしまいますよ。そこの所をよく考えて、何か少しでも思い出したら、先ほどの名刺にご連絡下さい」

一気にしゃべって、軽く頭を下げ、多佳子の返事を待たずにドアを開けて出た。

階段を一気に駆け下りる。そこでひといきつき、空を見た。

言いたいことは言った。何か確信があってのことではない。いわばゆさぶりだ。亡き夫のことを持ち出したことは申し訳なくも思うが、背に腹はかえられない。

あえて最終の返事を待たずに出てきたのは、反論したいことがあれば、電話をしてくるだろうと思ったからだ。突然訪れて、いきなり何もかも聞こうとしても、それは無理だ。少し、考え、迷う時間が必要だ。

しかし、それは良いほうに見込み違いだった。

バス停に向かって歩き始めてすぐ、後を追ってくる足音に気づいた。振り返る前に、呼び止められた。

「永瀬さん」

振り返ると、息を切らせた多佳子が立っていた。

「どうかしましたか」

「あの、戻っていただけませんか」


永瀬はリビングダイニングと、引き戸で仕切られただけの和室のテーブルに膝を折って座った。茶色く変色した畳の上に、畳風のビニールシートが敷いてある。エアコンが唸り声をたてているが、スイッチをいれたばかりなのは部屋の温度から判った。

さきほど、玄関口からちらりと見て想像した生活が、ほぼそのまま当たっていた。

永瀬は、どうぞおかまいなく、と断ったが、出された麦茶を一口で半分以上空けた。

「それで、お話とは？」

呼び戻したくせに踏ん切りがつかなそうな多佳子を促した。それでもまだ迷っている。

「わかりました。こうしましょう。とりあえずはまずお話を伺って、その内容がどうであれ、岩永さんが望まれないかぎり、ここだけの話にとどめると約束します。聞かなかったことにします。もし逆に、公にして欲しいなら、そのように努力します」

どんな話なのかも想像がつかないので、そう言うしかない。もしも犯罪性のある内容だったら、それはそのとき考えればいいと思った。

そこまで言って、多佳子がようやく切り出した。

「実は、主人が自殺したあと、一月くらいたってからのことでした。入っていた保険は貯蓄型で、死亡時は五百万円しかもらえない契約内容でした。退職金と合わせても二年も暮らせません。まして、明浩は高校進学が待っていました。どうしようかと途方に暮れて、家中の整理をしていた時に、あれが出てきたんです」

「あれ、とは？」

「あの人の個人口座の通帳です」

「ご存じなかった？」

「はい。ぜんぜん知りませんでした」

「へそくりというやつでしょうか」

「はい。小遣いを、ちょっとずつ貯めていたみたいです。でも、一度だけ少しまとまった金額がふり込まれていました」

心なしか、唇が震えているように見えた。

「いくらですか？」

迷っている。

「あの、ほんとうにここだけの話にしていただけますか」

「もちろんです。約束します」

「きっちり百万円です」

「そうなんですか」

驚いてみせたが、正直なところ、少し落胆していた。その数倍から一桁上の金額を期待した。人の命に影響を与えた金なら、数百万や一千万という金額だときめてかかっていた。もちろん、百万円も少ない金ではない。しかし、そこは狙う標的ではないという気がした。

「ちなみに、振り込まれたのはいつごろですか。少しずつ何回かに分けてだったか、一度にまとめてだったか」

「一度にです。亡くなる、数日前の日付でした」

「振り込み人の名義は誰でした？」

「それが変なんです」

「変とは？」

「アクツヒサシなんです」

「アクツ――ご主人の名前ですね」

「はい」

「つまり、自分で振り込んだ？」

「かもしれませんが、ちょっとおかしいんです」

「といいますと」

「自分の口座に、通帳やカードを使って入れるのは『入金』ですから、振り込み人の名前は出ません。あの銀行は、たしか《カード》とか《通帳》と表示されました。でも、あの百万円は、はっきり名前が記載されていました」

「ということは――ご主人の名前を使って、別な人が振り込んだ」

多佳子はうなずいた。

「そうだったと思います」

短い沈黙があった。永瀬がそれを破った。すべて過去形の話しかたが気になる。

「そのときの通帳はありますか」

「それが――」

「まさか、処分したのでは?」

「はい。いくつかあった口座をまとめるときにその銀行は取引をやめて、通帳も処分してしまいました。なんだか、気持ち悪くて」

「捨ててしまったのですか」

「はい。なんだか、気持ち悪くて」

おなじことを繰り返した。

「それは、残念なことをしましたね」

永瀬は腕組みをして考え込んだ。

「あの、逮捕されますか?」

「いえ、さすがにそれだけでは。――でも、それがどういう趣旨のお金だったのか。こういってはなんですが、なにか表に出せないお金だったとか」

「でも、主人はそんな犯罪に手を染める人間ではなかったと思います」

犯罪者の家族の大多数はそう言うのだ。

「生前、何も聞いていなかったし、一月も経ってからいまさら警察にとどけても隠していただろうと疑われるに決まってるし。それにもし、なにか犯罪に関係していたらと思うと誰にも相談できず、どうしようか迷っているうちに――」

「つい言いそびれた、というわけですね」

「申し訳ありません」

多佳子は深く頭を下げて詫びた。

「どうか、頭を上げて下さい。それより、警察に話していないことは、それだけですか」

「はい。それだけです」

「わかりました。今の件は、犯罪性がなさそうなら、胸にしまっておきます。もし、どうしても第三者に話すことが必要になったら、まずはご連絡します。そして、了解を得てからにします。それでよろしいですね」

「はい。よろしくお願いします」

「またお話を伺うかもしれません。何かほかに思い出したら、直接わたしに連絡を下さい。それから、今のことは、当分ほかの人間には話さないで下さい。わたしが来たことを含めてです。なるべく穏便に済ませる手段を考えますから」

「よろしくお願いします」

永瀬は、帰ろうと立ち上がったとき、部屋の隅にたたんである段ボール箱を見た。パソコンの箱のようだが、単なる光景として印象に残っただけだった。

家を辞するとき、多佳子はもうなんどめかの「よろしくお願いします」を口にした。

タクシーを呼びつけるのも面倒だし、帰りはバスを使うことにした。

バス通りへの道を歩きながら、多佳子に関しては、古いタイプの女性、という印象を強くしていた。

夫がワンマンで、家の中のことを細かいところまで仕切りたがる夫婦関係に、多く見られる。自分で結婚してもいないのに、何がわかるのかと笑われそうだが、この年齢にしては、ずいぶん多くの人生や生活を見て来たと思っている。おそらく、ほぼ当たっているだろう。

頼り切っていた——正確には支配されていた——夫に死なれ、動転し、善悪や筋道が見えなくなってしまったのに違いない。あれでは、生前阿久津に心の変化があったとしても気づいていたかどうか。さらにいえば、久史の方でも何か悩み事があったとしてもうち明けていなかった可能性も強い。

その仮定が当たっているとすれば、多佳子が打ち明けた〝へそくり〟も、もっと金額が大きかったかもしれない。わざわざ口座を作って、残高数万円ということはないだろう。

いや、へそくりの額はどうでもいいのだ。多佳子が真相を語っていない可能性が問題なのだ。もし嘘をついているなら、死の直前に振り込まれた金額も、百万より大きかった可能性がある。だから警察にも言わず、口座も抹消した。いまになって永瀬に小出しにしたのは、どこまで知っているか反応をみたのではないか——。

苦笑する。工藤の一件以来、だれのことも信用できなくなった。まあいい。いざとなれば、令状をとって、抹消した口座について調べることは可能だ。

バス通りまで歩く途中で、自転車に乗ったひとりの少年とすれ違った。あきらかに敵意のこもった視線を永瀬にぶつけて去った。幾度となく味わった視線だった。もしかすると、自分はまるで名札を掲げたように警察臭を漂わせているのかもしれない。そして、すれ違った少年がだれなのか想像がついた。

多佳子の息子、明浩に違いない。目元のあたりがそっくりだ。母親以上の情報を持っているならば、もう一度戻るか。そんな気持ちも浮かんだが、下手に少年に手を出しては別な意味で禍根を残す事にもなりかねない。

少年がさきほどの棟の角を曲がるのを確認し、永瀬は再びバス通りに向けて歩きはじめた。

8

署に戻りひといきついたところで、いつの間にか長谷川がそばにいることに気づいた。

「缶コーヒーでも飲みに行くか」

「わかりました」

ひとけのない場所で話がしたいのだろうと察した。喫煙コーナーなら話していても内緒話という印象は少ないし、だれかが近づいてくればすぐにわかる。

「自分が出しますよ」と言ったが、長谷川が二本買って、うち一本を永瀬に渡した。今回は、煙草は我慢するようだ。

「ありがとうございます」

長谷川は、情況はどうだ、と目で訊いた。

「少しありました。今夜、別口にあたります」

永瀬はなるべく自然な口調になるように答えた。

「昼のほうはどうだった」

左右を確認する。見ている人間はいない。多佳子との約束をやぶることになるが、長谷川は問題ないだろう。

「生前に百万、払い主は不明」

「百か」

長谷川も中途半端な金額に小さく首をかしげた。

「微妙だな。若造ならともかく、安定した職にある人間が、危ない橋を渡る額じゃないな」

「そう思います。だとすれば前金か」

「それもあるな。それに——」

長谷川が言い淀んだことを、永瀬が口にした。

「そもそも百万というのが嘘か」

長谷川はうなずくと「じゃあ席にもどるか」とさっさと行ってしまった。

永瀬はいつになく真面目に書類を完成させ、明日でいいものは明日に回し、早めに署を出た。人通りのまばらな路地を選び、周囲に顔見知りのいないのをたしかめて、携帯電話を取り出した。登録しておいた番号を呼び出す。

〈——はい工藤です〉

呼び出し音のあとに、聞き覚えのある声が響いた。

今年も届いた年賀状で、現住所や電話番号は知っていた。さらには、未だに姓を戻していないことも、従っておそらくは再婚していないことも。

「永瀬です。お久しぶりです。お元気ですか」

数秒間の沈黙の後で、工藤一恵のやや弾んだ声が返ってきた。

〈永瀬さん？　お久しぶりですね、本当に。おかげさまでわたしも、瑛太も二人とも元気です〉

「じつは——」

永瀬はごく簡単に、三年まえの一件を調べ直そうとしている旨を伝えた。

「そうなんですか」

手放しで喜んでいる口調ではない。今さら、という気持ちも理解できる。

「それで、これからそちらに伺ってもよろしいでしょうか？　突然のご迷惑は承知です。しかし電話で話せるような内容ではないんです。玄関先の立ち話でけっこうですから」

〈ええと、こちらは構いませんが——〉

急なことでとまどってはいるが、拒絶されてはいないと勝手に解釈した。

「ありがとうございます。一時間以内に行きます」

タクシーを捕まえ、行き先を告げた。


練馬区西大泉にある、賃貸型団地の一棟の前で、永瀬はタクシーを降りた。今月は、食費よりタクシー代のほうが多くなりそうだ。

めざす家はすぐにわかった。インターフォンから一恵の声が流れ、チェーンをはずすガチャガチャという音が聞こえるあいだ、めずらしく緊張した。

「あ、お久しぶりです」

昨年、工藤の両親が希望しているとのことで、三回忌を行った。そのときに顔を出して以来だから、ほぼ一年ぶりだ。

ほとんど変わって見えない。髪が少し短くなった程度だろうか。

「遅くに済みません」

「中にどうぞ」

永瀬は、玄関先で失礼すると固辞したが、上がってお茶の一杯でも、と重ねて口説く一恵に結局まけた。

「お仕事の帰り、ですよね。もちろん」

ソファに腰を降ろした永瀬に、一恵が麦茶の入ったグラスを差し出した。

髪を短めに切りそろえ、薄化粧を施した目の前の一恵は、やはりよくみれば、生活の疲れが多少なりとも顔に出ているように感じられた。しかし、そのことで逆に昔の幼さが消え、大人の雰囲気がにじみ出ている。

「これでも、いつもより早めにあがったんですが」

時計を見ると午後八時五分前だった。

「夕食まだですよね」

キッチンに引っ込んだ一恵が聞いた。

「いや、ほんとに構わないでください」

「でも、もう取っちゃいました」

笑いながら、寿司の器をふたつ持って現れた。

「困りますよ」

「ひとつじゃ出前してくれないって言うんで、私もお相伴に与ることにしました。久しぶりの贅沢。でも、竹ですけど」

そういって笑みを向けた。

子どもの姿がないことに気づいた。

「そういえば、瑛太くんは？」

もう五歳になるだろうか。いや、まだ四歳半ほどのはずだ。だとすればいたずら盛りだが、やけに静かだ。もう寝たのか。

「親にあずけました。いたらうるさくてお話なんてできませんから」

そう言って笑う。

「ご両親に？」

「ええ、近くに住んでるんです。両親ともに健在で。そもそも、だからここへ越してきたんですよ。ほんとは同居狙いだったんですけど、独身を謳歌している妹が居座っていたので、遠慮していました。やっと結婚して出ていったので、近々同居する予定です」

笑いながら、一気に説明した。悲しみの影はだいぶ薄れている。もちろん、苦労して努力して消したのだろう。

「それじゃせっかくですから、遠慮なくいただきます」

握りを三つばかりつまむ間、とりとめのない会話をした。日ごとに増してゆくという瑛太の腕白ぶりや、なかなか希望する条件に合う職がみつからないことなど。

麦茶を一息に飲み干した永瀬に、一恵が「あら、気がつかなくて」と詫びた。

「ビールの方が良かったですよね。私、自分が飲まないもので、つい」

「いやいや、ほんとにもうこれで充分です。――それより、そろそろ本題ですが」

一恵の明るかった顔に、わずかに翳（かげ）りが差し込むのを永瀬は見た。

愛していた夫のことでも、いやそれだからこそか、昔の話題には触れたくない気持ちが表情から読み取れる。先ほどから、永瀬に話す間も与えなかったのは、本題を少しでも先延ばしにしていたかったのだと、そしてあの明るさはやはり努力の結果だと、再認識した。

工藤のことは好きだが、本当に自殺したのなら許せない。いや、自殺のはずがない。気持ちは揺れる。そして、だからこそ、工藤の為にこそ、裏に真相がかくれているなら、それを暴きたい。そのために聞かなくてはならないことがある。

「三年前のことをちょっと思い出したのですが、工藤の件があったあと、たしかぼくに、弘済会のことで何か聞きましたね」

永瀬も、岩永多佳子に振り込みの話を聞くまで、すっかり忘れていた。

「――ええ。そうですね。たしかに、聞いたような気もします」

「あの時は、ぼくもほかのことで頭がいっぱいで『よくわかりません』と、冷たく答えたような気がするんですが」

「たしかに、冷たかったです」

「恐縮です」

永瀬が頭をかくと、ふたたび一恵の顔に笑みが戻った。

「ところで、つらいかもしれませんが、そのときのことを、もう一度思い出してもらえませんか」

一恵は永瀬の顔を見つめて、ゆっくりうなずいた。

「あれはたしか——そうですね、あの人のお葬式が終わって、ひと月くらい経った時だと思います。電話がかかってきて『こちらは警察の弘済会です。ご主人が亡くなられたので一時金が支給されます。振り込み先を教えてください』と、そんなことを聞いてきました」

「男ですか、女ですか?」

「確か女のひとだったような気がします」

「どんな感じか覚えていませんよね」

「とくに印象には残っていません」

「それで?」

永瀬が先を促した。

「それで口座番号を教えました。それから一週間くらいして三十万円振り込まれました」

「三十万円？」

「ええ」

「振り込み人は？」

「東京都警察職員弘済会」

「それで全部ですか？」

「いいえ、それから毎月五万円ずつ振り込まれてますけど——」

一度唾を飲んでから、ゆっくりと訊く。

「毎月ですか。まさか、今でも？」

「はい、先月もありました」

一恵は永瀬の表情を見て、なにかまずいことがあるのか、と思ったようだった。

「——あの、それがなにか？」

気乗りはしないが、言わなければならない。

「じつはですね、そんな弘済会は聞いたことがありません」

一恵は口に手をあてたまま、しばらく絶句した。

「ないんですか」

「ぼくの知る限りでは」

「だって、それじゃあ、誰が――何のために？」

一恵の視線が落ちつきなく彷徨(さまよ)った。たしかに気味が悪いだろう。知らぬ間に口座から毎月引き落とされるというのなら、まだわかる。不明者から毎月振り込まれるなどとは、永瀬も聞いたことがない。

「ぼくも、ちょっと想像がつかないですね。仮に、工藤と生前なにかの約束をしていたのだとしても、死亡したら無効になると考えるのが普通ですよね。――実は、あの一連の案件で、最初に自殺した疾病管理センターの職員のところにも、そこそこまとまったお金が振り込まれたのです。あちらは一度きりだったみたいですが、不明な金と知って使ったようです。近日中に、もう一人の運転士のご遺族にも、確認をとりたいと思っています」

しかし、その説明で一恵は納得できたわけではなさそうだった。

「あの当時、保険金だとか、退職金だとか、その他にもあれこれお金が振り込まれたので、特別不思議にも思わないでいました。でも、そんな弘済会はないんですね。だとしたら、誰が三年間も、何の為に？　――なんだか怖い」

陰りの色がさした一恵の顔を見て、永瀬は後悔した。

もしかしたら、ようやく戻った一恵の笑顔を、再び奪ったのかもしれない。課長が言うように、いまさら蒸し返して何になるのか。知らずに暮らしていた方が幸せだったのではないか。おれはとんでもないばか野郎なのではないか。

「悪い可能性ばかりとはいえません。もしかすると、昔、工藤に世話になった人が、死んだことを知って恩返ししているのかもしれないし」

そんな気休めで、一度浮き上がった不安が払拭されるわけもなかった。

重い雰囲気に、沈黙の時間が流れた。うまい言葉がみつからないまま、永瀬はこのあたりで退去することにした。

「そのうち、利息をつけてまとめて返せとか言ってこないでしょうか」

「それはないと思いますが、もし、おかしなコンタクトがあったら、絶対に一人で会わないと約束してください。かならず連絡してください」

「はい」

「そして、もし何か思いだしたことがあったり、不安なことが起きたときも」

名刺を渡した。

「できれば携帯の方にお願いします。可能なかぎり早く来るようにします」

「よろしくお願いします」

一恵は、まるでお守りのように、その名刺を両手で受け取った。

永瀬は、残してはもったいないと、残った寿司を片付けた。

「長居してしまいました。そろそろ失礼します」

「コーヒーでも淹れますけど」

「いえ、もう失礼します。どうもごちそうさまでした。瑛太くんによろしく伝えてください」

すっかり空になった寿司桶と、まだ不安げな表情の一恵を残して、永瀬は少しきしむ鉄製のドアを閉めた。

9

三年ぶりに訪れた国立疾病管理センターの外観はほとんど変わっていなかった。武井と二人で通った、メタセコイアの並木が朝日の陰を造っている。守衛所を抜ける時、今日もひとりで聞き込みをまかせてしまった、長谷川の姿が脳裏に浮かんだ。

昨日の夜十時過ぎに、長谷川から連絡が来た。

〈首尾は？〉

一恵とのやりとりを要点だけ話した。

〈すっきりしないな〉

それでどうしたいとストレートに訊かれたので、正直に気持ちを口にした。

「お願いです。明日もう一日やらせてください。そのあとは、二倍働きます」

長谷川は笑って、ただ「わかった」と答えた。

今朝は署で顔を合わせても、その話題には触れなかった。どこに耳があるかわからない。課長あたりに「永瀬は今日も好き勝手やってます」などと告げ口されては、自分はいいが長谷川に迷惑がかかる。

本来の任務を放り出すのだから、懲戒ものだと覚悟している。それでも、真実が知りたかった。たとえ、「あれはただの偶然だった」という結論になったとしても、それならそれでいい。


記憶にある三年前と同じ部屋に通された。

今朝、周囲に気づかれぬよう、アポイントを取った。人事異動があったらしく、応対したのは、矢口(やぐち)という新しい部長だった。正直に三年前の件だと告げたが、とくに口調に変化もなく、「三十分程度でお願いします」とだけ条件をつけられた。

矢口が入ってきて挨拶を交わす。

「前の部長――たしか今泉さんでしたか、は転任ですか？」

「ええ、八王子に異動になりました」

左遷なのか栄転なのか、矢口の口調からは判断できなかった。永瀬は、さっそく阿久津の件であるともう一度告げた。

「具体的にはどんなご質問でしょう。わざわざ来ていただかなくても、郵送なりＦＡＸなりでお問合せいただければ、お答え出来る範囲で返送させていただきますが」

そんなことをされてはたまらない。

「いえ、やはり、直接お会いして、お話を伺うことで見えてくる真実もありますから」

「はあ、そんなもんですか」

無感動な口調だ。そうとうな狸か、何も知らないか、あるいは本当に何、も、な、い、のか、まだわからない。

阿久津の当時の勤怠表は、工藤の一件のあと、永瀬の一存で照会してある。聞きたいことは、数字のことではなく、印象だった。

思いつめたようすはなかったか。なにか特定のことにこだわっていなかったか。ここへ不審な人物がたずねてきたりしなかったか。

知りたいのはそんなことだが、事故後に着任した矢口が知るはずもない。やりとりが始まっても「よくわからない」という返答ばかりだった。

「当時わたしは筑波の方にいましたしね」

筑波にも研究施設がある。そこに勤務していたのだろう。そんなこともあって、当時からここにいる室長という人物を呼んでくれた。部屋に入ってきたその室長の顔を見た瞬間、思い出した。むこうでも永瀬を覚えていたらしく、お互いに「あっ」と声に出した。三年前はツーポイントの眼鏡だったが、いまは黒縁に替えている。長めだった髪も短くさっぱり刈ってある。役職も上がったのかもしれない。名札を見て《平松》という名も思い出した。

不機嫌だったあの日、いまとなってはほんの少し反省しているのだが、この平松には不快な態度で接した記憶がある。それを覚えているからかどうかわからないが、平松が加わっても、答えに大きな変化はなかった。

「とくに何も気づきませんでした」

矢口も平松も、似たような質問のくり返しにそろそろ飽きてきているのが、顔つきでわかった。もう何も出てこないだろう。これ以上は時間の無駄だ。

「もし、思い出したことがあれば、いつでも連絡ください」

二人が腰を上げそうになったので、あともう少し、と引き止めた。

永瀬には、今回再訪する前から気になっていた人物があった。

三年前、挑戦的な視線を投げたあの女。おそらく名札を隠すことによって、「信用していません」というメッセージを出した女。初めて会ったはずなのに、なぜ敵意のこもった態度を自分に向けたのか。心の底でくすぶり続けた小さな火だった。

「お二人から伺いたいのはそこまでですが、できれば、ちょっとだけでいいので、昔の同僚の方にもお話を伺わせてもらえませんか」

「ええ、まあ」

本当は迷惑なんだが、という表情をあからさまに浮かべて、矢口がうなずいた。平松は不服そうだが、上司が先に了解してしまったので、異論を挟めなくなったようだ。

三人並んで通路を歩き、これも見覚えがある、《感染病理部　三課》と表示された部屋のドアを開けた。

机の配置が変わっていた。什器（じゅうき）類が以前よりゆったりと配置され、机の数も少なくなったようだ。何人か異動になったあと、もとどおりの数には補塡しなかったのだろう。永瀬は入り口で身分を名乗ってから、最も手近にいた男に声をかけた。三年前にもみかけた男だ。

「わたしのこと、覚えていますか」

「ええまあ」

ならば話が早い。

「三年前に、そのあたりに座っていた女性はどうされました？」

永瀬が指し示した一角には、今はコピー機らしきものが置いてある。訊かれた男は、汚れが全く付着していない眼鏡の真ん中を人差し指でずり上げた。

「三年前ですか――?」

中空を睨んだまま考えている。八王子への転勤組だとすると少し面倒だなと思った。

「ああ、有沢(ありさわ)くんのことかな。――阿久津さんがあんなことになって、たしか一月くらい後に辞めましたよ」

「辞めた?」

「ええ」

「どんな理由ですか? 転職ですか、それとも――」

「いやあ、私にはそこまではわかりません。総務にでも聞いてみていただけませんか」

残りの人間をさっと見回した。ほかに三人いるが、全員書類かパソコンに向きあっていて、あえて永瀬のほうを見ないようにしているのが、よくわかった。

あわてて電話に手を伸ばす者もいる。これ以上ここにいても無駄だろう。総務課への道筋を聞いて、部屋を後にした。矢口と平松とも、そこで別れた。

飯田(いいだ)という総務課長の態度も協力的とは言えなかった。

永瀬の質問に答えるのを渋った挙げ句、どこかに内線電話をかけ、数分相談した結果、

「本来、こういったプライベートなことは教えられないんですが。以前、うちの職員のことでご迷惑をおかけしましたので」と、有沢美由紀(みゆき)という氏名と若干の個人情報が書かれた紙をくれた。

有沢美由紀。中野区若宮——メゾン・パークサイド三〇五。携帯電話の番号もある。

「有沢さんは、雇用としては臨時職員ですね。三年前の八月末付けで退職しています。《契約期間途中であるが自己の都合により退職》としか記録にはありません」

「あなたの記憶ではどうですか？」

「さあ、正職員はともかく、臨職は毎年何人も入れ替わるので、特に記憶に残っていません。お役にたてず申し訳ありません。なんでしたら、もう少し調べてみて何かわかったら連絡しましょうか？」

いまはこれで納得するほかなかった。正規の捜査ではない。強制的に資料を出させるには令状が必要だが、今は望むべくもなかった。いや、かりに令状があっても、これ以上のことはわからないかもしれない。

「その際は、よろしくお願いします」

ひとつ頭を下げ、メモ一枚を収穫にセンターを出た。

まずは携帯電話にかけてみたが、〈使われていません〉のメッセージが流れた。機種を変えるついでに番号も変えたのかもしれない。

今日一日時間をもらっている。どうせなら、やれるところまでやろうと、有沢美由紀を少し追ってみることにした。

名前と住所を割り出せば、足跡をたどることはたやすいと思った。

最初は漠としたひっかかりだったが、今は小さいながらもはっきりとした刺に変わった。記憶に強く残る永瀬に向けた厳しい視線。阿久津の自殺の一月後に、契約途中での退職。もちろん、偶然の可能性はある。しかし、斉田の時のように自分の勘を信じたかった。阿久津と、何らかの係わりがあった可能性は否定できない。少しでも可能性があるなら、喰らいつく。

先に区役所に立ち寄り、転居していないか確認しようかと思ったが、時間が惜しい。どのみち、引っ越していれば今日中に会うのはむずかしい。

いきなり訪問することに決めた。都立家政駅で降り、まずは駅近くのコンビニで手土産用の洋菓子セットを買い、交番に警官がいたので道を尋ね、十分ほど歩いてみつけた。

エントランス脇のステンレス製の館銘板に《メゾン・パークサイド》と表示がでている。

エントランスに入る。オートロック式だ。六十代も終わりに近いかと思える管理人がいる。身分証を見せて来訪の意図を告げると、思わぬ答えが返ってきた。

「有沢さんという方は、住んでらっしゃらないですよ」

やはりそうだったかと、ひそかに舌打ちする。

「引っ越されたんですね」

「はい」

痩せているのに瞼が垂れてかぶさっている目が、好奇心に鈍く光った。

話の持っていきようでは、もう少し聞き出せそうだ。

「越されたのは、いつごろですか？」

「さあ。——わたしは、現在住んでいらっしゃるかたを把握するだけですから。管理会社にお尋ねになってはいかがですか？」

「署に戻ってからそうします」

管理会社の連絡先を書いたメモを受け取った。

「それはそれとして、あなたの記憶の範囲で結構ですので、何か思い出していただけませんか」

「もう一度、身分証を見せていただいてよろしいですか」

永瀬は再度身分証を提示した。管理人は手を軽くあげ、「了解」という合図をし、思い出しながら話し始めた。

「時々、怪しげな方もお見えになるので、失礼しました。私はここでお世話になって、この夏で五年になります。最初に私が来たときには、有沢さんはすでにいらっしゃいました。はきはきした方で、会えば必ず挨拶をしてくれたので印象に残っています。引っ越されたのは——」

そこでちょっと何かを数えるようにぶつぶつとつぶやいた。

「あれは、私が二年契約の最初の更新をして間もなくでしたから、三年前の八月末頃だったと思いますね」

「三年前の八月末」そのまま復唱する。

つまり、退職とほぼ同時に転居したのだ。まるで、慌てふためいているようではないか。何かから逃げだしたようではないか。

「行き先を聞いていませんか？」

「そういうことはないですね。さっきもいいましたが——」

「あのこれ、よかったら」と、コンビニで買った手土産用の包みを差し出す。

「いや、そんな」

「有沢さんとは、個人的にもちょっと顔見知りなので持ってきたんですけど、越されてたのでは無駄になりますから」

「そうですか、でしたら、あとでいただきます」

管理人は紙袋ごと受け取って、机の脇あたりに置いた。

「それで、さっきの続きですが、有沢さんが引っ越されたときの運送会社を覚えていませんか？　もちろん、こちらで聞いたなんて、言うつもりはありません。警察に協力していただけませんか」

この目を見ればわかる。彼は、好奇心を胸に秘めて一日中ここに座っている。引っ越しなどというイベントは注意して見ていた筈だ。永瀬は管理人の記憶力と自己顕示の欲求にかけた。管理人の視線が少し壁のあたりをさまよい、ほどなく永瀬の目に戻った。

「ああ、それでしたら多分覚えてますよ。大きな虹の絵が描いてありましたから。レインボー引越便ですね」

「さすがだ。たすかります。――それから、もうひとつ。引っ越す前の有沢さんに、何か変わった様子はなかったですか？　何かに怯えているとか。あるいは、怪しげな人間が訪ねてきたとか」

「さあ、先ほども言いましたが、会えば挨拶する程度のことでしたから、変わったようすと言われましても。――そういえば一度だけ、八月に入ったばかりのころだったと思うんですがね。なんだか考え事をしているような日が何日かありましたよ。わたしが挨拶しても、珍しく無視してすっと通り過ぎたので、妙に感じたことを覚えています。それから一カ月ぐらいで引っ越していかれました」

礼を言って、足早にマンションを後にした。

既に頭の中は次の目標に移っている。レインボー引越便。首都圏では大手の引越運送業者だ。永瀬は、イエローページの置いてある電話ボックスを探した。

10

有沢美由紀の引っ越し先は苦労せずにわかった。

レインボー引越便を運営する会社は、少し前に組織ぐるみの過積載問題を起こした負い目からか、永瀬が警察を名乗ってエリアを管轄する事業所に連絡を入れると、電話口であっさり質問に答えてくれた。

文京区小日向――〝ローズヒル〟という名のマンションの前でタクシーを降りる。

この分じゃ、食費どころか光熱費も危ないな――。

非公式――いや、そもそも禁じられている捜査活動だから、当然ながら経費は当てにできない。ため息をついて、目の前のマンションを見上げた。

有沢美由紀が前に住んでいた中野区のマンションより、ややグレードが上がって見えるが、派手さは感じない。

時刻は、午後六時を少し回ったところだ。半分ほどの窓に明かりが点っている。有沢の部屋は四〇三号だが、どちらから数えても三つ目の部屋は、カーテンがかかってよくわからない。

こんどのエントランスもオートロックシステムで、管理人がいる。もう、手土産はない。急ごしらえの作戦を練る。

とりあえず方法は三つある。管理人に事情を説明し半ば強制的に押しかける。しばらく様子を見る。エントランスのインターフォンから本人に来訪の目的を告げ協力を求める。

昔から、迷った時には中央突破と決めていた。本人に直接当たろう――決心はしたが、喉が渇いていることに気づいた。いや、もうずいぶん前から気づいていた。

十メートルほど先の角に自動販売機を見つけ、スポーツドリンクのペットボトルを買い、一息で半分飲んだ。

マンションのエントランスを眺めながら、切り出す口上を考える。なぜ警察を憎むのか、思い切ってそんな切り口はどうだろうか。あなたは三十万ないし百万円を受け取りましたか、それもありだ。とにかく、どきりとさせることが必要だ。

そんなことを考えている間にも、数人が出入りするのが見えた。彼らに付いてオートロックを抜ける手もある。それで行くか――。

飲料の残りの半分を流し込んでいると、自動ドアが開き、女がひとり出てきた。声が出そうになった。有沢美由紀当人だ。急いでペットボトルを空にし、回収容器に放り込んだ。

美由紀の格好は、色の抜けたジーンズをはき、上はベージュ色のカットソー。同系色の夏用のカーディガンを羽織っている。ごく普通の普段着といった印象だが、ちょっとコンビニ、という雰囲気ではない。

髪はアップにして、そろそろ日も沈むというのにファッションサングラスをかけている。ラフな服装には不釣合いなハンドバッグを持っているところを見ても、やはり近所の買い物ではなさそうだ。

全体から受ける印象で、ある職業が浮かんだ。それをたしかめる意味もあって、声はかけずにそのまま後を追うことにした。警戒する様子のない美由紀は、まったく永瀬に気づくことなく、やや足早に歩いてゆく。

数分で有楽町線護国寺の駅についた。美由紀はバッグから出した、定期かプリペイドカードらしきもので自動改札を抜けてゆく。永瀬も適当な距離を保って続いた。隣の車両に乗り、体の一部が見える場所に座る。網棚から拾ったスポーツ新聞を広げる。十分ほど揺られて、有沢美由紀は永田町の駅で降りた。

地下通路を延々と歩いた。身を隠す場所が少ないので尾行には向かないが、幸い美由紀には後ろを振り返ろうという気はないようだった。赤坂見附を過ぎ、ようやく地上に出た。かすかな残照とネオンのあかりが混在する時刻だ。むっとする照り返しが一瞬にして身体を包む。

地上は思ったほどの人出はない。かといって距離を取りすぎては、路地に入られた場合見失う恐れもある。汗を拭くふりをして、ハンカチで顔を半分隠して歩いた。美由紀は、地上に出て五分ほど歩いたあるビルに入っていく。死角から観察すると、狭いエレベーターに乗った。

すぐ近づいて表示を見る。二階で止まった。上行きのボタンを押して待つと、ほどなく空の箱が下りてきた。壁にはめこまれたプレートで確認する。二階には一店舗しかない。バーだ。

雑居ビルの前の通りを、十分ほど行ったり来たりした。

ここから先へ踏み込めば、展開次第ではかなりまずくなる。クレームでも入れられて、上司の知るところとなれば、こんどこそ懲戒だろう。刑事でいられなくなるかもしれない。職を犠牲にしてまで追及すべきことか――。

工藤の笑顔が浮かんだ。一恵と瑛太の涙が浮かんだ。迷った自分を恥じた。

エレベーターを使わず、脇の階段を上る。こういう狭いビルの場合は、エレベーターの扉が開くと、いきなり店の中だったりする。そっと顔をのぞかせる。エレベーターの前に申し訳程度のフロアがあり、店のドアは別にあった。その前に立つ。

チーク調の重厚感のあるドアに、艶消しのステンレスプレートが貼られている。そこに彫られた店名が控えめに見える。

《ＣＬＵＢ　ＭＩＳＴＹ》

二の足を踏みそうになるが、客として来たのではない。店名プレートの下にぶらさがった、《CLOSED》の札を無視して、ドアを引いた。

電子音ではない、品のいいドアベルが透明な音をたてる。入り口の幅とほとんど変わらない細い通路が奥に続いている。右側は簡単なカウンターのようになっていて、その突き当りに、クローゼットらしきドアが見える。

ドアベルの音を聞きつけて、ボーイの格好をした若い男が出てきた。二十五歳前後といったところか。かっちり固めた髪の毛が、薄暗い照明を受けて濡れたように光っている。

「すみませんお客さん、まだ開店前なんです」

男は永瀬の風体をみて、ややぞんざいな口調で言った。

永瀬は身分証をかざし、「こちらに有沢美由紀さんという方、いますね」と訊く。

「ちょっと、お待ち下さい」

男はあわてて奥に引っ込んでいった。

あまり待つことなく、明るめのブルーのスーツを来た女が出てきた。五十代ぐらいだろうかとあたりをつけるが、化粧が厚めで確信はもてない。八十歳といわれれば、そうかと思える。飲む前から酔っぱらいそうなほど、きつい香水の臭いが漂ってきた。

「ママさんですか？」

　問いながら再び身分証を提示した。

「こちらに、有沢美由紀さんがいらっしゃいますね」

　首を傾げて、ママの陰になって見えない店内を、のぞいてみた。まだ店に出ていないようだ。身支度中なのだろう。

「渚ちゃんになにか？　今、支度中なんです。――あの娘、なにかしました？」

「いえ、ちょっとだけ伺いたいことがありまして。すぐ済みます。――渚さんというのがお店での名前ですか。ちょっと待たせていただきます」

　女は露骨に迷惑そうな顔をした。

「もうすぐ、お客様も見えるし、ほら、ここはせまいでしょ。――そうだハマザキ君、事務所のほうにお通しして」

　浜崎という字を書くのだろうか、「はい」と答えたボーイが、永瀬と目を合わせてから、左手ですっと奥を指し示した。

　ボーイのあとに続いて、通路を進む。カウンターの止まり木は五、六人も座ればいっぱいだろう。左に店内のようすがちらりと見える。狭いスペースを有効に使うため、レイアウトを工夫してボックス席がパズル的に並んでいる。

　浜崎がフロアと反対の右奥へ進んだので、それ以上詳しく観察することはできなかった。

簡単な厨房を過ぎると、ドアが二つあった。その一方の《事務所　関係者以外立ち入り禁止》とプレートの掛かったドアを浜崎が開けた。三坪ほどの狭い室内は、二つあるグレーの事務机とごく簡単な応接セットでいっぱいだった。

「こちらでお待ち下さい」

浜崎はそれだけ言って出ていってしまった。

永瀬は室内をぐるりと見回した。二つの机の上はどちらも乱雑にノートやファイルが散らばっている。

ママさんは、装飾品には気を遣うが、整頓は苦手らしい——。

そんなことを考えながら、壁にはられた勤務表を見た。上から三番目に《渚》という文字があった。これが有沢美由紀か。出勤予定を見ると、店休日以外は、ほとんど休みの印がなかった。

ひとり放っておかれて十分ほど待った。ノックの音がして女が入ってきた。

一瞬、人違いかと心が揺れた。口が半開きになりかけ、あわててへの字に結んだ。職業がら、化粧で別人のように人相がかわるのは嫌というほど見てきた。しかし、これはその中でも屈指の変貌ぶりだった。

三年前に疾病管理センターで会ったときも、つい今しがたマンションからつけた時も、ほとんど化粧気のない顔に、どちらかといえば地味な服を着ていた。しかし、今目の前にいる美由紀は、襟を立てた真っ白なノースリーブのドレスに身を包み、きっちり化粧を施している。

もともと目鼻立ちははっきりしているが、不愛想のせいもあって、「生意気なやつ」としか見ていなかった。特徴的な目と唇を際だたせた化粧によって、悔しいが威圧感さえ抱く。

「警察の方が、私になにか？」

挑むような口調は三年前と変わりなかった。そのおかげで冷静さを取り戻す。

「お久しぶりです」

身分証を掲げ、名乗った。

「以前、どこかでお会いしました？」

わずかに落胆している自分に気づき、驚いた。こちらのペースに引き込まなければならない。

「わたしのことはどうでもいいです。阿久津さん、ご存じでしたね？」

マッチを擦った瞬間のように、強い光が美由紀の瞳に浮いて消えた。

「ああ、あの時の刑事さんね。まだあのこと調べてるの？　それよりどうしてここがわかったの？」

手にしていたポーチから煙草を出した。吸うのかと見ていると、目顔で永瀬に「吸うか」と訊いてきた。手で「遠慮する」と返した。

「お客さんの中に、女の子が持ってる煙草をもらって吸うのが趣味な人もいるから、つい」

わざと怒らせようとしていることには気づいた。ただ、どうしてそんなことをするのかがわからない。

「先ほどのご質問の答えです。一つ目については、『まだ』ではなくて『また』です。二つ目は、調べるのがわれわれの仕事、ということにしてください」

「それで？」

にこりともしない。

「三年前の、阿久津さんの出来事で、あなたが知っていること、感じていたことを教えて下さい。どんなささいなことでもいい」

『渚』は、わざとらしく眉根を寄せて、ふっ、と鼻から息を吐いた。

「あの時も言ったと思いますが、何も知ってることはありません。以上」

席を立とうとするのを、あわてて制した。

「ちょっと待ってください。もう少しだけ。それでは、急にセンターを辞めて、そのあとすぐに引っ越されたのは何故です？」

美由紀は、こんどは永瀬と目をあわせたまま、首を小さくかしげた。これはたぶん、おっさん連中が放っておかないだろうと思った。思ってしまってから、さっきから余計なことばかり考えている自分にうんざりした。

「どうして、そんなプライベートなことを話さなくちゃならないんです？　何かの取り調べですか」

「いえ、有沢さんがどうこうというのではありません。阿久津さんが自殺した一件は、実は単純な身投げではなかったのではないか、という意見がいまも根強くてですね。最近、あらたにいくつか判明した事実もあって、再調査することになったんです」

嘘ではない。方便だ。武井が教えてくれた。ただし、指示されていないどころか、禁じられた捜査で使っていいとは教えられていない。

「再調査だろうと百回目だろうと、知らないものは知りません」

「これは他言しないでいただきたいのですが、阿久津氏のほかに、当時、似たような自殺を遂げたケースを、少なくとも三人把握しています。この四名、職場が同じだった二名を除くと、お互いほとんど接点はありませんでした」

「自殺なんて、毎日おきてるんでしょ。関心ないから知らないけど」

「それぞれ動機がはっきりして、方法も別ならわたしもこだわりません。でも、二つの点で気になってしかたないんです」

美由紀はコンパクトミラーを出して、化粧のチェックを始めた。攻め口は間違っていないと感じた。

「まず、これという動機が見当たらない。金銭的に死ぬほど行き詰まっていたわけでも、不治の病を宣告されたわけでもなければ、家族とこれというトラブルもなかった。ただ、あえていえば、阿久津氏以外の三名は、人が〝自殺〟した現場にいた、という共通点があります。気になる二点目は、まさにそこです。自殺現場にいたら、二週間後に自分も自殺する、なんていう、そんな呪いみたいなことがあり得ると思いますか」

「『思いますか』が質問なら、答えは『思わない』。でも、何度も訊くけど、それとわたしがなんの関係があるの？」

「全ての始まりが阿久津氏だからです。阿久津氏をはねたＪＲの運転士と、そのとき現場検証をした鑑識職員が、ほぼ二週間後に錯乱して自殺しました。運転士は、トラックに飛び込んだ。もしかすると覚えているかもしれませんが、当時、拳銃の暴発事故で鑑識職員が死亡する騒ぎがありました。実は、あれは拳銃による自殺です。そのとき、自殺の巻き添えを食って近距離から撃たれた警官が、やはりその二週間後に、病院から飛び降りて死亡しました」

「自殺は伝播（でんぱ）するっていう学説なかったかしら」

「夏風邪に似た症状も一緒にですか。それに、全員がほぼ無言だった」

軽い気持ちで出したカードだったが、思わぬ一撃だったようだ。美由紀は、もともと大きな目を見開き、永瀬を見た。はじめて、はっきりとした動揺を見せた。本丸までもう少しのようだ。

「わたしにも関連性がわからないのですが、これは四人全員に共通しています。まず自殺に〝遭遇〟したあと、逆算すると三日前後で夏風邪に似た症状が出る。頭痛、発熱、咳など。重症化はしないが、会社を休んで寝込む程度にはひどくなる。それが一旦治まる。そして数日後にまた咳のような症状が出て、〝遭遇〟から約二週間後に突然錯乱し、場合によっては他者を傷つけ、最後は自殺する。このとき、ほとんど無言です。ただ、この〝自殺〟については、わたしは懐疑的です。錯乱してわけがわからなくなり、その結果死亡しただけなのではないか、そんなふうに考えています」

永瀬がそう語る短い時間に、美由紀は冷静さを取り戻したようだ。永瀬を観察する目つきでわかる。その自制心にも舌を巻く。

「そろそろ終わりでいいですか。準備しないといけないので」

「第三者なら、ここまで話しても聞く耳を持たないかもしれない。でも、少なくともあなたとぼくは、この四人になにかつながりがあることを知っている」

「退職したのも、引っ越したのも個人的な理由です。プライベートなことはお話ししたくありません」

美由紀が整った横顔をこちらに向け、冷たく言い放った。永瀬は逆上しかけたが、いまはほとんど唯一の証人への糸を断ちたくない思いで、こらえた。

「なんの罪もない人間が巻き込まれて死んだのかも知れないんですよ」

「私には、もっとなんの関係もありませんから」

「本当に、そう言い切れますか」

「言い切れ……」

「また死んだんです」

「え？」

「あなた、さっき『まだ』と言いましたが、わたしが『また』と言い直しました。『なぜ、またなのか』とは訊きませんでしたね。三年も経っているのに、というところもあまりこだわらなかった」

「忙しいので」

「『また』死んだんですよ」

「なんのことですか。とにかく、お店がありますので、これで失礼します」

「もしなにか――」

立ち上がりかけた美由紀に、ひときわ大きな声をかけた。

「もしもなにか、思い出すことがありましたら、ご連絡下さい。近いうちにまた寄ります」

「無駄だと思います。これ以上お話ししたければ、お金を払ってください。それとも――」

口もとに笑みが浮かんだ。

「逮捕しますか？」

美由紀は、ドアを開けて出て行った。

お金を払って下さい、か。永瀬は美由紀が去ったドアに向かってつぶやいた。

11

日比谷公園近くのレンタル会議室に、六人の男が集まっていた。

窓から晴れた外を見れば、有楽町駅の向こう側を通り抜けてゆく東海道新幹線が見える。

幹事役は、西寺製薬の顧問、園原誠司だ。

かつて、警察庁長官官房という、国家警察の中枢の中枢ともいうべき部署で、審議官をつとめた。敬服していた上司が、長官の椅子を争って敗れた。連座で、冷や飯を食わされるぐらいならと、早期退職した。

ただ、もとの役職柄、顔は広い。きょうここに、四名の現役官僚がいるが、そうそうたる顔ぶれだ。園原の後輩にあたる、長官官房、刑事局、生活安全局、警備局の、それぞれ主要課長クラスだ。さすがに、警備局には直接の知り合いがいなかったが、後輩の山辺審議官が、大学の同期でそこそこの知己だというので呼んでもらった。

部署も年齢もそしておそらくは下心も、ばらばらだが、共通している点があった。

今の長官になって、冷や飯組になっていることだ。さすがに、辞めるところまではいっていないが、このままでは日の目を見ない。一日も早く現長官には退任してもらいたいという思いは共通している。いわば「公安」の中枢でもある警備局がどう思っているかまではわからないが、園原は後輩の人を見抜く目を信じている。

「さて、それではみなさん、たいへんお忙しいお体だと思いますから、近況報告などは抜きにして、本題に入りたいと思います。メンバーの顔ぶれを見ていただけばわかるように、重要案件です。扱いによっては強力な破壊力を持つ爆弾にもなり得ます。――それと、これは事前にもお詫びしましたが、煙草を吸われないかたも何名かいらっしゃるので、この部屋の中は禁煙にさせてください。そう長くかからないと思います」

首の確度の差はあれ、全員がうなずいた。

コの字形に並んだ机に蓋をするような形で、ホワイトボードが置かれ、全員から見える格好になっていた。ホワイトボードに一番近い席に、園原は座っている。

「あとあと何かあったときに、『首謀者は園原』と言い訳できるように、わたしが進行役をさせていただきます」

笑い声ひとつ漏れず、また、みな黙ってうなずく。

「まず最初に、専門的な説明を要する関係で、科警研の法科学第一部から長山氏にお越しいただき、解説をお願いしてあります」

園原が紹介すると、ちょうどコの字の反対側の先端部に座っていた人物がすっと立った。やせて、ふちのない眼鏡をかけている。半分以上白髪の毛をきれいに七三にわけて、洒落者というほどの印象ではないが、すきのない身なりだ。

男は軽く腰を折って「長山です」と簡単に自己紹介した。

顔を見知った人物もいるようだが、初対面らしいメンバーが「大丈夫なのか」という視線を向けてきた。もちろん、守秘という観点からだ。園原は「大丈夫だ」という意味でうなずきかえした。長山もまた、山辺が白羽の矢を立てた人物だ。

「なお、質問は説明の途中でも結構です。みなさんなら、その場に適切な質問かどうかの判断はつくと思いますから」

ようやく、わずかな笑い声が同時にいくつか漏れる。

「よろしくお願いいたします」

冗談を言ったつもりはなかったらしく、長山が真面目な顔で立ち上がった。

「それでは、懸案のウイルスにつきまして、説明させていただきます」

ここでさっそく、ざわざわとした空気になった。手もとに配ってある簡単なレジュメ式の資料にもウイルスの説明が書いてあるが、いきなりその本題に入るとは思っていなかったようだ。特に質問するものもいないので、長山は続ける。

「尚、はじめにお断り申し上げておきますが、私は細菌が専門であって、ウイルス学は専門外です。みなさんより多少詳しいという程度です。今回のために改めて調べてきたこともありますので、万一不備がありましたらご容赦ください」

これもまた冗談なのか判断がつかず、空気が少し揺れたが、すぐに収まった。長山は、ときおり手もとの資料に目を落としながら解説する。

「懸案のウイルスは、学術的には『ニューアレナウイルス』と呼ばれています。正確には『アレナ亜科』です。これまでも、アレナウイルス科は知られていました。この科で有名なものに、ラッサ熱のラッサウイルスがあります。また、同じ科ではありませんが、わりと近い種に最悪の疫病とも呼ばれるエボラ出血熱で有名なフィロウイルス科がありわます。これだけでも、どのような位置づけのウイルスであるかということが、おぼろげながらご想像頂けるかと思います」

そこで長山は、一拍置いた。別段効果を狙ったわけではなさそうだったが、園原がメンバーを見回すと、普段ほとんどなじみのない分野であるだけに、戸惑いと得体のしれない気味悪さを感じていることが察せられた。

「このニューアレナは、既知のアレナ科に近いのですが、遺伝子配列などに若干の差異があって、新型に位置付けられました。まあ、なんというか、たとえば桜もイチゴも同じ『バラ科』ですが、前者は『モモ亜科』であり、後者は『バラ亜科』である、みたいなもので、ゲノム解析でもしないかぎり、だからなんだ、というところはあります。

　ところでこのニューアレナウイルスですが、最初の集団感染は、中米の小国、ナレグナ共和国のサン・アスラ村で発生しました。比較的新しく発見されたウイルスでして、いわゆるエマージングウイルス、あるいは新興ウイルスと呼ばれるものです。同国内で一九九九年に八十三名の死者を出しました。二次発症――この説明は後ほどします――は百二十余名ですから、実に七割近い致死率です。非常に危険であると言わざるを得ません。そもそもは、齧歯類、とくに野ネズミの仲間を宿主として媒介されたと考えられています。具体的には、現地では最も一般的な、オブトクロネズミが宿主のひとつであるといわれています。このネズミの尿や糞がホコリとなって空気中に舞い、これを吸引することで感染すると考えられています。感染後、平均三日ほどして、一次症状が出ます。この症状は風邪に似ています。発熱、悪寒、咳、などです。これが四、五日続いたあと、いったん沈静化します。ちなみにこのまま二次発症せず治癒してしまうケースも確認されています」

　長山は、ここでまたいったん区切り、喉が渇くのか、テーブルに載っていたペットボトルのお茶を飲んだ。この間合いにも特に質問が出なかったので、先を続ける。

「――ご存じの方もあるかと思いますが、ウイルスというのは、宿主を選びます。哺乳類全般に見境のないものから、ヒトだけにしか寄り付かない〝グルメ〟もいます」

　こんどこそ冗談を言ったようだったが、もはやだれも、くすりとも笑わなかった。あはん、と咳をひとつして、長山が続ける。

「さらにその宿主の中でも、ある特定の臓器や器官に集まる習性があります。肝炎ウイルスは肝臓、インフルエンザは咽喉部というように。このニューアレナは、最初に呼吸器系に感染し、すぐに肺から出て全身を巡った後、最終的に脳、それも前頭前野あるいは前頭前皮質と呼ばれる部分にたどり着きます。――このあたりですね」

　長山は、マーカーで自分の額をこつこつと叩いた。

「そして感染から約二週間後に、二次症状が起きます。この発症率は不明です。なぜなら先ほども申しましたように、二次発症がないまま自然治癒してしまうケースも確認されているからです。本人は風邪をひいたぐらいにしか思っていません。このためキャリアの正確な数値を知ることが困難なのです。無症状者を含めた一定数の無作為抽体検査をしなければ、感染率はわかりません。

それはともかく、このウイルスにおける脳感染の二次症状とは、具体的には幻覚、幻聴、錯乱、自傷行為などです。ご存じのように、人間の脳の中で、喜怒哀楽などの感情ですとか、自制心などの、もっとも〝人間らしさ〟に関わる性質をつかさどっている部位が、前頭前皮質です。ここを破壊されてしまうので、自制心の欠如や激しい自傷行為に走るのが特徴です。薬物などによって『怖いものがなくなった』状態と似ているとでもいえばいいでしょうか。

集団発生したナレグナ共和国の例では、高所からの飛び降りや、鋭利なもので自分の目を突くなどの例が多くみられました。また患者どうしが接触したケースで、お互いに棍棒で殴りあったり、刃物で切りつけあったりした例が報告されています。先ほども言いましたが、二次発症した患者の約七十％が死亡しました。但しこれは治安も悪く医療施設のない山村でおきたからで、都市部であれば致死率は下がるのではないかといわれています。

ちなみにこのウイルスは、言語中枢にも影響を及ぼすことが確認されています。無言のまま暴れるので、現地でも、「Silent Derangement」――沈黙の錯乱――などと呼ばれたようです」

長山はここで再び、資料から目を上げて、喉を湿した。まだだれも質問をしない。園原自身、マンツーマンで質問攻めにしながら説明を受けて、ようやく実感できたのだ。

彼らが消化できるまで、時間を要するかもしれない。しかし、あまり猶予はない。

「ここで、このウイルスの呼称について、少し説明いたします。現在の名称の元にもなった『アレナ』というのは、ラテン語で〝砂〟を意味します。電子顕微鏡で見たウイルスが、砂のかたまりのように見えるからだといわれています。エマージングウイルスでは、新種の場合、最近は発生した土地の名をつける例が多いのですが、このウイルスは症状があまりに激烈だったため、初期の処置にあたった医療関係者は、ラテン語で〝赤〟を意味するルブラ――Rubra――という名の科を新設しました。聞くところによれば、感染発症した医療従事者が、医療用のメスで自分の喉をかき切ったのだそうです。なんの〝赤〟なのかは、ご想像におまかせします。

その後、これまでのアレナ科に近いことがわかって、先ほども申しましたニューアレナ、正確にはアレナ亜科に分類されたのですが、現地ではいまだに『ルブラウイルス』の別名で呼んでいるそうです。あるいは、当時現地に派遣された、日本の医療関係者が名づけたらしいのですが、ふたつ合わせて『Arena Rubra』すなわち『赤い砂』と呼ぶのも一般的だそうです。焼却するために、海辺に死体を積み上げたとき、砂浜が真っ赤に染まったから、という説もあります。わたしも、以後『アレナ・ルブラ』と呼ばせていただきます」

「『赤い砂』か」

園原が漏らしたひと言に続く者がなく、しん、とした空気の中、ようやく山辺が発言した。

「名称はともかく、自殺したくなるウイルスなんて、ちょっと信じがたいが」

ふだんの彼の声と比べて、いくぶんかすれているように、園原は感じた。

長山が、「少し違います」と答えた。

「自殺というのはあくまで結果であって、症状としては、さきほども言いましたように、自制心の欠如や錯乱です。それに、自傷行為を呼ぶ感染症は、ほかにもいくつか例があります。かの有名な狂犬病では、患者の一部にこうした行動がみられます。ある種の回虫による脳炎では、凶暴性や自傷行為が目立つ症状のものがあります。ただし、宿主を死に至らしめることが、彼らの主目的ではありません。大は寄生虫から、小はウイルスまで、パラサイトと呼ばれる彼らの目的は純粋にただひとつです」

講義を受ける学生のように、警察官僚たちはしんと聞き入っていた。

「それは即ち『いかに子孫をふやすか』にほかなりません。彼らはその為に驚くべき手段をとります。寄生虫などはSF映画のような侵略活動をしますし、ウイルスも例えばエボラ出血熱の患者は最後に『炸裂』と呼ばれる劇的症状で死にいたります。体中の穴から血を噴出して死ぬのです。そして、その血液に触れた人間は感染します。

——ならば、この『アレナ・ルブラ』が宿主の脳を破壊して、別の宿主に広がろうと試みても、不思議なこととはいえないでしょう。一般の人は『宿主を殺してはウイルスだって生き残れない。元も子もないじゃないか』と言います。しかし、死ぬ前に『炸裂』のような行動にでれば、それはそれで伝播のひとつの方法ではあります」

すっかり講義をする口調の長山に気圧(けお)されて、短い沈黙があった。また一人が質問する。

「それだと、まるでウイルスに意志があるように聞こえるが」

「意志があると考える学者もいます。しかしそれは結果においてです。このあとで説明しますが、ＲＮＡという遺伝子をもったウイルスは、一世代ごとといってもいいほど、変異を繰り返します。すると、その中から、もっとも宿主を利用しやすい遺伝子配列を持った世代が現れます。そいつらがますます洗練されて生き残っていくわけです。高等生物が、数万年、数十万年かけてすることを、彼らは早ければ数カ月ほどでなし遂げます。結果において考えている、というのはそういうことです」

べつな一名が質問する。

「さっき、都市部であれば致死率はぐんと下がると言われたが、率は下がっても絶対数は増えるんじゃないかね？」

「たしかにご指摘の通りですが、実際は人から人への感染力は弱いのです」

「弱い？」

「はい、感染経路は呼吸器や目などの粘膜です。考えられるルートは四つ。まず先ほどの自然宿主の排泄物から――つまり経口感染と呼ばれるものですね。現地では、これがほとんどでした。具体的には、野ネズミなどの糞尿が、住居の中にも付着しており、それを直接吸引したり、触った手で飲食したりするケースです。

次に飛沫感染です。風邪状態の患者が放出した、唾などを大量に吸入するケースです。これはしかし『アレナ・ルブラ』の場合、顔に向けて近距離から直接くしゃみでもはきかけない限り、感染に必要な数のウイルスを吸引できないようです。

次に接触感染です。このあと話題になると思いますが、患者、保菌者の体液や血液などに触れた結果、粘膜から体内に取り込む経路です。具体的には、ウイルス密度の濃い体液などに触れた指や衣類などで、自分の目や鼻をこすったりすることが考えられます。現地でも、まだこれほどの危険性が認知されていなかったころ、手袋をはめた医療従事者が、うっかり額の汗をぬぐってしまい感染したケースが確認されています。

最後にもうひとつ、これはあまり多くの実証例はなさそうですが、糞便や体液などではなく、ウイルスそのものを直接摂取する経路です」

「直接とはどういうことでしょう」

「その前に、『ウイルスの結晶化』はご存じでしょうか。ウイルスのみを抽出し、いってみれば粉末状にしてしまうのです」

「つまり、フリーズドライ味噌汁みたいなものですか」

誰かの発言は、場をなごませようとしたのだろうが、何人かが眉をひそめただけだった。長山は真面目に答える。

「まあ、この場はそんな認識でもよいかと思います。一部のウイルスでは、この結晶化したのちも、ふたたび活性化――つまり感染する状態になることが確認されています。この『アレナ・ルブラ』も、人工的に結晶化することができ、結晶化したものを再活性化させる実験も成功しています。再活性化のための培養にはただの水や唾液でも有効なようです。つまり、ウイルスの粉末を瓶に入れておき、それを口腔内などに取り込めば、感染するのです。

ただ、いずれも日常生活では感染しがたいので、それがこれまで都市部でアウトブレイク、感染拡大が起きなかった理由だと思われます」

しばらく、小声で雑談が交わされた。園原が場を仕切る。

「ここで、三年前の国内の犠牲者について触れます。把握しているだけで四名、全員死亡です。ほかに軽症者は認知されていない。さきほど長山さんのお話にもありましたが、感染力はそれほど高くないが、二次発症したらまず死ぬ、そういうウイルスだということです。――山辺君、ちょっと補足してくれるか。着席のままでいい」

「はい」

園原の後輩の山辺審議官が、座ったまま、手もとの資料を読み上げた。

「最初の死亡者、阿久津の死亡時の状態ですが、鑑識の報告書によれば、頭蓋骨が破裂し、脳髄の飛散が確認されています」

「その報告書を書いたのは？」

「二週間後に拳銃自殺した、戸山署鑑識係工藤智章です」

「手袋をしたまま額の汗をぬぐったか——」

だれかがぼそっと漏らしたが、応じる声はなかった。

「ほかの犠牲者についても簡潔に」

「はい。この、工藤が戸山署内において、自殺に使った拳銃を奪われたのが、同署交通課山崎浩司でした。彼もやはり工藤自殺の二週間後に、入院先の病院から飛び降り自殺しました。さらに、さきほどの阿久津をはねた運転士の早山郁雄は、工藤の自殺と同日、自宅で包丁を振り回し、自傷したあと道路に飛び出してトラックにはねられ即死しました」

「ありがとう。共通しているのは、阿久津以降の三名は『発症者が自殺するときに、新鮮な血液ないし脳髄に触れた』、つまりさきほどの接触感染にあたると思われます」

こんどは、ふかぶかとため息をつく音が聞こえた。

「では最初の阿久津はどこから感染した？」

「はい。ただその説明の前に、この『アレナ・ルブラ』のもうひとつの顔の説明をさせてください。長山さん、続きをお願いいたします」

「少し長くなってきましたので、ごく要点だけを説明します。普通、ウイルスというのは動植物の細胞に入り込み、宿主の細胞が持つＤＮＡを利用して自分の分身を作り繁殖します。そして利用された細胞は破壊されます。大変残念ながら、一般のかたの中には〝ウイルスと細菌〟あるいは〝ワクチンと治療薬〟の区別も怪しいかたがいらっしゃいまして、そのあたりの補足説明をさせていただきます」

ここで、二名ほどが咳払いをした。長山はそれが聞こえなかったかのように無視して先を続けた。

「ウイルス自体は生物と無生物の中間に位置すると考える説が一般的です。『生物ではない』と強硬に主張する学者も少なからずいます。なぜかといえば、どんな栄養分を与えようとウイルスは単独では増えません。寄生した生物のＤＮＡを借りなければ自己増殖できないのです。ですから、純粋な生物とはいえません。それをふまえた上で、『アレナ・ルブラ』の特性に話を進めるためには、ウイルスと人類との戦いについて、若干説明しなくてはなりません。ただ、全般的な説明を詳しくしますと、だいぶ端折っても半日ぐらいはかかってしまいますので、本当にエッセンスの部分を、それも、今回の案件にかかわりがありそうな部分を重点的にご説明いたします。

そもそも、人間はどうやってウイルスと戦っているのかといえば、第一義的には免疫細胞を中心とした免疫システムです。人間の体自身が戦っているのです。『自然免疫』と呼ぶものです。一般的には自然治癒などと呼ぶこともあります。たとえば、インフルエンザに感染しても発症しない人がいるのは、この免疫システムが働いたためです。残念ながら現在の医学では、この免疫システムを凌駕する薬を開発するところまでいかず、手助けをするのがせいいっぱいです。

その、免疫システムの〝手助け〟をするのがワクチンです。それこそ、毎年インフルエンザの季節になると年中行事のように受けるあれです。ワクチンには大きく分けて二種類あります。弱毒化したウイルスそのものを注入する方法と、ウイルスを分解してその断片を注入する方法です。いずれも一長一短ありますが、多少乱暴にいえば〝噛ませ犬〟を与えて勝ち方を教えるとでもいえば、わかりやすいかと思います。これが二次的な『獲得免疫』です。ただし、感染前に打たなければ意味がありません。ごく一部例外はありますが、感染後にワクチンを打ってもほとんど効きません。

このワクチンについてもう少し説明します。

ウイルスのゲノムにはＤＮＡ型とＲＮＡ型があります。ＤＮＡ型は堅牢でなかなか壊れません。人間を含めた哺乳類などが進化するには、長い年月を必要とする理由です。

ところが、ＲＮＡウイルスは、簡単に壊れます。そして、修復できずに、突然変異を起こします。一世代、二世代であっさり変異してしまうのは、それが理由です。進化と呼んでもよいかもしれません。だから、せっかくワクチンを開発しても、きかないことがあるのです。インフルエンザのワクチンを毎年打たなければいけない理由はここにあります。

ここまでで何かご質問はありますか」

「ホラー映画とかで『ゾンビになった人にワクチンを打つと人間に戻る』とかいう筋がありますよね？」

一人が、こらえきれずに、という雰囲気で質問したが、長山はあっさり否定した。

「あれは作り話です。――それより、ちょうど感染後の対策の話題がでましたので触れておきますが、感染し自力で回復した人の抗体を注入する方法もありますが、生産体制という面からして現実的ではありませんし、今回の案件に関係ないようですので省きます。

では、感染後に外部からの治療はできないのか？　さきほど申しましたように、ウイルスは「生物」ではありませんので、細菌を殺す抗生物質のように、体内に入ったウイルスを殺す薬は、今のところありません。一般に『抗ウイルス薬』と呼ばれているものは、その増殖を抑える薬です。一定期間服用しているうちに、増殖できなくなったウイルスに対し、免疫システムが整ってきて征圧できることがあります。ただ、抗体ができにくいウイルスであれば一生服用し続けなければならない場合がありますし、副作用の強いものも多く、課題は山積みです。

　さて、ここで思い出していただきたいのですが、さきほどわたしは『獲得免疫』と申し上げました。この免疫作用にはいくつか種類があります。ごく簡単に区分けすると、ウイルスを破壊する方向に作用するものと、ウイルスにまとわりついて、その病原性を抑える——簡単にいえば身動きをとれなくする働きです。後者を『中和抗体』と呼びます。抗ウイルス薬に似ていますが、うまくすればほとんど副作用なしにウイルスの増殖を抑え込めるという利点があります。しかし、これを人工で作るのはほとんど神の領域に踏み込むといっていいほどむずかしいのです。

　ところがこの手探り状態だった研究に、一条の光が差しました。

　二〇〇二年にアメリカ合衆国フォート・デトリック基地にあるユーサムリッド——アメリカ陸軍伝染病医学研究所の——ダニエル・マクファーソン博士が、この『アレナ・ルブラ』の極めて特殊な性質を発見しました」

「これ以上、まだ特殊な性質があると？」

「まさか、発症後に回復すれば、不死身の体になれるとか」

　少しずつ場になれてきたのか、遠慮がちな冗談が聞こえる。長山がそれに反応した。

「いまのそのご指摘は、ある点で当たっています」

「ほう」冗談を言った人間が、嬉しそうにやや胸を反らせた。「それは興味深い」

「皮肉なことに、この激烈な『アレナ・ルブラ』の登場によって、『人体本来の免疫システム』に頼らないウイルス撃退の可能性が見えてきたのです。どういうことかといいますと、『アレナ・ルブラ』は、不思議なことに、細胞内に入り込んだ他のウイルスの増殖を止める能力を持つことがわかったのです。もう少し詳しく言いますとレトロウイルスと呼ばれる種のRNA転写を阻害する働きをもっているのです。ほかのウイルスのRNAに、自分のRNAをからめてしまう。つまり、一種の自爆攻撃、心中と呼んでもいいかもしれません。

さきほど説明しました、姿を変えることで人間の持つ免疫機能をくぐり抜け、ワクチンを作ることが困難なウイルスの代表格に、エイズの原因となるHIVウイルスがあります。このHIVの増殖を、『アレナ・ルブラ』が止めることが偶然わかったのです」

〝受講生〟たちのざわめきが大きくなった。

「つまり、エイズの特効薬だと?」

「まあ薬ではありませんが、ごくわかりやすく言えばそういうことになります。エイズだけではありません。臨床試験の過程ですが、すでに複数のウイルスにとりつく結果が出ているそうです。当然ながら、世界中の疫学者、薬品メーカーが注目しました。この『アレナ・ルブラ』を、ヒト以外の哺乳類に一度接種し、変異させ、脳を破壊するなどの病原性のなくなったウイルスを、ヒトに接種するのです。すると、彼らはＨＩＶウイルスをはじめ、複数種のウイルスにとりつき、その増殖を止め、やがては壊滅させることが可能になるとわかったのです」

ほーっというため息がもれた。

「但し、それはあくまで理屈の世界です。実現、実用化までの道程は遠そうです。ヒトにとって無毒化されたウイルスを作り出すことは、それほど難しくないようですが」

ほう、という声が上がる。

ここで初めて、長山がはにかんだような笑みを浮かべた。

「ええ、ただいま『難しくない』と申しましたのは、一種のアイロニーでありまして、『やりようがない』という意味です。つまり、今のところ偶然——科学者が嫌う言葉ですが——に生成されるのを待つしかありません。そのうえ、なにしろ変異しやすいウイルスですから、かりに生成されたとしても、固定化することが不可能に近いのです。動物で実験して成功しても、二度目にはすでに変異しているのです。つまり安定供給ができず、開発者たちは悔しい思いをしています」

「そんなんで商品化なんてできるのか」

「難しいからこそ、競ってるんだろう」

私語が交わされる。

「今回の騒動は、その『アレナ・ルブラ』が漏れ出たということかな」

「正確には、持ち出した、です」

一人が口にした質問に、長山に代わって山辺が答えた。

「現在の政府がすすめている科学技術立国プランのひとつに、『公共の知見の民間活用』があります。つまり、公的機関で研究している内容を民間と共有するということです」

「そんな危険なウイルスを共有するんですか」

「いえいえ、ウイルスそのものを共有するのではありません。情報です。例えばこの『アレナ・ルブラ』のゲノム解析が終了した時点でその情報を公開する。――という建前でした」

「単純な疑問なんだが――」

参加者の中でも一番の年長の男が、腕組みしたまま体を背もたれに預けるような姿勢で訊いた。

「そもそもそんな危険なウイルスを、たとえ国立疾病管理センターといえども保持していいのかね」

これには長山が応じた。

「もっともな指摘です。ウイルスを含む病原体は、その複合的な危険度でレベルが決められています。バイオセーフティーレベル、略してBSLと呼びます。さらに略したレベル3とかレベル4という呼称を聞いたことがおありかと思います。近年、世界的にこのレベル4対応の研究施設がぞくぞくと建設されています。ところが日本にはこのレベル4の研究が出来る施設がなかったのです」

「ほう——」

「実際は、技術的には可能だったのですが、環境や住民への配慮から実現していなかったのです」

官僚のひとりが、その話は聞いたことがあるとつぶやいた。

「ODA大国日本ですから、希望すれば、現地の研究所からサンプルを譲り受けることも可能だそうです。しかし、レベル4の病原体は持ち帰れません。悔しいのは、民間だけでなく、厚労省の官僚も同じだったと思います」

「それで八王子に移転だか新設だかの話がでたんだな」

「なるほど。つまりその『アレナ・ルブラ』——『赤い砂』は、レベル4だったというわけか」

「厚生労働省も、レベル4対応の実験室がどうしても欲しくなった。そしてようやく三年前、八王子に分室を作ることが決まった。決まったら、こんどはウイルスが欲しくてしかたなくなった。そのなんとかいう国に少し多めの金をばらまいて、結晶化したウイルスを譲り受けた」

「だれが得する？」

「まずは、疾病管理センターへ。そのあと、世界の顔色を見ながら厚労省の外郭団体を経由して、民間へ」

「新たな利権か」

「パーティー券が売れるでしょうね」

園原はにやにやしながらそのやりとりを聞いていた。ウイルスの説明中は、それこそラテン語の授業を受ける学生みたいに静かだったくせに、他省の官僚の悪口になったとたんに、がやがやとにぎやかになった。

長山が補足する。

「結果からすると、八王子の施設ができるまえに、医療チームがこっそり持ち帰っていたようですね。ただ、日本国民は病原菌類には、過剰に反応しますから、知られると大問題になる。極秘に管理し、ひそかに動物などで実験していたのでしょう。特に、結晶化と再活性化に注力していたようです」

「阿久津という職員がそれに感染した」

「結晶化したものを持ち出したときにでしょうね」

「なめてみたんじゃないだろうな」

「人工抗体第一号になろうとしたか」

「そして自殺し、血液や脳髄の飛沫を浴びた人間に感染した」

「まさにホラー映画だな」

これはさすがに園原がたしなめた。

「発言は慎重に」

外務省へ出向歴のある者が遠慮ぎみに言う。

「じつはわたし、現地での、エボラの『炸裂』現場の写真を見たことがあります。あれは、ホラーなんていう生易しいものじゃないですよ。トラウマです」

別のひとりが半身を乗りだしてたずねた。

「ひとつ質問です。仮にこの『赤い砂』の感染者が東京で発生したら？」

長山はしばらく考えていた。

「そうですね、最初の一例目でしたら、様子をみます。しかし、二例目三例目と続くようなら、しばらく家族を東京以外の土地へやります」

質問の意味を取り違えたコメントを語る長山の表情に、かえって重みがあった。

「長山さん、大変参考になりました。ありがとうございました」

園原がその場を締めくくった。

「――時間の制限もありますし、本日はこのあたりでけっこうです。またお願いする機会もあるかと思いますが宜しくお願いいたします」

12

三日ぶりに、まっとうに長谷川の相方を務めた一日だった。

ただ、真面目に働きはしたが、強盗事件の捜査にほとんど進展はなかった。収穫がない帰り道は、疲労感もいっそう強くなる。さすがの長谷川の顔にも倦怠(けんたい)の色が浮かんでいた。

「ウチの係長から、進展があるまで一度戻って来るよう、打診があった」

「えっ」

数日前にもそんな話を聞いたから、ある程度心構えはできていたが、ショックではある。犯人(ホシ)をあげての凱旋ならいいが、進展なくしての撤退は悔しいだろう。長谷川はほとんど顔に出していないが。

「冗談ではなかったんですね」

「そっちの上にはまだ言ってないが、もう一日二日何も出ないとなると一度本庁に戻らなければならないかもしれない」

「すみません。役立たずで」

永瀬は唇を噛んだ。自分が余計な色気を見せずに捜査に専念していれば、あるいはなにか出たかもしれない。途中で放り出すように戻らなければならない長谷川の心情を思うと、申し訳なさで一杯になった。

「あんたのせいじゃないさ。まあ、これだけやって出ないんだ。しばらく様子見も、戦法としてありかもしれない」

「はあ」

「情けない顔するな」

そういって永瀬の背中をどやしつけた。十センチも背が高い永瀬が二、三歩よろけたのを見て、長谷川が笑い声をたてた。


永瀬は署に戻ると、さっきの話のあとで切り出しづらいのですが、と少し早めに帰りたいと長谷川に申し出た。

「書類関係は、明朝、早出して処理します。昼間、あんなことを言っておきながら言行不一致で申し訳ありません」

「そんなことはどうでもいいが。――どうした、これか」

永瀬の顔を見た長谷川が、小指を立てて見せた。相変わらずの慧眼(けいがん)に、驚くしかない。

「たしかに若い女に会いますが、例の疾病管理センターにいた女で、何か事情を知ってそうなんです」

「まあ、理屈はなんでもいいさ。健闘を祈る」

永瀬の尻でボールペンの頭を突き、先を出してそのまま書類に向かった。

永瀬は礼を言って、朝、ロッカーにしまっておいた上着を引っ張り出した。

汗まみれ、埃まみれになる仕事だ。ふだんはあまり身なりに気を配る方ではない。だが、今日はどうにかましに見える夏用のスーツを持って来た。ネクタイを締めるのは、記憶の限りではほとんど一月ぶりだった。

赤坂見附の駅から五分ほど歩いて、昨日訪れたビルの、見覚えのあるドアの前に立った。重みのある取っ手を引くと、わっという騒音と煙草の煙が流れ出てきた。ドアベルの音を聞きつけて出てきたのは、昨日と同じ、浜崎という名のボーイだった。

「いらっしゃ――」

永瀬の顔を見るなり営業用の笑顔が消えた。一回分笑みを損した、本気でそう思っているようだった。

「ママさん呼んできますから」

去りかけた浜崎を呼び止めた。

「違うんだ」

不思議そうにこちらを見る浜崎に告げる。

「今日は客としてきた」

結局彼は、ママの所へ報告にいった。ほどなく、見覚えのある体型の女が近づいてきた。今日は緑のドレスに白いジャケットを羽織っていた。化粧の厚さは変化ない。彼女にしてみれば七割程度の笑顔は浮かべたらしかった。

「いらっしゃいませ。今日はお仕事じゃなくて、遊びに見えたとか」

「そういうことで」

「本当は、うちは一見さんはお断りしているんですよ。でも、渚ちゃんの知り合いらしいし、警察の方に冷たくすると後が怖いから、特別扱いね」

さあどうぞ、と言って永瀬を奥へ案内した。

この前、ちらりとのぞいた店内は、ほぼ満員と言ってよかった。

「ちょうど混み始める時間なんですよ。さ、あちらにどうぞ」

指し示した先は店の隅にあたる部分で、隣は柱だった。先客に触れんばかりにテーブルの間を通ってソファに身を沈めた。

「ウチは皆さん、ボトルいれて頂くことになってるんですけど、よろしい？」

「一番安い奴で」

永瀬のぶっきらぼうな答えを聞いて、ママは嫣然と微笑んで去った。

柱に身を預け、店の中をぐるりと見回す。客のほとんどが中年以上の男性で、身なりもそれなりだ。

ちょうど対角線にあたる角に、こちらに背を向けて座っている女が目にとまった。美由紀らしかった。桜色のドレスを着て、上から薄手のショールを羽織っている。ショールの生地を通して、大きく開いた背中が透けて見えた。

そこへすっと浜崎が近寄り、耳元に短くささやいた。美由紀は、振り向くこともなく小さくうなずくと、何事も無かったように、前に座っている中高年三人組の男たちの相手を続けた。

永瀬が手持ち無沙汰気味に、浜崎が運んできたリザーブの水割りセットを勝手につくって飲もうかと思い始めたころ、視界の隅で美由紀が客に会釈して席を立つのが見えた。ずっと見ていたからわかるが、彼女は一度も振り返らなかったはずだ。しかし、初めからそこに永瀬がいることを知っているように、店内を見回すこともなく、こちらにまっすぐ歩いてきた。

「いらっしゃいませ」

煙草の入ったポーチをテーブルに置いて前の椅子に座った。

「おれは吸わないけど」

「わたしがたまに吸うから。――水割りでいい？」

「たのみます」

美由紀が慣れた手つきで、氷を入れ、ウィスキーを注ぎ、ボトルの水を足した。

「この不景気に、ずいぶん繁盛してるみたいだね」

「おかげさまで」

「君も売れっ子みたいだ」

顔を上げた美由紀が苦笑した。その耳元で、深い赤い色をした石がゆれた。何という名の宝石だろうか。

「やめて下さい。売れっ子もなにもないでしょ、これじゃ」

そう言われて改めて店内を見回した。ボックススペースだけで二十人以上いる客に、女の子は五人だった。皆、かけもちで席を渡りあるいているらしい。

「人使いが荒そうだね」

「ママが、とても優しいから」

「で、おれの持ち時間はどのくらいある?」

「どのくらい楽しい会話ができるかによります。この前の続きならほかの子に代わります」

ややすました顔でいい、すぐに口もとをほころばせた。永瀬にとって、初めて見た美由紀の笑顔だった。

「今日は身の上話をしに来た」

「やっぱり、面白くなさそうね」

美由紀は煙草に火を点け、誰もいない方へ向かって煙を吐きだした。

「煙草やめたら」

「えっ？」

「吸い方がさ、ぎこちない。ほんとは嫌いなんだろう？　無理に吸うことはない」

再び美由紀に笑みが浮かんだ。

「あなた変わってるわね。――だけどこれもね、お客様サービスなの。最近、愛煙家は肩身がせまいでしょう？　私が吸うと、気兼ねなく吸えるのよ」

そう言ったくせに、まだひと息しか吸っていない煙草の先を、灰皿に押し付けて消した。

「なんでも商売は大変だね」

残りが少なくなり、かちゃりと音をたてたグラスに、美由紀が手を伸ばした。耳元でゆれた光に、再び目がとまった。

「きれいな色をしている」

「えっ？」

「ピアス」

耳元を顎で示した。ああこれ、と美由紀が笑った。

「イヤリングなの。穴をあけるのが怖くて」

「不思議な色だね。赤、紫、いや青っぽいのかな。角度で色が変わるみたいだ」

「アレキサンドライト。知ってる?」

「アレキサンダー?」

　またフフッと笑う。

「太陽光の下だと、深緑みたいな色、ロウソクとか白熱灯の下だと赤くなる。このお店、キャンドル使ってるから、赤く見えるでしょ」

「変わった石だね」

「もらいもの」

「ところで、きみ、両親は?」

　突然話題を変えた。

「ええ、まあ――健在よ」

「そうか、それは良かった。おれにはもう、どちらもいない。中学の時、親父が死んだ。親父も警官だった。夜中、車で電柱に激突して死んだ。警察は事故死と認定した」

　美由紀は、おかわりの水割りを作る手を休めることなく聞いていた。

「だが、おれは自殺だったと思っている。なぜそう思うかは――まあ、今はいい。とにかく親父は、おれが中学二年の時に死んだ。保険金が多少残ったのと、母親が働いたおかげで高校へ行けた。母親は俺を昼間の大学にいかせたがったが、俺は働きながら夜間部に通った。そこを卒業して警察官になった」

「聞いてもいい？」

「何を？」

「『苦労したのね』って同情するところにきたら合図してね」

また以前の辛辣な性格に戻ったようだ。

「べつに同情はいらない。ただ、語りにきた。いやなら壁に向かって話してもいいんだが」

「まあ、どうぞ続けて」

「――その母親も、おれが警官になって三年目にがんで死んだ。自分の健康になんか全く無頓着だったから、気づいた時は手遅れだった」

永瀬は、新しい水割りの半分ほどを、ひと息で呷（あお）った。美由紀は、自分のウーロン茶が入ったグラスのお代わりを、通りかかった浜崎に頼んだ。

「俺は母親には感謝しているが、親父に対しては複雑な気持ちだ。正直に言えば憎んでいる。どんな理由があったにしても自殺したからだ。自殺は弱い人間のすることだ、残された者の気持ちを考えない卑怯者のすることだ――と今でも思っている」

「それは言い過ぎかもしれないわね」

「何故？」

「残された人間を思う気持ちより、もっと重たいものがあったのかもしれない」

永瀬はそれには答えず、水割りに浮かんだ氷の先に指で触れた。カラリと音をたてて、それは崩れた。となりのボックスの男に聞こえないように、やや身を乗り出したが、店内に響く騒音で、その心配はなさそうだった。

「これはひとり言だ。意見を求めないから、ただ聞いてくれ。——三年前、ひとりの男が自殺した。名は阿久津久史。そう、あなたが勤めていた国立疾病管理センターという特殊な勤務先だった。そして自殺する理由が全く見あたらなかった」

美由紀が二本目の煙草に火をつけた。

「それだけだったら、当時はともかく今頃になってほじくり返すつもりはなかった。阿久津が自殺した二週間後に二人の人間が自殺した。ひとりは阿久津が飛び込んだ電車の運転士、もうひとりは同じくそのとき鑑識にあたった工藤という警官だ。勤務中に若い警官の拳銃を奪って、自分の首を撃ち抜いて死んだ。そしてその工藤はおれの——」

永瀬はそこで言葉につまった。感情が昂ぶって声がでなくなった訳ではなかった。工藤をなんと呼ぶべきか迷ったのだ。結局、あたりさわり無く呼ぶことにした。

「——俺の同僚で友人だった。工藤には一人息子がいる。当時一歳半だ。子供好きじゃない俺からみても、とても可愛い子だ。奥さんともうまくいっていた。世の中の誰よりも工藤には自殺する理由がなかった」

美由紀は、自分用に取り寄せたウーロン茶の入ったグラスに、リザーブを注いだ。見ただけでは、酒とわからない。それをひと口飲んだ。喉がごくりと動いた。

「工藤が死んだ本当の理由が知りたい。工藤はノイローゼで自殺したことになってるんだ。工藤の息子に、おれと同じような気持ちは持たせたくない。彼が大きくなった時、おまえの父親は殉職したんだ、立派に仕事をしていて死んだんだと、言ってやりたい。それがおれがこだわり続ける理由だ」

美由紀は、挑むような視線を永瀬に向けていたが、今その棘は消えている。

「誰にもわからない理由があったんじゃない？　その人のすべてを知っていた訳ではないでしょう」

「確かに。だけど、このことに原因があるのは間違いない。今の仕事を賭けてもいい。そしてその原因をあんたは知ってるんじゃないか？」

「自殺が続いたことは、むごい気もする。でも、わたしには関係ない。それに、悲劇かもしれないけど、悲しんでみたってもとには戻らない。済んだことでしょ」

「済んではいない。俺も一度は、済んだことだと思って、忘れようとした。しかし、遺族にとっては、永遠に『済んだこと』になんかならない。それに、今回の斉田の自殺はどうなる？　あれも偶然か？　また同じ事がはじまったとしか思えない」

後半は、本当にひとり言のようにつぶやいた。美由紀の顔に視線を戻す。突然美由紀の表情に浮かんだ変化に、永瀬のほうが驚いた。口を半開きにしたまま永瀬を見つめていた。

「斉田の自殺って？」

そう言われて考えてみれば、美由紀と斉田の接点があるとは知らなかった。永瀬が一連の出来事を思い出して、偶然口にした名だった。美由紀の動揺は、何より事件との関連を物語っていた。永瀬は相手の反応を確かめながらゆっくり答えた。

「探偵社の社長が飛び降り自殺した件だ。きみ、斉田のことも知っているのか？」

美由紀は無言で手にしたグラスの中身を干した。言葉はなかった。永瀬は怪訝(けげん)な思いで美由紀の様子をうかがった。テーブルに視線を落とした長めのまつげがかすかに震えていた。逸らそうとした視線が、露出した肩の白い肌に留まった。永瀬は久しく忘れていた感情が、蓋を持ち上げてわき上がって来るのを感じた。畜生、自分に腹を立てた。そしてもう一度、くそっ、とひとり毒づいた。どうにか気持ちを抑え込んだ。

「先日、池袋にある探偵社の社長が自殺した。それだけなら、それこそ聞き流したと思うが、かれはその少し前に夏風邪をひいていた、その後錯乱状態でビルから飛び降りた、という点が気になって、念のため話を聞きに行った。そしてこれをみつけた」

常に持ち歩いている、阿久津の名刺のコピーを渡す。それを見た美由紀の表情があきらかに強張った。

「すべての中心に阿久津がいる。そして、これはおれが調べた範囲だけど、似たような不可解な自殺は、阿久津の前には見当たらない。すくなくとも、こんなにまとめては。つまり、阿久津が始めたことなんだ。本人がどう思っていたとしても。百万円の件もあるしな」

美由紀は煙草をくわえたが、火をつける前に押しつぶしてしまった。

「百万円て？」

その表情は、知っていてとぼけているようには見えなかった。

永瀬は、岩永多佳子から聞いた百万円の話をざっと説明した。

遠くを見るような目つきでぼんやりとしている。

「どうした？　大丈夫か」

永瀬がのぞき込むように聞く。

「やはり、きみも彼らの仲間のひとりか」

美由紀はいやな夢をふりはらうように頭を数回振った。

「そんなことはない。そんなこと――」

途中で止め、何事かを決心した表情で永瀬を見た。その視線からは、挑むような光はもう消えていた。

「一時間ぐらい、どこかで時間つぶせる？　それよりあなた、ご帰宅の時間かな」

「時間もつぶせるし、何時でも大丈夫だが、何故？」

「こっちから連絡するわ」

そう言って、永瀬の携帯電話の番号を聞いた。メモを終えると「わかりました」とだけ言って立ち上がった。

永瀬は、せめて簡単な事情だけでも聞こうとしたが、すでに〝美由紀〟から〝渚〟に戻ってしまっていた。それ以上の言葉を発することもなく、すっと立ち上がり、対角線の客に戻っていった。

その席では、ラメの入った白いドレスを着た女の子が、美由紀がいなくなったあとの相手をしていたらしいが、盛り上がってはいなかったようだ。美由紀が戻ると、三人の客はあからさまにうれしそうな表情を浮かべた。白いドレスの女の子が、不愉快さを隠そうともせずに、別な席に移った。

そんな争いを見て、少し心が晴れた。

やはり売れっ子か――。

妙なことに納得して、ボーイに精算を頼んだ。一万円札を三枚出して千数百円が戻ってきた。時計を見ると店に入って一時間も経っていなかった。相場より高いのか安いのか、永瀬にはわからなかった。胸に湧き上がったむずがゆさを持て余したまま、重たいドアを開けた。

「ありがとうございました」

浜崎の声が背中に浴びせられた。

13

携帯電話が鳴ったのは、美由紀の言葉どおり、店を出て一時間ほど経ってからのことだった。時計を見るとあと数分で十一時だった。

「はい、永瀬」

〈今、どちら?〉

「近くの喫茶店」

〈もう一度お店の前までもどれますか。タクシーを呼んでいるの〉

「五分で戻る」

《CLUB　MISTY》が入ったビルの前に、美由紀は立っていた。

薄手のショールの代わりに麻のジャケットを羽織っている。すぐ近くにハザードランプを点滅させたタクシーが停まっていた。酔っぱらいが乗り込もうとして、運転手に拒否されていた。

「さあ、乗って」

美由紀に促されるまま、タクシーに乗り込んだ。美由紀が自分のマンションの場所を告げると、タクシーはするすると走り出した。

「やっと解放してもらえたわ。この時間になると客足も少し落ち着くのよ」

「早退？」

「ええ。ほとんど無欠勤なんだから、たまにはいいのよ」

自分に言い聞かせているように聞こえた。

「このままマンションへ？」

「そう。この辺りでまごまごしてるとタクシーが捕まらなくなっちゃうの。あ、変な気は起こさないでね」

永瀬は苦笑で返す。

「大丈夫。それほどおめでたくないよ。――それで用件は？」

「変なこと聞くわね。そちらから押し掛けてきたんでしょう」

「なぜ急に話してくれる気になったんだ」

「いまはノーコメント」

それきり美由紀は窓を流れるネオンサインを視線で追ったまま、口を開こうとしなくなった。

「どうぞ」

マンションの前に降り立つと、美由紀はエントランスの方に永瀬を促した。

「部屋に?」

「そう……ひとに聞かれたくない話だから。こんな真夜中に立ち話もできないでしょ。このマンションけっこう風紀にうるさくて、あとで《お知らせ》が回るのよ」

「夜中に立ち話はやめましょう、って?」

「ほんとに」

笑いながらエレベーターに向かった。


美由紀が着替える間、永瀬はダイニングセットの椅子に座って待った。

手持ち無沙汰で、さっと部屋を見回した。1LDKという造りらしい。美由紀が着替えに入っていった、おそらく寝室に使っている部屋と、十五畳ほどのこのリビングダイニングがあるだけだ。それでも、独身には充分だ。永瀬も官舎がいやで賃貸マンションを借りている。ここと間取りは一緒だが、それぞれ少しずつ狭い。

装飾品の類は窓際に観葉植物が一鉢あるほかは、何もなかった。小ぶりのサイドボードの上にはミニコンポと電話機が載っている。机代わりらしいダイニングテーブルには液晶タイプのパソコン。ソファがひとつ。テレビは見当たらなかった。

「殺風景でしょ。テレビもないの」

いつの間にか後ろに立った美由紀が、永瀬の心を見透かしたように言った。

「テレビはもともと好きじゃないから。どうしても見る必要がある時はパソコンで見られるし」

それに新聞も取っている様子がなかった。

それで斉田のニュースを知らなかったのか――。

永瀬は先ほどの美由紀の慌てた様子を思い出した。

「静かすぎるわね」

そう言ってコンポのスイッチを入れた。流れてきたのは、不思議な音楽だった。おそらく初めて聞くのになぜか懐かしい感じがする。永瀬は、考え事をするのに音があると気が散るので、ＢＧＭというものをかけたことがない。美由紀とおなじく、テレビも見ない。部屋にいるときは無音だ。

「これ、かわった曲だね」

「ヨーロッパの民族音楽なの」

「民族音楽？」

「そう、それほどのマニアじゃないから、いいとこどりみたいなアルバム。ケルト音楽とか、北欧の曲とか」

「なるほど」

ごんど、レコードショップに行ってみようかと思った。

いつのまにか目の前に座った美由紀は、グレーのジャージのトレーニングパンツに黒いTシャツという、今までとは完全に対照的な格好に着替えていた。先ほどまでアップにしていた髪を下ろして無造作に後ろで束ねている。永瀬と自分の前に、ペットボトルに入ったウーロン茶を一本ずつ置いた。永瀬が、服装の変化に驚いていることに気づいたらしい。

「ああいう服は肩がこるの。本当はお店で着替えて帰るんだけど、そして、まっさきにシャワーを浴びるんだけど、あなたを待たせちゃ悪いと思って」

「べつに待ってもかまわないけど」

音楽の話をしたときに、いくぶん柔らかくなった美由紀の目がまた鋭くなった。

「もう一度言うけど、部屋にあげたからって勘違いしないでね。さっさと本題にはいりましょう」

「わかった。三分に一回は思い出すようにする。——ところで、さっきの続きだ」

「ちょっと待って」

美由紀は、自分の前においたペットボトルのウーロン茶を一口飲んだ。

「その前に訊きたいことがある」

「どんな？」

「あなた自身のこと」

「おれの？　おれの何を話す。給料のことか。始末書の枚数か」

美由紀は、それが癖らしく、鼻の奥で軽くふっと笑った。

「なんでもいいけど、話したくないことを話して」

「なんだそりゃ」

「わたしも、話したくないって言ってるのにむりやり聞き出されようとしている。だから、先にあなたにも、話したくないことを話してもらいたい」

「やっぱり、始末書の枚数か」

「茶化さないで。あなたの頭から離れたことがなくて、だけどだれにも話したことがない記憶を話してよ」

「もし、嘘をついたら？　初恋の失恋とか」

「わたしもばかじゃない。嘘と気づいたら、そこで終わり。二度と口をきかない」

「そうか」

何があるだろうと考えた。ミニコンポから流れてくる曲を聞きながら、ペットボトルのウーロン茶を飲んだときに、やはりそれしかないと思った。

「さっきの続きになるが、また親父のことでいいか？」

「自殺したという？」

「そうだ。おれとしては、あれが一番思い出したくないのに、すぐに頭に浮かんでくる、一番不愉快な記憶だ。そして、詳しいことは関係者以外に話したことはない」

「わかった。それをお願い」

「それで気が済むなら」

そう言い、ボトルの中身を一気に半分ほど飲んだ。


中学二年の十月のことだった。

『父が死んだ』という事実を、どういう経緯で知らされ、葬儀まで済ませたのか。十四歳にもなっていたのに、ほとんどそのあたりの記憶がない。ただただ、母が取り乱していた光景しか思い出せない。

混乱が去ったあとで、耳に入ってくる断片をつなぎ合わせた。

父はすい臓がんであった。そして、それと判った時にはもはや手遅れであった。永瀬はあとで知ったことだが、本人に告知はしていなかったらしい。母親は、ひとりで抱えて途方にくれたはずだが、永瀬の目には、普段と大きく変わったようには映らなかった。ひとりきりになれる場所で泣いていたのかもしれない。

そして、あの十月にしては冷たい風が吹いた夜、父は造成中の道路の障害物に激突して、あっけなく死んだ。がんによる征圧を待たずに死んだ。

非番を利用して、唯一の趣味ともいえる夜釣りに出かける途中だった。

当時、経済的にあまり余裕のなかった永瀬家では、父義明（よしあき）に対して、積み立て型の満期金五百万円の保険にしか入っていなかった。病気による死亡も同額である。

しかし「事故死」の場合には、いわゆる三倍保障がつく時代だった。一方、自家用車の任意保険には多少背伸びをして加入していた。警察官の身で、万一人身事故を起こした時に事態をこじらせるわけにはいかない、と考えてのことだった。対人無制限保障のその保険は、オプションをつけなくとも運転者一千万円の保障がついていた。

当然、保険会社としては審議案件になった。即ち、自殺か事故か、という点である。

当時の保険会社の約款によれば、二年を経過すればたとえ自殺でも生命保険は支払われるが、自動車保険はそうはいかない。故意の事故に対する保険金はおりない。自動車損保会社側からのアピールもあり、まして現職の警察官ということもあり、通常より細かな調査が行われた。

永瀬家にとっても、受け取る額がただの五百万円か二千五百万円なのかの岐路だった。

《釣りへはいつも車を使っていたのか》《普段はどのルートを通っていたか》《自分の病

気を知っていたか》《ふさぎこんだ様子はなかったか》《本当に病気のことは知らなかったのか》

皮肉なことに、家までやってきて根掘り葉掘り訊いていったのは、父の同僚であった警官だった。永瀬は泣きながら「知りません」と答えた。悲しかったからではない。悔しくてだ。二千万ほどの金のために、事故を偽装したと疑われていることが情けなかった。そして、もしかしたら本当にそうなのかもしれないと、考えてしまう自分が情けなかった。

ただ、対外的には、永瀬も母も、義明が自殺するとは到底信じられない、と主張しつづけた。そして最終的に下された判断は、『事故』だった。

その結論を最も望んでいたのは、実は警察機構そのものだったろうと、あとで永瀬は思った。現職の警察官が、保険金目当てで自殺したなどと、認められるはずもなかった。

当然保険会社は不服であった。不服ではあるが、それ以上異は唱えられない事情もあった。保険会社にとって、警察との関係が円滑でなくなることは大きな問題がある。大手保険会社が、警察との良好な関係を維持する為、重役に天下りのポストを用意していることからもそれはわかる。

それがいったい事故なのか、事件なのか、自殺なのか。はたから見れば、世間体を気にする程度の問題でしかないことだが、遺族と保険会社にとっては二千万円ほどの攻防である。

結局、永瀬義明の死は事故死として処理されることになった。

「組織側としては、現職の警察官の自殺なんて大っぴらにしたくない。いや、認めたくない。事故という判断が下ったのは、当然だったかもしれない。保険会社は不満だったろうが、警察とは揉めないほうが長い目でみたら得策だ。たった一千万、二千万のことでしこりを残したくない気持ちが強かったろう。多分、会社のトップから指示が出たんじゃないかな。すぐに保険金が下りた」

視線を美由紀に向けた。

「その金で俺は高校を卒業できた」

美由紀の表情は話の前と変わらない。新しいドライヤーの使い方を聞いたみたいな顔だ。

「だいたいそんなところだ。——これで気が済みましたか」

表情を変えずに、自分の膝のあたりをしばらくみつめたあとで、美由紀が口を開いた。

「さっきお店で、両親が健在と言ったのは嘘。実は、私の父は私が中学生の時、亡くなった。こっちは病気、脳溢血（のういっけつ）らしい。その場にいなかったんだけど、お正月に、こたつでうめいて、頭をかかえて、倒れて終わりだって。あとは、母が育ててくれた。それは同じね」

「なんだかんだといって、母子家庭はきついよな、この国では」

「でもうちは、そんなに贅沢できるというほどじゃなかったけど、貧乏したなっていう記憶もない。母親が保険の外交員をやってて、とても社交的な性格だったのもあって、そこそこのお給料はもらっていたみたい。あれは、男女差がないからね」

「そういわれるとそうか」

「それがね——」

言葉が続かないので思い出しているのかと思ったが、うつむいた顔からはなをすする音が聞こえた。手の甲で目尻をぬぐっている。

「それが、わたしが高校生のときに——不思議なんだけど、神さまって本当にいるんじゃないかって思うんだけど、とてもいじわるなのがね。母親も脳溢血で倒れた。家では笑ってたけど、やっぱり無理していたんだと思う。母は一命をとりとめて、でもほとんど寝たきりみたいになった。トイレに行くにも介添が必要だった。一年ぐらい頑張ったんだけど、二度目の発作が起きて、結局帰らぬ人になった」

しばらく会話が途切れ、夕日を見ながらビールを飲んでいるようなイメージの音楽が流れていた。

照れを隠すためだったかもしれない。飲み物のお代わりを頼んだ。

「ただの水でいいから。なんだか喉が渇いた」

美由紀はミネラルウォーターのボトルを持ってきてくれた。

「ごめんね、取り乱したところ見せて。結局、だれかに聞いてほしかったのかもしれない」

「ところで」そこには触れず、話題を変えた。「今度こそ三年前に何があったのか。話してもらえるのかな」

美由紀は、つまんだティッシュではなをかみ、丸めて屑籠に投げ入れた。ナイッシューと自分で言って、突然本題に入った。

「中米の小国で、ある最悪のウイルスが見つかった。五年ほど前のこと。ウイルスの名前は『アレナ・ルブラ』、日本語で『赤い砂』っていうの。その名前の由来には、電子顕微鏡写真が赤い砂粒のように見えたからっていう説や、海辺に作った患者の収容施設が地獄みたいなありさまになって、砂浜が血染めになったからとか、いろいろ説はある。まあ、とにかく、二次発症したらもう救命の見込みはないと言われている」

ここですでに口を挟みたかったが、せっかく話す気になってくれたのだ。ひととおり聞くことにした。

「当然、世界中の政府や医療機関、製薬会社がこれのワクチンを作ろうとした」

「薬じゃなくて、ワクチン？」

つい口を挟んでしまった。よほど間の抜けた質問だったのか、美由紀が少しのあいだぼんやりとしていた。

「あなた、生物学か薬学の知識はどのくらい？」

「宇宙船の作り方と同じくらい」

「――そう。一から説明すると夜が明けてしまうから結果だけ聞いて」

永瀬は無言でうなずいた。

「極論すると、ウイルスは薬では殺せないの、純粋の生物じゃないから。抗生物質でも殺せない。対症療法をしながら人間自身にそなわった『免疫機能』に頼るしかないんだけど、新種の、しかも強力なウイルスには歯が立たないことが多い。そこで、ワクチン開発になる」

「それはなんとなくわかる」

つい相の手を入れたが、美由紀の表情は信用していないようだった。

「そもそも、ワクチンを開発するためには、普通、対象になるウイルスの培養から始まるのよ。ワクチンにも大きく分けて二種類あって――厳密には三種だけど、いまは省く」

「そうしてくれるか」

「ひとつは、弱らせたウイルスを体内に入れる方法で、もうひとつは分解して、もう増殖できなくなったウイルスを注入する。前者は効き目があるけど、副作用もある。後者は比較的安全だけど、何回か打たないと効いてこないこともある」

「そのあたりは感覚的にわかる」

「そして、これがワクチンの決定的な課題なんだけど、感染前でないと意味がないのよ。それにワクチンは、開発に時間と手間がかかる。しかも、ウイルスの種類ごとに作らなければならない。いいえ、種類ごころか、インフルエンザみたいに毎年新しくしなければならないものもある。——ほかには、抗ウイルス薬というのも一部あるけど、ワクチン以上に難しいみたい。さらにいえば、どちらも副作用の問題がある」

「前途多難という感じだな」

「だけどね、これは偶然発見したらしいんだけど、ＨＩＶのキャリアが、その『赤い砂』に感染したら、どっちも発症しなかった。ＨＩＶってつまり……」

「エイズの原因になるウイルスだな」

「そう。ＨＩＶウイルスは、ワクチンが作れないことで有名なの。いくつか理由もあるし説もあるんだけど、ひとことでいえば、ずるがしこくて、悪さをする手法がよくわかっていない。複製されていく過程ですごく変化もする。正体がつかめないのに、たとえ弱らせたとはいえ、ウイルスやその断片を体内に入れるのは非常に危険で、まだ臨床試験すら成功していない。それで、ここからが本題なんだけど……」

「いままでのは本題じゃないのか」

「もうやめる?」

「いや、すまなかった。続けてくれ」

「さっきの、HIV感染者が『赤い砂』に感染したら、どっちも発症しなかったケースが、複数みつかって、徹底的に検査してだいたい理由がわかった。簡単に言えば、『赤い砂』のウイルスがHIVウイルスの増殖を止めたのよ。HIVウイルスがヒトの免疫細胞のDNAに取り付く前に、『赤い砂』がぴったり貼りつく。しかも、HIVだけじゃなく、汎用性があることもわかってきた。ウイルスがウイルスの増殖の邪魔をするなんて、もし実証できたらノーベル賞ものよ。臨床が済んで、安定生産できるようになったら、医薬の歴史が変わる。だけど、元のウイルスが危険すぎて、臨床試験にさえみんな二の足を踏んでる」

「その開発に、日本の企業が名乗りを上げたってわけだ」

「そう。だけど、日本には、そんな危険なウイルスを保管できる施設がなかった。技術の問題というより、政府の本気度の低さと、候補地の住民の反対ね。まあ、気持ちはわかる。そんな施設ができて、世界中の危険な病原体が集められて、万が一大地震でもあって施設が壊れたらとか思うと、それは不安よね。でも、ようやく八王子に——バイオセーフティーレベルっていうんだけど、それのレベル4対応の施設が完成した。それで、少し気が早いけど、現地から『赤い砂』を持ち込んじゃったのよ。でも、フライングといってもほんの一カ月か二カ月のことだし、それまで実験もしないし、何も問題はないはずだった。ところが、国内に持ち込まれていることを、製薬会社に漏らした職員がいた。それだけでなく、たぶん、持ち出した。買収されたのね」

「たぶん、とはどういう意味だ」

「センター側は認めないからよ。認めたら大変でしょ。いってみれば『こっそり持っていた覚醒剤を盗まれました』っていうようなもんだから。しかも、持ち出されたと気づいたのは、例の職員の自殺があってからなの。杜撰でしょ」

「製薬会社の手にわたったのか」

「それがいまだにわからない。合意で『なかったこと』になったから。その後の三年間何の動きもなかったので、製薬会社も入手できなかったんだろうと思ってた。でも、報酬をもらったということは、渡っているわね」

「そろそろ教えてくれ。その製薬会社とはどこだ」

美由紀が、その名を口にするかわりに、最近よく耳にするCMソングを歌った。栄養ドリンクのCMだ。曲自体ヒットして、テレビをほとんど見ない永瀬でも知っている。

「西寺製薬か。まさかあの会社が？」

「そうわたしは聞いた。三年前にね」

「つまり、阿久津は西寺製薬に買収され、どうにかして持ち出した。引き渡したかどうかわからないが、その見返りとして、あるいはその一部として百万円もらった」

「まあ、そういうことでしょうね」

「なぜ、三年前の件では、次々と自殺した？」

「阿久津さんから感染したとしか思えない」

「斉田は？」

「それよ。斉田は、西寺製薬と阿久津さんの仲をとりもったと言われている。もしもあれが『赤い砂』の発症だとしたら、いまごろになってまた出回ったことになる。西寺製薬からかもしれないし、阿久津さんが第三者にあずけたのかもしれない」

「斉田自身はどうだ？　値をつり上げようとして持っていた。ためしにちょっと開けてみた」

「可能性としてはありうる」

「すると、もう一度整理すると、こういうことでいいのか？　西寺製薬は、エイズその他の画期的な治療法開発のため、阿久津にウイルスを盗み出させた。盗む過程で阿久津は感染し、自殺した。阿久津の死の現場にいた工藤と早山も感染した。斉田もその件にからんでいて発症した。そして自殺した」

「そういうことで、だいたい合ってると思うわ」

永瀬はボトルのミネラルウォーターを飲み干し、テーブルに身を乗り出した。

「それで終わりなら、こんどはおれに少し言わせてくれ。『だいたい合ってる』なんて言われてもちっとも納得できない。そもそもなぜそのウイルスに感染すると自殺するんだ？　なぜ工藤だけが感染して、他の警官は平気だった？　それより君はなぜその事実を知ってる。製薬会社の名前まで知ってるのになぜ警察に届けない。そして三年もたった今になって斉田が死んだのはなぜだ」

〝なぜ〟はまだあと百個ぐらいある。

「こっちもちょっと待って。あなたの疑問は分かるけど、今は全部には答えられない」

美由紀は、頭の中で事実関係をより分けるように、テーブルの一点を凝視した。

「自殺したのは、そのウイルスの特徴的な症状のためよ。感染すると、最初は風邪のような症状がでて、約二週間後に二次症状がでるの。この二次症状が出ると、錯乱状態になって自分を傷つけ、自殺するまで止まらない。そして、この病気の感染経路はいくつかある。たとえば、ウイルスそのものを吸引するとか、ウイルスを含んだ血液や、特に脳髄に触れた手で、自分の目や口に触れるとか。わかった？　これが彼らが死んだ理由よ」

「自殺するウイルス？」

「こう言ったら冷酷と言われるかもしれないけど、『自殺』というのは人間がつけた名称であって、単なる結果でしかない。本人は何が起きているのかわからないうちに終わってしまうと思う」

「それで……」

さらに身を乗り出した永瀬を、美由紀がさえぎる。

「それ以上のことは今は言えない。卑怯といわれてもいいわ。理由も言えない、これ以上は何も言わない。もし、参考人として呼ばれても黙秘する。あなたに個人的に話しただけ」

まだ、感情にまかせて言いたいことはやまほどあったが、どうにか抑えた。

「これは、まだ続くのか?」

「わからない。でも、わたしは——お願い、二、三日時間をくれない?」

「待ってどうする?」

「もしかしたら、打開策がみつかるかもしれない。警察に協力できるかもしれない」

待てないと思った。美由紀に迫ってさらに追及したかった。しかし、彼女が言うなりになるとも思えなかった。衝動を抑えるのに一分近い時間を要した。

「わかった。その二、三日、俺は自分の方法で探る。その結果またきみに行き着いたら、今度は身柄を拘束するかもしれない。あるいは西寺へ、直接乗り込むかも知れない。とにかく、その二、三日に期待してみる。——ところで、ぜんぶでないとはいえ、なぜ話してくれる気になった?」

　メモをとっていたボールペンを、カチカチ鳴らしながら聞いた。美由紀の顔が少しほころんだ。

「あのお店に勤めるようになってから出会ったお客さんの中で、永瀬さんが一番浮いてた。着心地わるそうなスーツ着て、居心地悪そうなオーラを体中から発散してたわ。その勇気に感動した——ということにして」

　永瀬はつい苦笑した。

「工藤のことがなかったら、聞かなかったことにしてたかもしれない。じつは、半分も理解できていない」

「まあ、しょうがないわよ」

　緊張しているはずなのに、ふっと気が緩んであくびが出た。時計の針は一時になろうとしている。

「あなた、無害のようだし、よかったら泊まっていって」

　永瀬は少し重くなりかけた目で、美由紀を見返した。

「ああ、誤解しないでね。くどいけど、そういうつもりではありません。これから追い返すのもかわいそうだと思って言っただけです。これから部屋にもどって寝るより、ここに泊まって出勤したほうが少しでも余分に寝られるかと思って」

永瀬は少しの間迷った。一時間程度のロスはどうでもよかった。ただ、美由紀ともう少し話していたかった。その中で三年前の事件のヒントがもう少しつかめるかもしれない——。

いや、それは自分への言い訳用にとってつけた理由であることを認めた。認めたうえで言った。

「お言葉に甘えてもいいかな」

「どうぞ。そのつもりがなければ、最初から誘いませんから」

苦笑いする永瀬に美由紀が事務的に言う。

「冷蔵庫のものは何でもご自由にどうぞ——といってもロクなものがないけど。バスも使って下さい。タオルは新しいのを適当に。まあ、基本的に何をしてもいいですけど、朝は起こさずにでて行ってください。寝不足は美容の敵なので」

シャワーを浴びて出てくると、あたらしい下着がひとセット出ていた。

永瀬はビニールの封を破って身につけた。やや固めの肌触りがむしろ心地よかった。

「これは……」

「余計なことは聞かないで。悪いけどそこのソファで寝てください。私はもう寝るのであとは適当に——」

そう言ったのに、永瀬の前で顔に化粧水を塗り始めた。出された缶ビールのプルトップを、遠慮なく開ける。

「君には、家族の思い出はたくさんあるのか？　もちろん亡くなる前のことだけど」

「なに？　いきなり」

「おれは——旅行に行った記憶なんてない。母親はおれの前ではこぼさなかったが、給料前にはやり繰りが大変みたいだった。だけど、旅行に行けなかったのは金が無いばかりが理由じゃなかった。親父は地域課、つまり交番の勤務が長かった。原則は交替勤務ということになっているが、事件や大きな事故が起きれば、関係なく呼び出される。家にいるときも待機状態だった。夜釣りに行って朝方帰るくらいが親父の精一杯の遠出だった」

「予定が立てられなかったのね」

「そうだ。たまに金のかからない川遊びに行ったり、一泊で親戚の家に泊まりにいく程度のことはあったけど、それもぽしゃることが多かった。あまり、遊んでもらった記憶はない」

「それじゃ、一度も旅行したことがないの？」

美由紀の、コットンを持った手が止まっていた。

「いや、一回だけ旅行と呼べるものをした。あれは、小学六年生ごろだったと思う。昔、親父が世話した人が山梨にペンションを開いたというので、招待されたことがあった。この時は、義理堅い親父らしく、休みをどうにか都合つけて泊まりに行った。親戚の家と修学旅行以外で外泊したのは、それが初めてだった。そして家族旅行はそれが最後だった」

「最後？」

「その二年後、親父が死んだ」

少しの沈黙。先にやぶったのは美由紀だった。

「そう――。それで、楽しかった？」

「それが、あまり印象には残っていない。避暑地みたいなところで子供にはつまらなかった。ただ、日本で一番、二番、三番目に高い山が一度に見渡せる丘があった。そこからペンションまでずいぶん歩いたような気がする。三十分ぐらいだったかな。そのときのことが強く印象に残っている。いつか、子どもができたら、一緒に行きたいと思っている」

「そうなるといいわね」

永瀬が残りのビールを呷ってから、話題を変えた。

「おれはこの仕事をしていて、いつも感じることがある。悲惨な事件に巻き込まれるのは、ほとんどが昨日まで普通に暮らしていた人たちだ。それがある日突然、崖から突き落とされる。さっき、きみが言ったように、最後まで何がおきたのか知らないまま死んでいく被害者も大勢いる」

美由紀がこちらを見返している。

「破滅というのは道の向こうからやって来たりはしない。何気なく夜道を歩いていて、ふと隣に誰かが並んで歩いていることに気づく。音もなく近づき、薄笑いを浮かべた横顔を見るまでは気づかない。それが破滅だ。気づいたときにはもうどうにもならないんだ」

「そうね。そんなものかもしれない。悲劇なんて」

「そのウイルスが原因だとしたら、工藤も運転士の早山も、自分が何故自殺したのかさえ、知らなかった可能性があるんだろう？　あまりにも悲しい。工藤は、もし死ななければならない事情があったら、そんなそぶりをみせていたはずだ。俺がこだわり続けた理由はそこだった」

美由紀は今度こそ本当にベッドに向かうようだった。

「さっきも言ったけど、永瀬さんの追いかけているものが見つかるようにしてみます」

14

結局のところ、眠りに落ちていたのは三時間ほどだったろうか。

洗面所の鏡に姿を映してみる。きちんと一日分の髭がのび、目は充血し、髪の毛は絡み合っていた。どうにか仕事熱心な刑事に見えるのでほっとした。

寝室の扉は閉まっていた。その前で一瞬立ち止まり、耳をすましたが何も聞こえてこなかった。永瀬は一宿の礼を心のなかでつぶやくだけにして、そっと玄関のドアを開けて朝の熱気の中へ身を乗り出した。オートロック式のドアが、静かな音をたてて閉まった。


いつもより一時間ほど早く署についた。途中で調達したサンドイッチを缶コーヒーで流し込んで、そこそこ充実した朝食を終えた。ロッカーに置いてある替えのワイシャツと交換し、髭をそり終えたころ、ちらほら出勤する人間が現れた。長谷川が顔を見せた時、三島課長はまだ来ていなかった。永瀬はひとけのない場所に長谷川を引き込んだ。

「どうした？」

永瀬は昨日の美由紀の話を、簡潔に説明した。『赤い砂』が持つ特殊な性質については、かなり端折った。

「いやだな」

聞き終えた長谷川の、最初の言葉だった。

「といいますと」

「産業スパイみたいな話はありがちだろうが、どうもあんたが言う通りだとすると、警察が絡んでいる線もありうる。そこがいやだな」

「絡んでいるというのは、つまり見て見ぬふりをしたということですか」

「まったく動いた気配がないだろう」

「たしかにそうですね。今から思えば、あの時、妙に自殺にしたがったように思います。責任を問われるから工藤や山崎はしょうがないにしても、阿久津や運転士の早山は、もう少し突っこんで調べてもよかったんじゃないかと思いますね」

「その、工藤という鑑識員は行政解剖だったな？」

「ええ」

「まあ、自殺だから、それもわからなくはないが、この前も言ったように、ふつう、拳銃自殺して行政解剖ということはないだろう。何がなんでも、『事故』にしたかったんだろう」

「同感です」

司法当局が行う強制的な法医解剖には、司法解剖と行政解剖が存在する。

簡単に線引きすれば、犯罪性のあるものは司法解剖、自然死以外で、死亡時の状況に犯罪性の無いことがはっきりしているものを行政解剖にまわす、という原則がある。しかし、工藤のような件で行政解剖とは聞いたことがない。手がいっぱいだったからと、そんな言い訳を言っていた気もするが、どうみても「事故なんだから、そもそも解剖なんていらん」という雰囲気さえあった。

犯罪の存在を前提とした司法解剖は、より徹底的に行われる。比べて、死亡当時の状況と死因に問題がなく、不審な点がみあたらなければ、行政解剖の役目は終わりである。相対的にみれば行政解剖の方が、「事務的」に処理されるといえなくもない。

徹底的な解剖検査が行われない行政解剖をあえて選んだと勘ぐることもできる。全てが疑わしかった。孤軍奮闘の状況ではきれい事はいっていられない。

「長谷川さん、お願いがあります」

長谷川は顔をしかめ、苦笑しながら永瀬の先まわりをした。

「どうする。どこを攻める」

「西寺製薬」

「西の丸、ってところか。で？　どうやって」

「正面突破します」

「芸がねえな」

「藪を突きまわして、蛇でも狸でも追い出します」

「自分のことも考えた方がいいんじゃないか」

「長谷川さんのおかげで、はじめて自分のやりたいように、させてもらってます。その結果どうなっても、後悔はありません」

「わかった、わかった。ひとまず午前中はおれ一人でやる」

長谷川は、拳で永瀬の胸をどすんと叩いた。今度はよろけないように足を踏ん張ってこらえた。


通路で課長の三島に呼び止められた。

「ちょっと来てくれ」

それだけ言い捨ててさっさとあるいてゆく。心当たりはないが従う。

会議室に入るなり、立ったまま三島が聞いてきた。

「照会があった。三年前の工藤の一件だ。当時の報告書をもう一度本庁にまわすことになった。おまえ、何か絡んでるか？」

本庁？　つまり捜査一課か？　長谷川が嚙んでいるのだろうか。

「いえ。自分は何も」

「嘘をつくな。本当のことを言え」

「本当です。本庁の動きなんて知りません」

三島はなおも疑わしそうな目を向けて、

「何日か前に、池袋の探偵社の社長自殺に首を突っ込んだよな？　工藤の関連だと言っていた。あれはどういうことだ」

「勘違いでした。だから、あのあとは行ってません」

三島はなおも疑わしげな視線を向けている。

「あの、本庁の長谷川とかいうのと、仲がいいそうじゃないか」

「単に相方としてです。喧嘩していては仕事になりませんから」

三島は、ふんと笑って、肩をゆすった。

「おまえが言うと、冗談にしか聞こえん。まあいい、よけいなことはするな。だれのためでもない、おまえのためだ」

「ありがとうございます」

「戻っていい」

席へ戻りながら、三島の発言を考えていた。

本庁へ、工藤の報告書の再提出——。

なぜ今ごろ、と訊きたいのはこっちだ。


「武さん、お願いがあります」

武井がトイレに行くタイミングを狙っていた。あとについてトイレに身を入れ、小声で素早く切り出す。武井も予測していたのか、驚いたようすもなく低めの声で答えた。

「俺はききたくないぞ」

手のひらを振って、拒絶の意思表示をした。

「突破口になるかも知れないんです。工藤を行政解剖したときの死体検案書です」

武井がぎょっと永瀬を見た。

「ばかな事を言うんじゃない。蒸し返すのはもうやめろ。おれの見たところ、上の連中――すくなくとも課長以上は、おまえがほじくりかえしている事にぴりぴりしてるぞ。これ以上睨まれると、警官として致命傷になる」

「だから、頼むんです」

「なにを。――てことはおまえ、俺に身代わりになれってのか」

チャックを閉じるのも忘れて、あきれ果てた武井の声が響いた。

「いや、そうじゃなくて、すでに俺は睨まれているということです。俺が資料閲覧の請求をしたって、すんなり見せてもらえるはずがないからです」

「だからおれに頼むのか」

「武さんなら信用があるし」

「ばか言うな。いいか。今じゃもうそんなことは無理だ。少し前だったらまだ通ったかもしれん。しかしな、おまえが刺激しまくったからもう無理だ。閲覧請求なんかしてみろ、蜂の巣に手を突っ込むみたいなもんだ」

手を洗い終えた武井は再び頭を振って去ろうとした。永瀬はすがるような思いで呼び止めた。

「まって下さい。武さん。あの事件はまだ終わっていないんです。斉田だって自殺するようなタマじゃない。あれは殺人です」

「どうして殺人と言える？　自分で飛び降りたんだろうが」

「飛び降りるように仕向けられたんですよ。それを証明するためにも、工藤の死体検案書が見たいんです」

ふだん会話のときに、ほとんど身振りを交えない武井にはめずらしく、手の平を振り回しながら永瀬に歩み寄った。

「おまえ、だれかに入れ知恵されたんじゃないのか」

「ひどいな。聞きだしたって言ってくださいよ」

「だれからだ」

迷ったが、武井なら問題ないだろう。

「武さんと最初に国立疾病管理センターへ行ったときに、生意気な女の職員がいたのを覚えていませんか」

武井が永瀬の目を見た。美由紀のことを思い出そうとしているのか、とっくに思い出していて、永瀬の腹を探ろうとしているのか。

「おぼえてるが、どうした」

「彼女に聞いたんです。あれはやっぱり偶然なんかじゃない。詳しくは言えませんが、というよりおれもまだよく理解できていないんですが、疾病管理センターから不正に持ち出されたウイルスだか細菌だかが原因の可能性がありそうなんです」

「なぜ彼女はそんなことを知ってる」

「やだな、武さんもいたでしょ。阿久津が所属していたのも、その病原体を管理する部署だったじゃないですか。そこからやつは持ち出したんです。ところが間抜けにも自分で感染してしまった。その後の連鎖があの始末です。彼女――有沢さんは、それをまだひとりで追っている」

「だったら、彼女にまかせておけばいい。〝事件〟じゃないんだからな」

耳を疑いたい気分だった。武井は変わってしまった。定年のゴールが見えてきたからだろうか。

「だから、彼女にできないことを手助けしようっていうんです。なんとか……」

「やめろ。もう聞きたくない」

「武さん」

なおもすがろうとする永瀬に、武井があきらめたように首を振ってぼそりと言った。

「あのな、これは一般論だ。いいか、おれがおまえあてに書いた手紙を、おまえが無くしたとする。どう探してもみつからないとき、おまえはどうする。ないないって愚痴ってるのか」

言い終えると、武井は永瀬の反応も見ずにすたすたと歩き去った。

そうか、やっぱりおれはばかだと思った。

書類が見られないなら、書類を書いた人に聞けばいいのだ。それも、会える距離にいるならなおさらだ。

東南大学の野村(のむら)教授だ。野村教授は嘱託で監察医の任についている、いわゆる法医認定医だ。監察医は一人ではないが、工藤の時に担当したのは、たしか野村教授だった。

永瀬も二度ほど、武井のお供をして、野村教授に会いにいったことがある。医学に関しては素人の刑事に、不愛想だが親切に教えてくれた。

あの人なら——。

もちろん、規則違反だろう。法的にはどうかわからない。永瀬の問題より、監察医側の規則があるかもしれない。

しかし、いまはそんなことはどうでもいい。

15

多忙な教授との約束はあてにならないことは知っていたが、とりあえずアポイントメントをとることにした。長谷川にまたしても午前中だけ自由時間をもらっている。

永瀬は電話をかけ、野村教授を研究室で捕まえることができた。

「ご無沙汰致しております。戸山署の永瀬です」

〈ああ……、はい。永瀬さんね。ええと、なにか？〉

おそらく誰だかわからずに返事をしているのだろうと思ったが、しかたがない。永瀬は野村教授の、まだ五十そこそこだというのに、ほとんど真っ白になった髪と、ひょうひょうとした風貌を思い浮かべながら受話器を握っていた。

「実はちょっとご相談がありまして、これからうかがいたいのですが」

〈それはあれですか、ここで検案ができないのはご存じですか〉

研究室に死体を持ち込むのか？　と聞いているのだ。教授が冗談を言っているという確証がなかったので、こちらも真面目に答えた。

「いえ、ホトケじゃありません。昔の事例について伺いたいことがあります」

〈そうですか。十一時にここを出る用事がありますので、その前でしたら結構です〉

時計を見た。九時十五分前だった。

「これからすぐうかがいます」

「ある事案についてお話を伺いたいのです」

研究室に入るなり、挨拶もそこそこに切り出した。

「ちょっと待ってください」

野村教授は、不思議にそこは白髪ではない、黒々した眉の下から、ぎょろりと目をむいた。

「私が解剖した事案ですか？」

「はい」

野村教授の顔に、当惑したような表情が浮かんだ。

「ご存じでしょうが、個々の内容については、たとえ警察官にであろうと、軽々しく話せないことになっています」

永瀬は出来るだけ熱意が伝わるように、教授の目をじっと見つめたまま続けた。

「もちろんそれはわかります。今、検案書の閲覧を申請中です。しかし、ことは一刻を争います。少しでも早ければ、犠牲者が増えるのを防げるかもしれません。悪用はしません。ご不審があれば、武井に確認をとって下さい」

教授は、永瀬の顔、とくに瞳と口を交互にじっと見ていた。永瀬が話し終えると、首筋をぽりぽりと掻いた。

「まあ、どの事案かだけでもききましょうか」

よし──。

「三年前に拳銃自殺した、戸山署鑑識係の工藤智章です。あのとき解剖されたのが、野村先生ですね」

教授は、壁にかかったドガの複製画に目をやった。無機質な印象のこの部屋の中で、そこだけ人間臭い感じがする。何か、思考を集中させる効力でもあるのか、あるいはあの踊り子が初恋の人にでも似ているのかと、考えるともなしに考えた。

「ああ、思い出しましたよ。工藤君ね。彼とは何度か仕事を一緒にやりました。なかなかてきぱきした若者だったのに、残念なことをしましたね」

「その時のことを思い出していただきたいのですが、まず、死因は何でしたか」

まだ、うん、と言ってもらっていないが、質問をぶつけた。こちらのペースで進めるに限る。

ただ、懸念はある。非常勤の嘱託とはいえ、年間では数十の遺体を解剖するだろう。どこまで詳細を覚えているか、不安な気持ちもあった。しかし、永瀬の懸念をよそに、ぽつりぽつりと語り始めた。教授の語り口がゆっくりなのは、思い出すのに時間がかかるのではなく、正確を期すためだと、以前に気がついた。

話すべきか否かの是非については、すでにどこかへ押しやられたようだった。

「あれは、銃弾の貫通による延髄挫傷と、出血性ショックが直接の死因でしたな。即死です。特別隠しだてするほどのことは何もない」

壁の踊り子と永瀬の顔を交互に見ながら話している。

「何か引っかかることはありませんでしたか？」

「引っかかるとは？」

「たとえばですね、直接死因に関係なくとも、ほかの病気の兆候とか」

「先ほどから、あなたの発言内容には、細かい誤謬（ごびゅう）があるのですが、意味はわかりますので、それはこの際無視しましょう。――それで、いまのご質問の件ですが、これという外見的な症状はなかったように記憶しています。肺も胃も肝臓も腸もきれいでした。ただ、胃だけでなく腸のほうも内容物が少なかった。少なくとも数日はダイエットしたか、食欲がなかったんでしょう」

「脳は、脳はどうでしたか。死因とまではいかないが、『これは何だ？』というような所見はなかったでしょうか」

野村教授は再び絵に目をやった。少しのあいだ、記憶の倉庫をさぐっているのがわかった。

「当然、頭蓋を開きました。死因がはっきりしていたので、ある意味形式的だったことは否定できません。当日は、ほかにもう一件解剖の予定が入っていましたしね。そうだ、そのときちょっと気になることがありました」

永瀬が身を乗り出した。

「気になること？」

「ええ。――そうでした、たしか前頭前野に所見があったと思いますね。――わずかに鬱血と萎縮がみられました」

「もう少し、詳しく聞かせていただけませんか」

「そうですね。顕著な異常とまではいえませんが、今も言ったように、前頭部――ここですね」

そう言って、野村教授は自分の額の辺りを指さした。

「このあたりに、わずかですが鬱血がみられました。それと、これも見落としかねないほどわずかでしたが萎縮もあったようです」

「萎縮って、脳が小さくなることですか」

野村教授が初めて笑った。

「まあ、ごくわかりやすくいえばそんな感じです。でも、干しブドウなどをイメージしてもちょっと違いますね。どういえばいいかな。――そうだ、野菜ついでにいえば、ほったらかしにしておいた大根なんかのほうが近いかもしれない。外見はあまり変わらないが、切ってみると中に『す』が入ってる。あんなイメージですかね」

あんなといわれても、大根を切ったことなどないのでわからない。野村が続ける。

「といってもごくわずかです。たとえば検査で見つけてもせいぜい『要観察』といったところでしょうか」

「萎縮するとどうなりますか」

「ご存じかもしれませんが、前頭前皮質は、もっとも人間らしさを司る部位、などと呼ばれています。感情や自制心などをコントロールしています」

「つまり、そこが萎縮したりすると、コントロールがきかなくなると？」

「可能性はあります」

「言葉もしゃべれなくなりますか」

「しゃべれないとは？」

「その前頭前皮質とかいう部分が萎縮すると、声を出せなくなりますか」

野村教授はまた少し笑った。

「声を出せないのと失語とはまったく意味合いが違いますが、おっしゃりたいことはまあわかりました。言語中枢は前頭前皮質にはありませんが、狭い脳の中ですし、当然有機的につながっていますから、一時的に言葉を失う可能性は考えられます」

ジグソーパズルのピースがどんどんはまっていく感覚だ。

「その萎縮にはどんな原因が考えられますか？」

「脳の萎縮の原因なんて、すぐにも一ダースぐらいは思いつきます。そもそも加齢による萎縮は誰にでもある。——ただなあ、彼の場合はまだ若かったからな」

「あえて、外因があったとすれば、どんなことが考えられますか」

うーんと唸って、あごに手を当てた。ときどき永瀬の素人さにあきれはするが、極力答えようとしてくれている。

「あの時の情況でいえば、銃弾で頸動脈を傷つけ、短時間に大量の出血をしています。首に近い脳から血液が急速に失われた結果、という理由はあり得るでしょう。——もし、そういった原因がなかった場合にどう判断したかといえば、急性の脳症、脳炎でしょうか」

「脳炎？」

「脳が何らかの原因で炎症を起こしていた可能性はある。——あの時は、銃の暴発という死因がはっきりしていたので、どういう角度でどのように入射したかということにほとんど注意を割いてしまった。予断があったかもしれない」

語るうちに、野村教授の表情から笑みが消えて、研究者の顔になった。

「その脳炎の原因がウイルスということは考えられますか？」

「ウイルスか。——脳炎だったとすればあり得る。あり得るでしょうな。寝冷えぐらいでは、脳炎にはならない」

「今からそれを証明できないでしょうか？」

無理にきまってる、とまた笑われることを予想していた。教授は口もとに手の甲を当て、しばし考え込んでしまった。やがて顔を上げた。

「不可能ではないかも知れない」

「えっ」

「あくまで物理的な可能性ですが、不可能ではないかもしれない。わたしの判断で、脳のサンプルをとりました。保存されているはずです。深い理由はなく、許可を得て習慣としてそうしています。ウイルスに感染していたなら、その検体を調べれば、痕跡が見つかるかもしれませんね」

「先生にお願いできませんか？」

教授は、特にあわてるでもなく、そのぎょろりとした瞳をじっと永瀬に向けたまま、学生に講義するかのようにゆっくりと言った。

「ひとつ、私は病理学が専門ではない。ふたつ、ウイルスの検出は、特にそれが不明なウイルスである場合、結果を出すまで非常な労力と時間がかかる。数週間かかることもある。もちろん、費用もかかる。ちょっと血液型を調べる、というようなわけにはいかない。みっつ、そもそも再検査には正式な許可が必要になる。まずはその申請を通してからでしょうな」

永瀬はしばらく考えた。

「再検査の件はもう少し考えます。それでは間に合わないかもしれませんから」

「それは、そちらのご判断で」

「ありがとうございます」

時計を見ると約束の時間が迫っていた。永瀬は重ねて礼を言って研究室を出かけて、ふと立ち止まった。

「先生。簡単なことをもうひとつ、伺ってよろしいですか」

「なんでしょう」

「壁のあの絵には何か意味があるのですか」

教授は、いま初めて気づいたように壁の絵に視線をやった。

「ああ、あれですか。深い意味はありませんが、ちょっと昔の知り合いに似ているもので」

「なるほど。――ありがとうございました」

もう一度礼を言って外に出た。あんな話を聞いたあとだったが、つい小さく笑ってしまった。

長谷川との待ち合わせまでに、もう一軒寄れそうだ。

16

西寺信毅の机にある、社長室直通の内線電話が鳴った。

反射的に壁の時計を見る。もうすぐ正午だ。役員フロア専属受付の女子社員の声が流れた。

〈警察のかたがお見えですが、いかがいたしますか？　お約束はないそうです〉

「警察？　名前は？」

園原の知り合いだろうか。

〈警視庁のナガセ様とおっしゃいます〉

知らない名だ。どこのナガセだと訊き返そうとしたとき、電話口に男の声がした。

〈戸山署、刑事課のナガセと申します。少しだけお時間をください〉

本人の声らしい。電話の向こうで、もみあうような気配がもれ聞こえた。こまります、などと社員が訴えている。一度切って警備員を呼ぼうとしたとき、受話器を奪い返したらしい社員の声が聞こえた。

〈失礼いたしました。いきなり取られてしまって〉

「警備員を呼びなさい」

〈はい〉

「警官はひとりか？」

〈はい〉

「会議中で抜けられないと断ってくれ」

〈承知いたしました〉

乱暴に受話器を置き、西寺は冷えたコーヒーをあおった。まったく、ばかどもめ。それにしても、一階の総合受付をどうやってすり抜けたのか。あそこに突っ立っている警備員は人形か。

だから早く、ＩＣチップつきカードの自動改札式に切り替えろと言っているんだ。

この世で大嫌いなのは、無能なやつだ。もっと嫌いなのは、無能で貧乏でひとにたかることばかり考えているやつだ。

「警察」と聞いて、再び三年前の記憶が頭をもたげた。

木之内部長に「任せる」と言って以来、正直に言えば一時は忘れていた。話が荒唐無稽で現実味が薄かったからだ。

だが、その後事件はおもわぬ展開をとげた。『赤い砂』のサンプルの横流しを依頼したという職員が自殺してしまった。その上、非公開ながら警察が絡んでいるらしいこともわかった。

激怒した。そんな不始末をするぐらいなら、手など出すべきではなかった。しかし、起きてしまったことは、いくら泣きごとを言ってもなかったことにはならない。善後策を講じねばならない。

基本的に、西寺製薬としては知らぬ存ぜぬを貫く事に決定した。疾病管理センターとも「なかったこと」で折り合いがついた。もちろん、向こうも対内、対外的に隠蔽したいに違いない。

せっかく鳴り物入りで作ったレベル4の研究施設が稼働し始める時期に、危険な病原体の保管管理が甘かった上に、職員がサンプルを盗み出したなどと知れたら、活動停止の処分になる可能性だってある。

自殺したやつらに対しては、可哀そうなことをしたという気持ちもないではないが、道を歩いていたらビルの屋上から物が落ちてきて当たったのとは、不運の質が違う。どれも仕事がらみの感染だ。覚悟の範囲だろう。いくばくかの金をやってもよかったが、そんなことをすれば、あたりまえだが理由を問われる。もともと痛い腹をさらに探られる。

しかし、せっかく結晶化したサンプルを入手したのだから、放っておく手はない。深く地下に潜って、極秘に継続させようと思っていたところが、計算違いの事態がおきた。

阿久津の自殺から二カ月近くがたって、そろそろ沈静化したかと枕を高くしかけた時期だった。

一連の事実を知っている、という人間からの投書が届いたのだ。

《公開せずともよいから、巻き添えをくった形の、早山と工藤と山崎の遺族に補償をしてやって欲しい》というのがその趣旨だった。

西寺社長はじめ、一握りの幹部は一時色を失ったが、その手紙は一度届いたきり、次はなかった。文面からしても脅迫状の類ではないようだった。一度だけ『懇願』し、聞き入れてもらえないためあきらめた、そんな印象を受けた。

当時、顧問として園原に来てもらう前のことだったが、表沙汰にはならずに済んだ。おそらく、手紙を出したのは自殺した人間の親族か友人か、どこかで何かをききつけた輩（やから）だろう。斉田の線も疑っていた。

しかし、とりあえずは第二弾がなかったので、ほっとしていた。うまく切り抜けた。やはり俺には強運がついている。信毅はそう思っていた。三年後の今になって、まぎれもない脅迫状が届くまでは。

再び内線電話が鳴って、回想に終止符を打った。

「こんどはなんだ」

〈さきほどのナガセ様ですが、会議が終了するまで待つ、とおっしゃっていますが〉

どうして世の中は、こう能無しとろくでなしばかりなんだ——。

「警備員は呼んだのか」

〈公務執行妨害で逮捕するとおっしゃいました〉

そんな脅しに乗ってどうする。

瞬時に計算した。今のこの状況はこちらに正義がある。強引に追い返す手はある。しかし、仮にも現職の刑事が出張ってきた以上、なにかをつかんだに違いない。世間話をしにきたわけではあるまい。

こんなときにこそ、園原に応対してもらいたいのだが、こんなときに限って「古巣へ顔つなぎ」に行っている。まあ、それはそれで必要なことだからグズグズ言ってもはじまらない。会おう。ただし、ほかのばかは呼ばずに自分だけで。

「仕方ない、通しなさい」

〈承知いたしました〉

本庁ならともかく、所轄署の刑事がいったい何の用だ。まさかとは思うが、斉田あたりとつきあいがあって、何か嗅ぎつけて小遣いでもたかりにきたか——。

ならば適当にあしらって、あとで園原になんとかしてもらえばいい。

五分ほどで、フロアの受付担当に案内された男が、ひとり入ってきた。ペン立ての陰に置いたＩＣレコーダーに、スイッチを入れた直後だった。

　信毅は立ち上がり、応接のソファを示した。男は腰を降ろす前に、身分証を提示して名乗った。

「警視庁戸山署、刑事課の永瀬といいます。お忙しいところ恐縮です」

「お言葉どおり、大変に忙しい身です。ご用件をうかがいましょうか」

　ソファに深々と身をしずめて、信毅が促した。

「あ、なにもいらないから」

　退出しようとする社員に声をかけた。

「承知いたしました」

　永瀬という刑事は、そんな嫌みを受けても苦笑もせず、怒りもせず、保険の手続きのように平淡に切り出した。

「単刀直入に伺います」

「その前に、これは令状があってのことですか？　それとも単に任意の聞き込みですか」

　もちろん、聞くまでもない。釘を刺す目的で質問したのだ。

「今回は任意です。ですので、お話しいただける範囲で結構です。しかし、可能な範囲で協力はしていただきたいですね」

「お話しできる範囲はゼロです」

「まあ、そうおっしゃらず」

にやにやしている。園原といい、この若造といい、うちの役員にもこいつらぐらいふてぶてしいのが欲しいものだ。

「一分だ」

刑事は、満足そうにうなずいて、用件を切り出した。

「ほぼ三年前、国立疾病管理センターの職員がひとり自殺しました。JR高田馬場駅で電車に飛び込んだのです。自殺の理由も兆候もなくて、わたしが知っている中でも特に不思議な自殺です。さらに、当時この職員と接触を持ったと思われる、探偵社の社長が先日自殺しました。今度も、理由がまったく見あたりません」

「それがなにか？」

「まず、疾病管理センターの阿久津さんのことはご存じでしたか」

「知りませんね。そんな事故があったような気もしますが、まったく関心がないので。まして、名前なんて」

「なるほど。では、探偵社の社長の名前は斉田といいます。こちらはご存じですか」

「それも知りませんね。——こんなやりとり、時間の無駄です。一分過ぎたし、書面でご質問をいただければ、秘書にでも返信させます」

刑事はおかまいなしで続ける。

「どうせ、全員『知らない』ですよね」

「それが事実ならしかたない。嘘はつけない」

「なるほど、では質問を変えましょう。たしかに、かれらの自殺に、西寺社長は関与されていないでしょう。それは信じます。ただ、報告ぐらいは受けていたのではないですか。そして『よきに計らえ』ぐらいは言ったのでは。まあ、それもいいです。一番かんじんなことを聞きます」

　テーブルのほうへ、やや身を乗り出した。

「今、そのウイルスはどこにありますか」

　次第に我慢がならなくなってきた。冷静にあしらうつもりだったが、短気の地が出てしまった。気づいたら、テーブルに唾を飛ばしながら声を張り上げていた。

「無茶苦茶だ。話にならん。いいがかりもいい加減にしろ。金でもたかりにきたのか。おまえのところの署長に話を通す。覚悟しておけ」

「どうぞ、ご自由に。表沙汰になるのは望むところです」

「くだらん。そんななんとかセンターの男だとか探偵だとかいうやつらが自殺したことが、わが社に何の関係があるんだ」

「まだほかにもいる。まきぞえを食った人間が。そのひとりは工藤智章巡査部長、戸山署刑事課鑑識係の職員だった。立派な警官だった。覚えておいてください」

こいつらは、どう言おうとあげあしをとってくる。具体的なことについて、やりとりしないほうがいい。

「警察の人間だというから忙しい時間を割いて話を聞いてみれば、なんだ支離滅裂なことばかり並べ立てて。もう一度身分証を見せろ」

永瀬はポケットから身分証を出し、信毅の顔の前に突き出し、はらりと開いた。

「あんたから正直に話が聞けるとは思っていない。今日は尻に火がついたことを知らせに来ただけだ」

信毅は受話器を取り上げ、内線ボタンを押した。応対に出た交換手に早口で命じた。

「園原さんはまだ帰っていないか」

〈ただいま確認いたします。少々……〉

「早くしろ」

永瀬を睨みながら、受話器に向かって怒鳴りつけている信毅のほうへ、永瀬が一歩踏み出した。

「もし、あんたが命令したことで、この一連の事件が起きたのだとしたら、おれはきっと証拠をつかむ。そして裁きの場にでてもらう。覚えておいてください」

言い捨てて永瀬は反転し、部屋を出て行った。

〈申し訳ありません。まだお戻りになっていないようです〉

まだ握りしめていた受話器から、おどおどした声が聞こえて来た。

「もういい！」

怒鳴って、たたきつけた。プラスチックのはしの部分が欠け、破片が飛び散った。

ＩＣレコーダーの中身は、人に聞かせられないなと思った。

17

午後一時半、長谷川と約束した喫茶店で落ち合った。

駅に近いコーヒーショップの二階で待っていると、長谷川が汗を拭きながら来るのが見えた。

「今日はなんだか、暑い気がする。さんざん無駄足で歩き回ったせいかな」

ははは、と笑って、注文を取りに来た店員が置いたばかりの水を、ひと息で飲み干した。

「アイスコーヒー、ラージサイズで」注文して永瀬のほうを向く。「それで？」

長谷川に促され、永瀬は結果を報告した。西寺社長の態度に話が及ぶと、強い興味を示した。

「ほんとに行ったのか」

「ええ」本当も嘘も、行くと言えば行く。その点だけは自信があった。

「よく会ってくれたな」

「みんな初めから無理だとあきらめるんですよね。突っこんでいけば、意外に突破できる壁も多いです」

「ラグビーかアメフトみたいだな。——で、結局やっぱり、白を切ったか」

「はい。言葉としては。でも、あれは真っ黒ですね。とくに最後の逆上したところはお見せしたかったです」

「『何かあったか』じゃなくて『何があったか』だな」

「ええ。しかし、公式の捜査を主張したら、藪蛇な気がするんです。どうも、上はあの件をほじくりかえしたくないらしいし」

「まさか、あんたのところの誰かが噛んでるとか？」

「わかりません。でも、思った以上に根が深そうです」

「さらにその上とか？　つまり、本庁あたりが？」

「それもさっぱりわかりません。長谷川さんのほうで情報はありませんか」

「こいつ。甘い顔してれば調子に乗ってるな。次は一日運転手やれとか言い出さないだろうな」

「あ、いまそれを言おうと思ってました」

口には出さないが、お互い疲れきっているのはわかっていた。あまり余計なエネルギーは残っていなかったが、それでも声を合わせて笑った。

「まあ、いちおう、知り合いに何人かあたりをつけてみよう。しかしな、さっきあんたも言ったけど、下手をすると藪蛇になる。信用できるやつでないとな」

ところで、と店を出たところで長谷川が言った。

「やはり、一旦本庁に引き上げることになった」

「えっ。本決まりですか」

「たぶん、今日の夜の会議で発表になると思う。だから明日以降は、戸山署単独で継続してもらうことになる。残念だが上の判断だからな。事件は続々と起きてるし。——そんな腐った顔するな。またすぐ舞い戻るさ。タタキのホシは、そう長くじっとしておれんだろう。また出没する。それに、面白い土産話ができた。正直に言って強盗事件より面白くなってきた」

撤収の準備がある長谷川と一緒に、少し早めに戻った永瀬を、三島課長が呼びつけた。

「ちょっと来てくれ」

用件はすぐに察しがついた。かといって、話も聞かないうちから「わかってます」と答えるわけにもいかない。ちらりと長谷川に視線を向けると、永瀬にしかわからない角度で、二本立てた指を軽く振った。がんばれよ――。

会釈で返し、三島に続く。会議室に入るなり、三島が無愛想に言った。

「何の件かわかるな？」

わかるので黙っている。

「西寺製薬の顧問弁護士から、正式に抗議が来た。こちらの出方によっては、法的手段もとると言ってる。はったりではないだろう。それに、あそこには警察庁のＯＢがいるんだ。園原といってな、長官官房の審議官をやった男だ。俺もちょっと噂をきいたことはあるが、かなり癖の強い男だ。あちこちにコネもある。――署長名義で詫び状を入れることで、今回は収まった」

言葉を切って、永瀬の返事を待っている。

「申し訳ありませんでした。――署長に詫びを入れたほうがいいでしょうか」

「おまえの顔なんか見たくないだろう。こんどの署長はドライだからな」

「詫びでもなんでも入れますが、でも話を聞いていただけませんか」

「この馬鹿が、今朝釘を刺したばかりだろうが」

ですが、と口にしかけてやめた。

「申し訳ありませんでした」

これ以上説明しても、聞く耳をもってもらえそうにはない。ことが大きくなりすぎたためか、三島も思ったほど声を荒らげなかった。もう詫びてすむ段階じゃない、と言い置いて、

「とりあえずは謹慎だ。外出を禁止する。これは正式な処分ではない。暫定的な処置だ。出勤してから退出するまで、署から一歩も出てはならん。退出した後は、速やかに帰宅すること。途中で買い物をする場合はどこの店に何分間立ち寄るか、事前に報告すること。たとえどこに居ようと、どんな事情があろうと、この謹慎中に三十分以上連絡がとれなかったら、更に処分が重くなると思え。当分夜勤ははずしてやる。その代わり非番もなしだ」

一気に言い渡した。

「それはいつまででしょうか?」

「正式な処分が決定するまでだ」

「長谷川さんの相方はどうしますか?」

「おまえは心配しなくていい」

「わかりました」

もう一度頭を下げて退去した。お叱りは覚悟の上だったが、自由を奪われたのは痛かった。

まずは始末書を、明日中に提出するよう命じて、課長はどこかへ消えた。

今夜のうちに下書きくらいは書いておくか。そう思って机に向かいかけた途端、携帯が鳴った。見覚えのある番号だった。

「はい、永瀬です」

〈工藤です〉

一恵だ。

「ちょっと待ってください。切らないで」

携帯を手に持ち、部屋の外へと出る。人影のない通路の隅で、再び耳に当てた。

「もしもし」

〈お仕事中すみません〉

「いいんです。――それより、何かありましたか?」

〈電話ではちょっとお話しできない事なのですが〉

「そうですか。――実はお恥ずかしい話なのですが、現在謹慎中で、勤務時間中は一歩も外出できないのです。非番もなしで、勤務終了後も速やかに帰宅が義務づけられています」

抜き打ち検査で不在だった場合、さらに始末書が増え処分が重くなることまでは言わなかった。

〈もしかして、あの人のことと関係ありますか〉

「いいえ。まったく無関係です。単にドジを踏んだだけです」

〈そうですか〉

「ずうずうしい提案なんですが、もしよければ、これから私のマンションまで来て貰えませんか？　さすがに見張りはついてませんし、うちでなら時間を気にせずに話せると思います」

一恵は断るだろうと思った。幼い子供もいる。が、意に反して弾んだ声が返ってきた。

〈うかがいます。何時頃？〉

謹慎中だから早くあがれる――と午後七時の約束をした。

〈わかりました〉

一恵がこたえた。


ドライアイスのような、同僚たちの視線を受けながら定時にあがり、まっすぐ帰宅した。言いつけを破って、途中でコンビニに立ち寄り、ペットボトル入りの麦茶を買った。

一恵は午後七時五分前に来た。

「ご迷惑ではないですか」

「そんなことありません。一人ですし、汚いところですが入ってください。瑛太君は？」

「今日も母に預けてきました」

必要最低限のものしか置いていない部屋を、一恵がぐるりと見回した。

「きちんとされてるんですね」

「あんまり見ないでください」

一恵がくすりと笑う。

「警察官の部屋みたいですね」

「よく言われます」

永瀬もつられて頬が緩んだ。冗談が言えることにほっとした。安いダイニングセットの椅子に座らせる。比較的ましなグラスに麦茶を注いで出す。

「それで、相談とはなんですか」

「実は今日、警察の方が見えました」

「警察？」

「ええ。――やっぱり、永瀬さんはご存じないですか？」

当惑したような一恵の表情だ。

「どんな用件でした？　名前は、何といいました」

「芝警察署の方でした。名乗っていただいたし、身分証を見せられたんですけど、動転してしまって名前は思い出せません」

「名刺は置いていきませんでしたか」

「はい」

芝署ときいてすぐに浮かぶのは、西寺製薬の本社がある港区芝を管轄する所轄だということだ。永瀬はやむを得ないというようにうなずいた。

「たぶん、本物でしょう。それより、用件は何でした？」

「西寺製薬は知っているか。今まで何かかかわりを持ったか。持とうとしたか。そんなことを何度も聞かれました」

芝署の刑事たちは何を聞きたかったのだろう。

「どう答えました？」

一恵は首を横に振った。

「何も。だって、確かに西寺製薬っていう名前は知ってますけど、個人的には何もかかわりなんか持った事ないですから」

「そうですか」

永瀬は数秒間下唇を噛んだ。

「奥さん、よく思い出してください。いいですか、最近身に覚えのない人物から手紙や電話、もしくは直接接触がなかったですか？」

「たとえば、どんな？」

「それはわかりません。どんな形でもいい。何かありませんか」

一恵は視線を落としてじっと考えていた。

「あの、弘済会の年金――」

「そのほかに」

一恵は、拝むように両手を合わせて考えを集中し、記憶をたどろうとしていた。邪魔をしないよう、黙って待つ。

「だめです。思い出せません」肩を落としてため息をついた。

「今すぐでなくてもいいです。何か思い出したら、連絡ください」

「わかりました。でも、一体何がおきたんですか」

「まだ全体像がつかめません。しかし、もしかすると三年前の工藤の自殺の、本当の理由がわかるかもしれません」

「本当の理由？」

表情が曇る。遺族にとっては、真相を知りたい以上に、思い出したくない記憶なのかもしれない。永瀬が、父親の死について語りたくないように。ならばなおさら、本人には負担をかけずに解決してやりたい。

「なぜ工藤が自殺したのか、です」

「理由って、ノイローゼじゃなかったんですか」

今度は一恵のほうが熱をこめて聞いた。

「たしかに、警察の見解はそうでした」

「違う可能性があるということでしょうか。それはどんな——永瀬さん、知ってることがあるなら、教えてください」

「いまはまだ、何も確かなことは言えません。いえ、言わないほうがいいと思います。ただ、あの時になにか、ものすごく恐ろしいことが起きた可能性があります。そして、工藤はそれに巻き込まれたのかもしれない。僕はそう考えています。もっとも」

永瀬はそこで無理に笑おうとしたが、口もとが歪んだだけなのは自分でもわかった。

「——そんなことを考えているのは、署内でも僕だけで、変人扱いされてます」

「そうですか。もし何か思い出したら連絡します」

「あいつの名誉が取り戻せるなら、ぼくもうれしい」

一恵は顔を伏せた。入って来たときの冗談は、せいいっぱいの空元気だったようだ。その表情には、隠しようのない悲しみが浮かんでいた。

「今でも、つい何かの拍子に、あの人を捜しちゃうんです。でも、一緒になって暮らした時間とほとんど同じだけの時間が過ぎてしまって。——こうやって、だんだん忘れてしまうのかと思うと」

ハンカチで目を押さえる一恵を、永瀬はかけるべき言葉を探しあぐねて、ただ見ていた。

一恵の気持ちが落ち着くのを待って、ドリップで落としたコーヒーをテーブルにのせた。

「瑛太君はわんぱくでしょう」

一恵は、コーヒーの礼に頭を下げてから、笑った。

「ほんとに。よくわかりますね。負けず嫌いで、じっとしていられないのは、あの人譲りだと思います。このあいだも保育園で、順番ぬかしをしたとかされたとかで喧嘩して、相手の子に頭から泥をかけたって注意されました。そのうち、永瀬さんに補導されるようなことになるかもしれません」

永瀬は声をたてて笑った。

「子供のそんな喧嘩で犯罪者になるなら、ぼくなんかいまごろ刑事に追われる身ですよ」

まさか、ほんとに辞めることになりそうなんです、とは言えなかった。

駅まで送る申し出を一恵は断ったが、結局付き添った。警察が事情を聞きに来た、というだけで永瀬を頼って来るほど、不安なのだろう。

駅で一恵を見送った後、永瀬は美由紀に連絡をとろうと試みた。やはり、西寺製薬があの一件で果たした役割を、もう少し聞いておきたかった。できることなら裏付けが欲しい。だが、何度発信しても、固定電話も携帯電話も繋がらなかった。

18

朝、永瀬が出勤してすぐ、武井が寄ってきた。

「どうだ、謹慎の具合は」

「まあまあです」

我ながらそっけない態度を取ってしまったかと少し後悔した。いままでは、武井を父親のように慕っていた。しかし、長谷川を知ってからでは、その慎重さは事なかれ主義に、正確さは融通のきかなさに見えてしまってしかたない。

「まあ、しばらくおとなしくしてるんだな」

武井が永瀬の肩を叩いて去ると同時に、携帯電話が鳴った。

〈もしもし、わかるか？〉

ぶっきらぼうな声が流れた。長谷川だった。今日から本庁に戻ったはずだ。

あんなに世話になったのに、一恵との約束を優先して、長谷川に挨拶もしていなかった。

「長谷川さん。昨日は挨拶もしなくて……」

長谷川はそれをさえぎり、〈近くに人がいたら、適当に相づちを打つだけにしてくれ〉と断って、いきなり本題を切り出した。

〈二課に古いつきあいのやつがいる。そこから聞いた。つい最近、〝本社〟から企業相手の脅迫について目立ったことはないか照会があったそうだ〉

「本社からですか」

永瀬はあまり意味がないと思って使ったことがないが、一部の職員たちは、警視庁を「本店」、警察庁を「本社」と呼び分けたりしている。つまり警察庁から警視庁の捜査二課に問い合わせがあったということだ。

〈ところが、二課ではそんな話は最近でていない。『調べます』と答えて逆に探りを入れた。二課へ直接照会してきたのは、もともとつながりのある刑事局だったが、どうもその元があるらしくて、それがカンボーらしい〉

ここでまた少し考えた。カンボーの意味にすぐに思い当たらなかったが、「官房」つまり「長官官房」のことだろう。そういえば、三島課長もそんなことを言っていた。そのときは聞き流したが、ますます大げさな話になってきた。出世になどあまり興味がなく、上を仰いだこともほとんどないが、はるか雲の上の世界だ。

「なるほど、官房ですね」

〈そこがな、妙につながるんだ。例の薬局の椅子に、そのカンボーからお客さんが来て

る。それにどうやら本社の警備担当も動いているらしい〉

それが本当だとすれば、永瀬が動いたことで、その人物を通じて警察庁に助力を求めた可能性がある。しかし、この程度のことで、警察庁本体を動かすだろうか。少し話が大きくなりすぎではないか。

妙に喉が渇いて、痛いほど冷えたビールを流し込んでやりたかった。

〈とにかく、いまさら途中でやめるつもりはないだろうが、腹はくくっておいたほうがいいな〉

「ありがとうございます」

もとよりそのつもりだったが、これではっきりと覚悟ができた。

〈逆にいえば、見当外れじゃなかったってことだ〉

唐突に切れた。永瀬はしばらく天井の蛍光灯を見上げ、ぼうっとしていた。

「本社の警備担当」とは、警察庁警備局のことだろう。日本の、公安警察の中枢だ。西寺製薬に天下った警察ＯＢが、そんなところまで動かしたのか。刑事と公安の境界も越えたということか。とんでもない火薬庫の前で、花火をぶっぱなしたのだ。

長谷川がわざわざ電話をしてくるわけだ。そしてなにより、『赤い砂』とは、それほどの機密案件だったのか。それにしては、なんと杜撰な管理だったのか。百万ぐらいのはした金に目がくらんだ職員が持ち出せるほどの――。

だが、そんなものなのかもしれない。「想定外」が出来（しゅったい）するから、戦争も起きるし、惨劇も起きる。

それにしても、とくに気になるのは公安だ。しかも警視庁ではなく警察庁。普通、公安は刑事警察には情報の提示など求めないと聞いた。それが、多少の緩衝を挟んだとはいえ、あまり仲がよくないと言われる、警視庁の刑事部に探りをいれた。よほど急ぐ理由があるのか。あるいは——。

「そうか」

長谷川の話を聞いているあいだは、だんだん話が大きくなっていくので、口を半開きにして聞いていたが、少し落ち着いてみると、なんとなく裏が読めそうだ。

いくら急いでいても重要案件でも、警察庁の警備局がそんな動きを見せるとはちょっと考えにくい。だがもし、その変則の動きがわざとだったら？　あえて、「こっちも動いているよ」というアピールだったら？　いや、そのものずばり牽制が目的だったら？

そう考えたほうがすんなりいく。

誰かが西寺製薬を脅迫した。そのことで取り込み中のところに、所轄の若僧刑事の永瀬が強引に首を突っ込んで来た。

対抗策として、正面からは正式に抗議をし、裏からは「本社」まで動かして「よけいなことはするな」と釘を刺したのだ。

もちろん、長谷川のことだから、それもわかった上で、とりあえず急ぎ忠告してくれたのだ。

昨日、工藤一恵を訪れたという刑事は、探りを入れにいったと同時に、その背後にいる永瀬を脅したのかもしれない。

そこまで話が大きくなってきたのは、脅迫の内容がよほど厳しいということだろうか。多少の金銭では済まなくなったのか。

西寺製薬と疾病管理センターの関係性ばかり追っていたが、脅迫という要素が加わった。

もう少し知りたい。情報が欲しい。

西寺製薬を脅している人間は、一体誰だ。遺族か。関係者か。

ひとりずつ思い浮かべてみる。工藤一恵——刑事事件に絶対という言葉はない。真相を知ればもっとも恨みを持つひとりだろう。だが、一方の顔で永瀬の前であの涙を見せ、もう一方の顔で、大企業相手に脅迫をするとはどうしても思えない。永瀬は一恵を候補からはずした。阿久津の妻——不明な金をそのままにした経緯があるが、あのおどおどした様子。彼女もまた企業を脅す度量はないだろう。その息子明浩——あのときすれ違った少年の暗い目を思い出した。憎んでいる。何者かを憎んでいる目だった。彼なら、あるいはあり得る。問題は、真相をどこでどうやって知ったか、だ。

まだ残っている。早山運転士と山崎巡査、それぞれの遺族だ。前者は妻と子が石川県に、山崎に至っては両親が鹿児島県に在住するのみという。だが今の時代、どんな遠隔地にいようと、脅迫ぐらいできるだろう。

とにかく、彼らのアリバイや周辺の調査には、現地の警察の協力が必要だろう。今の永瀬の立場ではどうにもならない。

そしてまた、斉田の関連の線はどうか。斉田は独身だと聞いた。だとすれば、どこか不満げだったあの社員たちはどうだ。

あるいは、当時の事情を知る、まだ永瀬が知らない関係者だろうか。西寺の社内の人間ということもありうる。西寺社長はワンマンで有名らしい。重役会議でも容赦なく罵倒すると聞いた。ならば、恨みを抱いている人間も多いだろう。

いったい、どこから攻めれば良いのか。

永瀬はせっかく早くあがれるのだから、なんとか電話でだけでも話せないかと思ったが、何度かけても美由紀は電話に出なかった。

永瀬に待っていたのは、苦痛以外の何ものでもない窮屈な時間だった。

始末書をでっちあげ、いくつかためていた報告書類を書き終えるとやる事がなくなった。本来、自宅で謹慎させるべきところ、それでは行動が把握できない為の、苦肉の策なのだろう。同じフロアにいるにもかかわらず、課長と会話をすることもほとんどない。自分の退屈はどうでもいい、『赤い砂』はどうなった。西寺への脅迫はどうなったのか。徒労でもいい。自分の足で調べて回りたい。

謹慎三日目の昼近くになって、永瀬が相変わらず机に座ったまま、考えごとをしていると、携帯電話が鳴った。また公衆電話からだ。反射的に周りを見る。全員、定例会議に出払って、部屋には誰もいなかった。

〈俺だ。話せるか?〉

やはり長谷川の声だった。

「大丈夫です」

〈きのうは一方的にしゃべって悪かった。謹慎喰らったそうだな〉

「誰から?」

〈そっちの武井さんだ。あれで、随分あんたのこと心配してるぞ。親父みたいにな。感謝しといた方がいい〉

もうしています、と答えかけて「はい」と言い直した。

「長谷川さん。ご相談があるんですが」

〈こっちから電話したんだが、まあいい。なんだ、西寺を脅してるホシか?〉

今日はさらにストレートなものいいだ。

「そのとおりです、本社じゃ見当ついたんでしょうか」

長谷川の軽い笑いが漏れた。

〈まだだな。警備のことはわからんが、二課のやつからそんな話は聞いてない。だいたい二課じゃ上っ面を探ってる程度で、本腰はいれてない。そもそも、正式に届けのあった事件じゃないからな。何が起きているのかも知らない可能性がある。気にしてるのは雲の上のほうのお偉方と、おれたち二人だけだ〉

「三年前の遺族に当たっている様子はありませんか？」

〈誰が、なんの理由で。そんな暇なやつはあんたぐらいだぞ〉

「それを言わないでください」

〈少なくとも二課では動いてないと思うぞ〉

「実は、工藤の奥さんのところには、すでに芝署の刑事が行ってます」

〈ほんとかそりゃ。なぜ知った？〉

「本人に相談をうけました。あ、これは内密にしてください」

〈そりゃもちろんだが、おれは知らんな〉

「そうですか」

やや気落ちした永瀬の声に気づいたらしく、長谷川がはげますように言う。

〈そのかわり、遠方はちょっと調べたぞ〉

「まさか――」

〈山崎巡査の遺族と早山運転士の遺族だ。結果から言うと、どっちも今回の脅迫に関してはかぎりなく白だな。山崎の実家は鹿児島で葉物系の農家をやっていたが、息子が死んでから父親はほとんど寝込み、母親は規模を縮小して休まず働いているらしい。東京の企業を脅迫しそうには思えないとの意見だ。早山のほうは……〉

「妻の実家の近くに引っ越しています。石川県です」

〈加賀市だ。再婚してない。妻の朋子、長女は中学三年、次女は中学一年。そろって暮らしている。最近上京した形跡はない。娘たちも普通に学校に通っている。断言はできんが本庁がのり出してくるような脅迫に絡んでいるとは思えないな〉

すでにそこまで調べあげてあるとは思わなかった。

「ずいぶん早いですね」

賞賛をそのまま口にしたが、長谷川はあっさりかわした。

〈別に俺が調べたわけじゃない。鹿児島県警と石川県警を通してちょっと当たってもらった。ひとに頼むのは楽でいい〉

ははと笑い声が漏れる。

〈多少臭うのは岩永親子だ。動機はある。一人息子が高校三年生。まあ、不可能とは断言できない〉

阿久津が、盗み出したサンプルを少し取り分けて自宅に隠したのを、最近になって見つけ、脅迫した。筋は通る。

「息子の名前は明浩です。母親と共犯の可能性もある。先日家を訪ねた時にパソコンの空き箱をみました。パソコンを持っているから怪しいとはいえませんが」

〈パソコンがどう絡む？〉

大企業への脅迫などと聞くと、どうしても「パソコンを駆使して」というイメージを抱く。そのことを口にした。長谷川がふっと笑いを漏らすのが聞こえた。

〈言ってなかったな。どうも、手紙タイプの脅迫状が届いたらしい。詳しいことまではわからないが、なんと郵送してきたらしい〉

「手紙ですか」

〈そういう意味でも、鹿児島と加賀は除外だろうな。消印でばれる。東京近郊の誰かに頼めば別だが、おれは違うと思う〉

先入観を抱いていた自分に恥じて、返すことばがなかった。

〈もう少し探りたいところだろうが、もう動けないんだったな。――そうか、誰かに頼んで、岩永親子をもう少し当たるか〉

「ぜひ、お願いします」

〈表向き、事件になっていないから面倒ではあるが。――何か手は考える。それよりな、

今日電話をしたのは別な要件だ〉

　永瀬は、すみません、と謝った。いつもの癖で、たとえ相手からの電話でも自分の用件があれば、先に喋らずにいられない。ずいぶん、余計な話をさせたことになる。

〈まあいいさ。じつはな、おれもちょっとわき道にそれてみたくなったよ〉

「わき道ですか」

〈今回の件、あんたひとりの手には負えんだろうと思ってな、うちの係長に相談したんだ。そしたら課長まであげてくれてな〉

「捜査一課長に？」

〈そう、敬遠したもんでもないぞ。気さくな人だ。それはそうと、興味を示してくれた。そこへもってきて、きのうから話してる、二課や〝本社〟の動きだ。——といっても、別に親切心じゃないぞ。あんたのところじゃ埒が明きそうもないなら、こっちであずからせてもらうかもしれない〉

「一課のヤマにするっていう事ですか？」

〈まあな。不服か？〉

　もちろん不服だ。しかし、ここではこれ以上の進展が無理なのは永瀬が一番痛感している。まして、警察庁まで出てきたなら、署長以下、だれも逆らわない。そもそも、署長は警察庁からの〝出向〟キャリアだ。

長谷川は少しの間をおいて切り出した。

〈それで、だ。別の攻め口だ。西寺の自宅がある目白台管轄の所轄にも、顔見知りがいてな、出入りの家政婦を突き止めた。この家政婦の息子がそこそこの不良でな、いまんとこ不起訴だが、二度ほどつまらん喧嘩で逮捕歴がある。そのへんをちょっとつついて、話を聞いたんで、それを伝えようと思ってな〉

「ちょっとまってください。西寺の自宅に出入りの家政婦って、もしかして西寺社長の？」

〈ほかにいるか？　あんたこの前、西の丸を正面突破するって言ってたろうが〉

ため息が出た。こんな人と、もうすこし長く仕事をしてみたかったと今さら思った。

それにしても、息子をだしにして雇い人から話を聞きだすというのは、やはり一課らしいといえばらしいのかもしれない。

〈西寺のお屋敷は、今も言ったが文京区目白台にある。有名な『角栄御殿』があった近くだ。そこに、派遣の家政婦に朝と晩に来てもらっている。朝六時に入り、朝刊を抜き、居間に置く。汚れ物の片付けと、朝食の準備が整うのが、朝七時。これを食うのは信毅の父親で、現会長の西寺喜久雄のみだ〉

「はい」

話の邪魔にならない程度に相づちを打つ。

〈孫の暢彦は、いつも寝坊するので、朝飯に顔をだすことはないそうだ。その後、邸内の掃除、洗濯を行う。これ以外に日用品の買い物を頼まれることもあるらしい。昼飯の簡単な準備をして正午前に一度退出する。再び午後四時半頃訪問。夕食の準備と寝具の用意を済ませ、七時には退出。暢彦は気が向くと晩飯は一緒に食うこともあるらしい。あまり、具体的にカマはかけられなかったが、ここ二週間ほどで変わった様子はないそうだ。だいたいそんなところだが、それ以外に月に一度庭師が訪れて庭の手入れをするらしい。

たまに信毅が帰宅する以外は、祖父と孫の二人暮らしで、家政婦以外に使用人らしきものは雇っていないようだ。喜久雄は外出もあまりせず、終日邸内で過ごすことが多い。暢彦はふらっと出かける。バンドをやってるらしく、高円寺にある小さなスタジオに入り浸りだそうだ。四年生なのに、就職活動はいいのかね〉

念のためと言って、長谷川が、その家政婦の派遣会社の電話番号と、当人の名前、住所を言った。メモを取る。

〈とりあえず今はそんなところだが、どうだ役に立つか？〉

「ありがとうございます。それだけ調べて頂ければ助かります」

〈謹慎中でも、電話ぐらいはできるんだろ？〉

「まあ、なんとか」

〈じゃあ、せいぜい涼しいところで電話営業でもしててくれ。こっちは炎天下、足で稼ぐ〉

「長谷川さん」

冗談だよと笑って、電話は切れた。

「宜しくおねがいします」

見えない相手に向かって頭を下げた。


西寺の自宅。文京区目白台――。

おおいにそそられる。ねらい目は、正午前後から午後四時まで。課長やほかの署員の目を盗んで、日中出かけるのは無理だ。

まてよ、本当に無理だろうか。

机の上の雑然と積み上げられた山の中腹あたりから、東京都の地図帳を引き抜いた。もう何度も開いているので、しぜんにこの戸山署があるページが開く。それを右に一ページめくれば、そこは文京区の西の端、目白台だ。


謹慎も三日目で、課長の目配りも隙ができるようになっている。さすがに暇を持て余している永瀬に同情したのか、今朝になって「近くなら飯に出てもいいぞ」と言ってくれた。ほかの署員の目もあるが、露骨なことさえしなければ、小学生みたいにいちいち先生に言いつけたりはしないだろう。

長谷川と話しているうちに、正午を回った。課長はすでに食事に出た。そのほうが時間がごまかしやすくて好都合だ。

課長が何かと雑用をいいつける内勤の女性職員に「課長に訊かれたら『少し遅めに出ました』って答えておいてくれないかな」と声をかけた。彼女は、迷惑がるどころか笑みを浮かべて「わかりました」と返してくれた。

人影がまばらな部屋を、ぷらっと出た。そのままごく自然にロビーを抜け、入り口の階段を降りた。顔だけ見知った制服警官とすれ違ったが、考えてみればここまでは何も違反をしていない。一時間あれば、急いで用件をすませ、そ知らぬ顔で戻ることは可能だろう。多少遅れても言い訳は立つ。そもそも、よほどでなければ気にしないだろう。

永瀬は、職員が使いそうにない道を選んで、駅方面に向かった。流しのタクシーを捜すが、こんな日に限って通らない。そのいらいらが不安を増殖させる。

もしもこのまま西寺宅へ向かえば、〝実刑〟は決定的だ。こんどこそ、期限付きではあるだろうが、減俸や出勤停止が待っている。最悪は異動という形で、刑事の立場を失う可能性もある。

こんなことに、今後の人生を賭ける値打ちがあるのか。西寺のところへ押しかけてみたところで、何も出ない可能性の方が高いだろう。しかし、会社に押しかけただけで、警察庁の一部まで動いた。自宅を燻（いぶ）せば、もっと大きな動きになるかもしれない。きっと動く。

むしろ、いっそ問題がこじれて表沙汰になるほうが都合がいい。こんなとき、知り合いの記者でもいれば、リークしたいぐらいだ。

今ここで立ち止まり、目の前の中華料理店でラーメンを食って帰れば、誰にも気づかれることはないだろう。このままおとなしく寛大な処分をまっていれば、譴責程度の処分ですみそうだ。

引き返せない橋をわたろうとしている――。

どうする。

美由紀のことも気がかりだった。どうして電話にでないのか。どこで何をしているのか。あのときの話の流れでは、『赤い砂』について、自身で何か調べようとしていた。

そもそも、無事でいるのだろうか。

もうそろそろ駅というあたりで、通りかかったタクシーを止めることができた。迷いを絶つ思いで、行き先を告げた。

19

十分ほどで目的の家に着いた。すぐ脇に見えた公園近くで待機するよう、運転手に告げて、多めの金を渡した。

土地は広く、建物は大きな家だった。区内にしては広めの敷地に建つ邸宅が多いこのあたりでも、かなり広いほうだろう。

永瀬はまず、ぐるりと半周してみた。南側が六メーター道路に面し、表門がある。東も道路に接し、西はささやかな公園、北は他の邸宅と接していた。これがわかっただけで、足が棒になりそうだ。

正面に回る。脇に通用口がついた大きな門だ。墨で西寺と書かれた表札が掛かっている。小細工は面倒だし時間もないので、インターフォンを押した。数秒待つが応答は無い。再び押す。結果は同じだった。

次に、通用門の方をどんどんと叩いた。

「ごめん下さい。どなたかいらっしゃいませんか」

同じことを二度繰り返した。反応はない。

永瀬は通用門の木戸を観察した。かなり年季が入っている。片開きで、いわゆるかんぬき式だ。これもかなりレトロな雰囲気の鍵穴がついている。

そのかんぬきをつまんで、横に引いてみる。すっと動く。そっと押してみる。かすかにキイと鳴って開いた。鍵がかかっていない。幸運だとは思わない。何か裏がありそうだと警戒する。だが、進むしかない。

「失礼します」

小声で告げて扉を押しあけ、そっと顔を入れる。庭が見えた。門から小砂利を敷いた道が奥へ続くが、カーブを描いているので、木立で見通しがきかない。

永瀬はすっと敷地内に身を滑り込ませ、耳をすませた。道路側の物音しか聞こえない。もしもわざと開けておいたなら、永瀬の姿をどこかで捉えているはずだ。その場で周囲を見回す。すぐにみつけた。植栽の中から突き出ている外灯、その電球の下あたりに、小型のビデオカメラのようなものが据え付けられ、レンズがこちらを向いている。

あるべきものをみつけて、かえって気分は静まった。

木戸を閉め、普通の足取りで奥へ向かう。砂利を踏みしめる足音が耳に痛いほど響く。家の中まで聞こえているだろうか。柘植（つげ）と山茶花（さざんか）、その他のよく手入れされた植え込みが途切れて視界が開けた。

岩が点在する、五十坪はありそうな庭で、芝はよく手入れされている。こういった庭園にはお決まりの、縁に岩を配した池があり、その水面を揺らして鯉の魚影が群れていた。

池のほとりに、ひとりの和服の男が佇（たたず）んでいる。中途半端な姿勢なのは、屋外用の椅子に座っているためのようだ。鯉のエサをまいている。あまりに、動きがないので、鯉よりあとに気づいた。

永瀬が思わず息を呑んだのは、男の存在そのものよりも、男のすぐ脇に静かに寄り添い、じっとこちらを見つめている二頭の大型犬にだった。一頭は漆黒と呼びたくなるほど毛並みのいいドーベルマン。もう一頭は、永瀬も何度かお世話になったジャーマン・シェパードだ。どちらもつながれていない。

恐らく、永瀬が扉をくぐったときから彼らは気づいていたに違いない。それでも、うなり声ひとつあげないのは、よほど飼い主に訓練されているのだろう。じっとこちらをロックオンしている犬たちから、視線がはずせなかった。

男はもちろん、永瀬の存在に気づいているはずだが、鯉のエサやりを続けていて、ちらりとも見ない。それもまた不気味だ。犬をけしかけるタイミングを計っているのか——。

とっさに考えを巡らせる。二頭同時に飛びかかられたら、逃れるすべはないだろう。謹慎中で拳銃は持っていない。——いや、謹慎中でなくとも、持ち歩いたりしないし、かりに持っていても使うわけにはいかない。武器らしいものといえば、ボールペンぐらいだ。

汗を流す以外、何もできずに立ちつくしている永瀬に、ようやく男が話しかけた。それでもまだ顔は池に向けたままだ。

「刑務所みたいな門をつけるのは、粋じゃないんでな。昔のままに放ってある。さすがに、鍵は閉めるよう言ってるんだが、孫が忘れたんだろう。いつものことだ。それにしても無用心だとよく言われる。だから代わりにこいつらを飼ってる。とても勤勉だ。そして忠実だ。陳腐なことばだが、人間は裏切るが犬は裏切らない。絶対に」

そこでようやく永瀬のほうを見た。エサを撒いていた手をぱんぱんと叩きながら、椅子から立ち上がる。

「昼間でよかったな、夜は放し飼いにしている。今ごろボロ雑巾みたいになってるところだ」

犬に気をとられてほとんど観察していなかったが、和服姿の男は見かけの姿勢よりは年がいっていそうだった。八十歳前後だろうか。毅然とした姿に遠目では充分若く見えた。そして、この世代にしては背が高い。永瀬とそう変わらないだろう。

間違いない。これが西寺喜久雄だ。

「無断で……」

詫びようとした永瀬の言葉を、喜久雄が遮った。

「この家を買った時についてきたので、仕方なくエサをやっているが、鯉は趣味ではない。ただ、こいつらは悪食でな。なんでも食う。食いものがないと、自分の子だろうがなんだろうが、平気で食う。弱くて小さいものを食う。あんまりあさましい姿を見たくなくて、エサをやってる。それだけだ」

犬たちの頭を、交互になでた。

「たまに網ですくわせて、こいつらの玩具にしている」

二頭は目を細めてわずかに舌をのぞかせたが、視線は永瀬から一時も離れることはなかった。

「勝手に失礼しました」

「あんた警察官か？」

「どうしてそれを？」

「信毅から、へんな刑事が嗅ぎまわっているので気をつけろ、と連絡があった。——もっとも、あんたのその服装と目を見りゃ、聞いてなくてもわかるがな」

「なるほど。もっとも今は謹慎中です。ここに来た事が上司に知られたらクビかもしれません」

正直に言った。その答えに納得がいったのか、西寺喜久雄はふたたび椅子に腰をおろし、興味を失ったかのように池に視線をもどした。

喜久雄は、池や庭の樹木をひとわたり眺めてから永瀬に視線を戻した。

「刑事なら自分の置かれている状況はわかるな？」

「はい」

「今、こいつらが飛びかかっても自業自得だな」

「はい」

「じゃあ、さっさと来たところから帰りなさい」

「五分だけ下さい」

永瀬が一歩踏み出すと、犬たちが身構え、唸った。恐怖を自覚する以上に体が硬直する。

「あまり急に変な動きをすると、私でも止められないかもしれん。——五分だけだ。それ以上はこいつらを押さえておかん。そして気が済んだら、二度とこのあたりをうろうろするな」

「ありがとうございます」

永瀬は犬を刺激しないように、ゆっくり頭を下げた。

「では単刀直入に聞きます。息子さん——西寺信毅社長が、エイズその他の治療薬だか特効薬だかを作るため、非合法な手段で危険なウイルスサンプルを入手したことは、ご存じですか？」

喜久雄はその質問がまったく聞こえなかったかのように、足もとの雑草を抜いた。永瀬はかまわず続ける。

「そのために、三年前、四人の人間が悲惨な自殺を遂げたことは？　ひとりは自業自得と言われてもしかたないかもしれませんが、あとの三名は完全に巻き添えです。まさに『たまたまそこにいたから』感染したとしか思えません」

「——」

「二週間ほど前のことです。西寺製薬から、あまりきれいではない仕事を受けていた、探偵社の社長——斉田といいます——が、恐らく同じ原因で自殺しました」

「——」

「外形的には自殺ですが、もしも、外から何かの影響を受けたなら、それはもう『殺された』と言ってもいいのではないでしょうか」

「わが社とは、関係ないだろう」

「関係がないなら、どうして脅迫されるのでしょう。そしてその事実すら隠蔽しようとするのでしょう」

「知らん、な」

どこから出したのか、喜久雄がボールを投げた。芝にころがったそれを、二頭の犬が追う。わずかの差で、シェパードがくわえた。ドーベルマンはほんの少しだけ悔しそうだったが、脇から奪おうとせず、静かに負けを認めた。二頭そろって戻ってくる。喜久雄が犬を好む理由がわかるような光景だった。

「正直に言ってしまうと、脅迫そのものには興味がありません。脅迫犯が誰だろうが、西寺製薬がいくら金を払おうが、今の私にはどうでもいいんです。——重要なことは、三年前に起きた事件の真相です。一体何が起きたのか。なぜ彼らは死ななければならなかったのか。誰と誰が真相を知っているのか。知っている人間がいるなら、それを公の場で説明してもらいたい」

「言いたいことはわかった。時間だ」

犬に「待て」をして、喜久雄が去って行く。

「すぐに出ていけ。あと一分したら、この犬笛を吹く。そうすれば、きみは三分ともたんぞ。わたしは人間が食われるところを見たくないから、失礼する」

その背中に、永瀬は声をかけた。

「事実を知っていると思われる女性のひとりと、連絡がとれなくなりました。もしかすると命の危険があるかもしれない」

喜久雄が歩みを止め、半身だけ振り返った。再び、永瀬の顔に視線を置いた。

「自殺のあとは、女の家出かね。あと四十秒だ」

「わたしには、自分から身を隠したとは思えません。自分なりに何かを清算しようとしていました。その後でわたしにすべて話すと言っていたのに、何の連絡もなく消えたのです」

喜久雄が永瀬の目をじっと見た。紳士然としているが、修羅場はくぐってきたのだろう。これだけのことを言っても、表情は変わらない。遭難用のホイッスルのようなものを取り出し、口にくわえた。あれが犬笛か。死が、それも無残な死が、すぐ手の届くところにあった。

その時、後ろから人が近づく気配がした。振り返ると、二十歳ほどに見える若い男がひとり、立っていた。

「こんにちは」

永瀬より先に、むこうがぺこりとお辞儀をした。背中にギターケースを背負っている。

「はじめまして」

永瀬も返した。これが喜久雄の孫、そして信毅の息子、すなわち西寺製薬の将来の社長の椅子が約束された、暢彦だろう。暢彦は、挨拶はしたものの、永瀬のことはちらりと視線を向けただけで、すぐに関心を失ったようだ。二頭の犬にかけより、首筋をなでている。犬たちも、飼い主と一緒に永瀬に対する関心を失い、子犬のように甘えている。うれしそうに目を閉じ、身を任せている。

暢彦が、犬をかまいながら喜久雄に顔を向けた。

「ミニじゃ危ないって、お父さんが言うんだけどさ、四駆にしろって。あんなのごつくてやなんだよね。おじいちゃんからもお洒落じゃないって言ってよ」

庭の芝と同じぐらいそつなく手入れがしてある眉のあいだにしわを寄せて、祖父に甘えている。顔の作りは母親似なのだろうか。色白で中性的ともいえる端正な顔の、ただ一点、右頬のほくろが完璧な絵に墨を落としたように目立つ。しかし、それがさらに不思議な魅力を加えているように感じる。

ひとことでいえば、育ちの良さを発散している。

「自分で頼めばいいだろう」

「だってさあ――」

犬をかまい続けている孫の背中に、喜久雄が刺のとれた声をかけた。

「普段は、家のランドクルーザーに乗ってるじゃないか」

「仕方なくだよ。いい、頼んだよ。ミニクーパーだからね」

言い終えると、永瀬を見てふっと軽く笑った。親愛の笑みではなかった。あえていえば哀れみに近いだろうか。笑われたのは自分の服装か、髪型か、それともこんなことに駆けずり回っている人生か、そんなことを考えるうち、暢彦はさっさと背を向けた。庭の隅にみえる離れのような建物に歩いていく。犬たちが名残惜しそうにそれを見送る。

喜久雄が永瀬にかけた声からは、わずかに威圧感が遠のいたような気がした。

「根はいい子なんだが、母親を亡くしてから信毅が放任してな。高校のころからバンドだとかいって騒音まき散らすんで、離れに防音のスタジオまで作る始末だ。ま、おかげでぐれずにすんでるが」
二十二、三で離れに住んで、就職の心配がないからバンド活動に精を出し、外車をねだるのは、ぐれているとはいわないのか。いやその評価は譲ったとしても、専用の離れがなければぐれるのだとしたら、世の中にまともな子供はいなくなる。

そう言いたかったが、時間がないので、本題に戻ることにした。

「先ほどの話に戻りますが、その女性は有沢美由紀という名です」

喜久雄の反応に注意しながらその名を口にしたが、まったく変化はなかった。瞳すら動かなかった。ほんとうに知らない名前なのか、あるいは事前に心の準備をしておいたのか、両極端のどちらかだと思うが、これほどの狸だと、見極めることはむずかしい。

「もし、何か思い出すか、耳に挟んだりしたら、どうか連絡をください。できればわたし個人の携帯にお願いします」

そう言って、名刺を差し出した。意外なことに、喜久雄は受け取り、丸めて捨てるようすもなかった。

「用件が済んだらもう引き取ってくれ。こいつらを押さえる手も疲れた」

喜久雄が最後の宣告をした。彼が機嫌をそこねて犬をけしかければそれまでである。美由紀の居場所についてはわからなかったが、それ以外の事実関係は、喜久雄の態度が肯定したも同じだった。それを収穫として退散することにした。

「あとひとつだけ教えてください。社長は——信毅氏はこの家にどの程度帰ってきますか」

「余計なお世話だが、教えてやろう。ほとんど帰って来んな。事実上、外苑近くのマンションで優雅にひとり暮らしだ。まあ、本当にひとりかどうかは怪しいもんだが」

「有難うございました。大変失礼いたしました」

最後に頭をひとつ下げて、くるりと後ろをむいた。来た道をごく普通に歩きだした。とっくに、予告の時間は過ぎている。犬たちの視線を感じる。気のせいではないだろう。飛びかかりたくて、舌をたらしているはずだ。背中や後頭部のむずがゆさに耐えながら、ゆっくりと門まで歩いた。

入ってきた通用口を抜け、外の世界に戻った時、はじめて犬が一声吠えた。逃した獲物を惜しむかのようだった。

永瀬は、かんぬきを閉めた右手を開いてみた。べっとりと汗ばんでいた。

深々と深呼吸をし、もういちど邸(やしき)を半周してみた。忍び込むには苦労しそうな高い塀だ。外苑近くにあるという信毅のマンション、長谷川さんなら調べがつくだろうか——。

首をしたたる汗を、ハンカチで拭った。

20

署に戻ったとき、一時間を少し超えていた。

結局、食物は何も口に出来なかったが、飯を抜くのはめずらしいことではない。三島課長がじろりと睨んだ目は「随分ごゆっくりだな」と言いたそうだった。出ているところを見ていないので、具体的には何も指摘できない。それでもまさか、目白台の西寺邸に押しかけて、西寺喜久雄と対峙してきたとまでは、想像もしていないようだった。

午後は、課長の指示で資料整理にあたった。二つ三つに分かれている資料をひとつにまとめる、日時順になっていないものを揃える。面白味はないが、作業時間だけはかかりそうだった。さすがに、いい大人が手持ち無沙汰でぶらぶらしているのは目に余ったようで、課長の小さな情けともいえた。

永瀬は、止まって見えない程度の速度で処理し、脳の大部分は別なことに働かせていた。これまで知りえたパズルの断片を、台紙に当てはめていく。何かの輪郭が、だれかの横顔が、見えそうな気がするが、あと一歩で届かないもどかしさを感じている。

午後七時、断片が散らばったままの頭を抱えて永瀬は帰宅した。

覚悟し身構えていたのだが、なぜか、西寺喜久雄からの抗議は入っていないようだった。

署にいるあいだも何度か試したが、美由紀の電話は〈電源が入っていないか――〉のメッセージの繰り返しだった。

署を出てすぐ、《CLUB　MISTY》にも連絡を入れたが、名乗った時点で、すっかりなじみになったボーイの浜崎に〈渚さんは来ていないし連絡もありません〉と先回りされた。

「行方不明者届を出してもらえると探しやすい」

そう言うのももう三回目だが、そのたびに断わられる。

〈家族でもないんだからって、ママがそう言うんです〉

これはただごとではないと思う。しかし、身動きのとれない永瀬としては、どうにもならない。単に処分を怖れるわけではない。これ以上重い処分になって、一時期でも身分証を取り上げられたら、捜索活動ができなくなる。ただのひとりの若僧になってしまったら、大企業の社長室に乗り込むなどということは——本当はいまでもできないのだが——不可能になってしまう。

とりあえず武井には、美由紀のことを相談したが、じろりと睨まれて、その後返事はもらっていない。

長谷川に話そうか。武井の場合とは別の意味合いで迷う。話せばおそらく、手をまわしてくれるだろう。これ以上、おんぶにだっこでいいのか。甘えすぎてはいないか。そう考えてしまう。

だが、と心を決めた。借りはまた返せばいい。何より、自分のためではない。

すぐに本庁の長谷川の机で捕まえることができた。永瀬は長谷川が軽口まじりの挨拶をしようとするのをさえぎって、早口で経緯を説明した。

まずは有沢美由紀と三日も連絡がとれていないと切りだした。

〈いつ気づいた〉

「連絡がとれなくなったのはおとといの夜からです。失踪したのはもっと前からかもしれません」

〈放っておいたのか〉

めずらしく、長谷川の声に怒気が含まれている。

「すみません。さすがにこれ以上は頼れないと思い」

〈あんたの署では、若手にそういう教育をするのか。さぞかし、優等生が育つだろうな〉

返す言葉はなかった。沈黙していると、長谷川が続けた。

〈まったく手掛かりなしか〉

「証拠も裏付けもありませんが、有沢美由紀の行方について、西寺社長は知っているような気がします。よく言う『知らないことになっている』かもしれませんが、かれは相当なワンマンで、すべての情報を欲しがり、かつ入手していると思います」

〈だとするとこれは抜き差しならない段階かもしれないぞ〉

「それは、考えました。もしかすると、監禁もありえるかもしれない。あるいは――」

その先は口に出すのがはばかられた。長谷川は永瀬の躊躇(ちゅうちょ)には気づかなかったようで、話を進めた。

〈たしかに、西寺は無関係ではないかもしれん。だが、さすがに自ら手を汚すとは思えん。それに、外苑前にある奴のマンションでは、三十三歳の女と事実上同棲している。監禁は無理だ〉

それは同感だった。さすがに、大企業の現役の社長が、監禁行為などしないだろう。だが、知っているのに知らぬふりをするのは考えられる。

永瀬は、武井に美由紀のマンションをあたるよう頼んだが、まだ結果を聞いていないことも伝えた。

〈武井さんにね。――まあ、とりあえずはそれを待つか。あの人でもそう時間はかからないだろう。――それより、西寺の自宅はどんなだった？〉

「喜久雄は知っていると見ました。三年前の真相も、今回の脅迫の件も」

〈何か言ったか？〉

「いえ、たとえテープに録ったとしても何のぼろも出していないと思います。でも、話している内容は、全てそういう事実があるという前提でした。それに、態度や表情を見ていればわかります。自分みたいな〝若僧〟でも」

〈そうか。脅迫犯についてはどうだ？　喜久雄は知ってると思うか〉

少しだけ考えたが、結論は変わらない。

「恐らく知っているはずです」

〈何故そう思う〉

「自分が育てた会社が脅迫されているんです。世間の評判では現社長の息子と確執があるみたいですが、それと会社の危機とは別だと思います。当然、脅迫の一件は喜久雄も気になっているはずです。それについて、わたしのほうから話を振ったんですから、多少は逆に探りをいれてもいいはずです。彼はまったくどこ吹く風の雰囲気でした」

〈そうか〉

長谷川が軽いため息といっしょに吐き出した。

〈時々、あんたのことがわからなくなる〉

「え？」

〈体力と若さで勝負なのか、知性派なのか〉

ははは、と長谷川の笑いが響いた。

「すみません」

本当は、ほかにも引っかかっていることがあった。

永瀬が、真相を知りたい、と迫ったとき、喜久雄はまともにとり合おうとはしなかった。もしも、まったく身に覚えのないことなら、また違った態度に出たはずだ。そうそう、と長谷川が続ける。

〈毎度、あんたが一方的にしゃべるんで、つい言いそびれたが、岩永のせがれ明浩のことが、少しわかった。西東京市の保谷署の知り合いに話を通して調べてもらった〉

「それで？」

〈奴はほとんど友達の家に入り浸ってるな〉

「確かバイトに行ってると、母親が言ってましたが」

〈たしかにコンビニの店員をしていた。だが、勤怠に問題があって三カ月前に事実上のクビになってる〉

「クビ？」

〈ああ、夏休みになってからは、中学のときの友達の家に遊びに通ってる。ほとんど毎日だな〉

「その友達の家というのは、どんな具合かわかりますか」

〈まあ、この短時間だからざっとだが、そこそこでかい一戸建てらしい。両親共働きで、父親は大手外食チェーンか何かの部長、母親はやっぱり大手菓子メーカーで商品開発なんかをやってるようだな〉

「つまり小遣いたっぷり、親不在、ってやつですね。うらやましい」

〈一日つけてもらっただけだが、そのダチと新宿に行った。量販店のパソコン売り場や、本屋をぶらついたあと、ゲームセンターに二時間近くいたそうだ。はりついてくれたや

つには、こんど一杯おごらないとならない〉

　すみません、と小声で謝る。

「ところでその遊ぶ金は、友達からもらってるんでしょうか」

〈それが、自分の財布から出したそうだ。万札を崩したらしい〉

「事前にもらった可能性はありますね」

〈学生がそんなことするか？　もらったにしても、別な人間じゃないか〉

「あるいは、実は最近、岩永家にまとまった金が入ったとか」

〈それはあるな。――ちょっと話をもどしていいか。有沢美由紀の行方だ〉

「はい」

〈あんたはどう思う。脅迫犯と接触して、拘束された可能性もあると思うか〉

「ありうると思います。説得して手を引かせ、司法の場で……」

〈永瀬さんよ、どうかしちまったのか？　もしも彼女が脅迫犯を説得しようとしたのなら、それは脅迫をやめさせるためじゃない。共闘するためだろう。あんたの話を聞いた限りでは、恨んでいるのはあきらかだ。カッコ良く言って共闘、実態は自分が持ってる多少のネタを手土産に、分け前にあずかろうとしたんじゃないか。それで仲間割れしていきなり拉致されたか〉

「まさか」

美由紀が、脅迫者側について共闘するなどとは、ちょっと考えられない。その身になにかあった可能性以上に、考えたくなかった。

〈もうひとつ。自分から雲隠れした可能性もある。いや、有沢こそ脅迫犯かもしれん。そこまで事実関係を知っていたならばな〉

「しかし、それであればおれにあんな秘密を話すでしょうか？　刑事のおれに」

〈彼女が話したことは、ぎりぎり関係者が知る範囲だ。あんたに話すことによって、疑いの目をそらすことができる。まして、一晩一緒に過ごした仲ともなればな〉

「長谷川さん。それは――」

たしかに、一緒には過ごしたが、指一本触れていない。それに、長谷川の、私情を排してあらゆる可能性を検証する感覚は、やはり自分にはまだついていけないと思った。

〈永瀬さん。あんた初めから、彼女を容疑者からはずしていないか？　一連の火付け役だった阿久津と同じ部屋に机があった女だぞ。臨職とはいえ、阿久津が自殺した直後に突然辞めた女だぞ。その後、逃げるようにして引っ越しまでしたのを突き止めたのは、ほかならない、あんたじゃないか。ちょっと若くて美人だからと、好意の色眼鏡で見ていなかったと断言できるか〉

途中までは猛烈な反発心が湧いて、怒鳴りたいのを抑える努力をしたが、後半に、その怒りは急速に冷めた。

長谷川の言うとおりかもしれない。自分は、不愉快な女だと自分自身の中で色付けしたはずなのに、いつしか好印象にすりかわっていた。

阿久津の息子、岩永明浩をマークさせる、と長谷川が約束して会話は終わった。

一時間半ほどして武井から連絡が入った。

〈有沢美由紀のこと、少し調べたぞ〉

「ありがとうございます」

武井は永瀬に対して、悲観的、否定的な意見ばかり言うが、その実、裏ではそんなことをやってくれているのだ。

〈所轄の警官が、マンションを訪ねてみたが、応答がない。管理人立ち会いで部屋を調べた。誰もいなかった。特別荷物を整理した様子はなかったようだ。どこかへ出かけたまま帰ってこない、そんな感じだそうだ。新聞をとっていないので何日不在なのかわからんらしい〉

「そうですか」

〈どうする？　親族から捜索依頼でもなければこれ以上は調べられんだろう〉

結局、皆が同じ台詞を繰り返す。

「心当たりを探ってみます」

った。


〈具体的にどこを〉

「これから考えます」

嘘をついた。とてもいま頭の中にあることなど言えない。武井のいつもの説教が始まった。

〈おまえ、謹慎中なのを忘れるな。もう崖っぷちだぞ。いいか、良く聞くんだ。百歩譲って、何もかもおまえの言うとおりだったとしてもだ、これ以上こじれさせることは警官として――刑事としてじゃない、警察官として命取りになる。悪いことは言わない、彼女が気になるなら、親族に捜索願を出させろ〉

「武井さん」

〈うん？〉

「今度のことは正義感とか刑事の意地とかではないんです。自分でも止められません」

〈ばかなことを、そんなガキみたいなこと言うな〉

「ありがとうございました」

受話器を置いた。

武井は武井なりに、永瀬を気遣ってくれているのだ。一番情けないのは自分だ。無計画に動き、謹慎処分などくらい、肝心なときに動けない。

永瀬は、あらためて、『渚』の名刺を見つめた。

受け取ったときの小さなしみが、美由紀に対する記憶を呼び起こす。店で見た横顔を思い出す。あれからまだ三日しか経っていないとは感じられない。

有沢美由紀は疾病管理センターの職員を辞めて、なぜ渚になる道を選んだのか。あの店は三年も続いていると言っていた。もともと彼女の性にあったのか。それとも他の理由からだろうか。あのママの下で働くのは忍耐がいるだろう。父親のような男たちに合わせて、吸えない煙草を口にするのは、楽しいことではないだろう。

彼女は何を夢見て、日が沈んでから働きに出かけ、深夜だれも待たない部屋に戻る生活を選んだのか。

三年前、本当は何があったのか。彼女はそれにどう係わっていたのか。一部分とはいえ、なぜ知り合って日も浅い自分に話す気になったのか。

そして、何処(どこ)へ消えたのか。いや、それよりも、生きているのだろうか。

21

永瀬は、出勤してすぐに、署の雰囲気がおかしいことに気づいた。

謹慎になってからずっと早めに来ていたのだが、昨夜は延々考え事をしていて、寝付いたのは朝方だった。なんとか遅刻にならないぎりぎりに出勤したところだ。ほかの署員の大部分はすでに出勤している。

永瀬は、注目されている本人が気づく直感で、すぐに察した。ここにいる職員のほとんどが自分を盗み見ている。

刑事課のある部屋で武井が待っていた。永瀬の姿を認めるなり、すっと近づいて笑みのかけらもない瞳で見つめた。

「永瀬。やってくれたな。あれほど言ったのに。――みなさんお待ちかねだ」

武井は机の受話器を取り上げた。内線をかける。

「武井です。――はい、今。――了解いたしました」

永瀬に向き直った目は悲しそうだった。

「さ、いこうか」

前を行く武井の背中が、急に老いたように見えた。


武井に促されて入った会議室には先客が並んでいた。

署長、副署長、三島刑事課長、総務課長、いずれも、まるで不機嫌さを競っているような表情だった。

「座れ」

三島が冷たく言った。

永瀬は、被告人席のように置かれた椅子に座った。武井も末席に腰をおろした。

「昨夜遅く、西寺から抗議が来た」

「西寺の誰でしょうか」

三島は瞬間むっとした表情を浮かべたが、意外にすんなりと答えた。

「社長の信毅に決まってるだろう。この前おまえが会社に押しかけてから、警察は目の敵だ」

喜久雄ではなかったのか――。

信毅だとしたら、喜久雄が「いいつけた」のではない気がする。それならもっと早く伝わったはずだ。何か別のルートで情報をつかんだ信毅が、こちらの動きを牽制するため、抗議してきたに違いない。

三島が続ける。

「どんな内容か、説明する必要はないだろう。おまえが署内で謹慎していたはずの時刻に、なぜ被疑者でもない民家に押し入ったのか。勝手に門をあけて、敷地に入ったそうだな。まずはそんなことをした理由を聞かせてもらえないか。説明できる理由があるならな」

署長の目つきが一番きつかった。ほかの幹部は「このばかが」という視線だが、署長は、もはや人間を見る目ではなかった。回収し忘れたゴミ置き場の生ゴミ袋ぐらいにしか思っていないだろう。

「だまってないで、なんとかいえ」

その署長の前なのでぎりぎり自制心を働かせているようだが、部下に対する監督不行き届きで立場をなくした三島にとって、永瀬はもはやかばうべき部下ではなかった。


永瀬は日の高いうちに、自宅マンションにもどった。

戻ってはみたが、これからどう行動すべきか、途方にくれている。

「明日までに懲罰の内容を決定する。直ちに自宅にもどって、一歩も外出するな。こんど破ったら、その瞬間に懲戒免職だ」

最後にそう言い渡した、副署長の冷たい言葉が耳に残っている。単なる失業ととらえれば、処分もそれほど怖れはない。しかし、法に裏打ちされた捜査権を剝奪されると考えると、身を切られるような思いだ。

この四日間、西寺家へ押しかけた以外は、従順に謹慎してきたのは、それを怖れてのことだ。〝ただの人〟になってしまっては、真実に近づけなくなる恐れもある。虫のいい話かもしれないが、もう少し、この案件の真相がわかるまでは、警官でいたかった。

自宅待機の命令を受け、署を出るときには、武井はふだんの武井に戻っていた。

「そういや、例のタタキ。昨夜も出たらしい。大原たちが行ってる」

長谷川と一緒に聞き込みに回った、ノックアウト強盗事件のことだ。いまははるか昔のことに感じられた。

マンションの自室に戻り、冷房をきつめにかけ、ソファの背に頭をもたれかけさせたまま考えた。時計の針は午後二時近くを指していたが、昼飯を食う気にはなれなかった。固定電話が鳴った。一瞬美由紀かと思う。着信の番号は署のものだ。家にいるかどうかの確認電話か、中学生じゃあるまいし、と少しうんざりしながら出る。

「もしもし」

〈おれだ〉

受話器から聞こえてきたのは武井の声だった。武井にしてはめずらしく、少し慌てた様子だ。

〈木之内が自殺したぞ〉

「木之内――」

とっさに誰のことか分からず、オウム返しにつぶやいた。武井のじれったそうな声が響いた。

〈西寺製薬取締役開発部長、木之内正志(まさし)だ。車に突っ込んだ〉

「車に？　いつのことですか」

〈およそ一時間前だ。場所は本社近くの都道、昼食を終えて帰社の途中、突然道路に飛び出したらしい。食事に出たのはひとりだったので、詳しい目撃者はいないようだが、その直前、歩道上でいきなり走ったあと、電柱に頭をぶつけていたという証言があるらしい〉

「本社近くというと、所轄は例の芝署ですよね」

〈ああそうだ。おまえの尊敬する長谷川さんほど顔は広くないが、これでも多少の知り合いはいる〉

武井がそんな皮肉じみたことを言うのもめずらしい。

「武さん。それより、この電話は署からですよね。大丈夫ですか」

〈ああ、いまちょうど周りにだれもいない。まずければ切る〉

「わかりました。それで今の件ですが戸山署はどうするんです」

〈そこだがな。動きようがないだろう。所轄でもない。事件性は薄い。まして警察庁が口出ししてきてるなら、署長は絶対に許可しない〉

「三年前の、阿久津の飛び込みと工藤の拳銃自殺、あれを蒸し返せませんか」

しばらく考えている。

〈まず、工藤の件は無理だ。理由はわかるな。今じゃ工藤という名前すら禁句だ〉

工藤が浮かばれないと思うが、武井に当たってもしかたがない。

〈残るは阿久津だが、遺族から申し立てでもないと、こっちから『あれは事件かもしれません』などと持ち出すわけにはいかない〉

「疾病管理センターはどうです？　あそこが盗難届を出せば立派な犯罪捜査です」

〈出すならとっくに出してる。出せない理由があるんだろう〉

だめなことはわかっていた。有沢美由紀にも、同じことを言われた。ただ、武井なら知恵もあるかと思ってわずかに期待したのだ。

〈それとな。本庁が動くという噂がある〉

「捜査一課ですか？」

〈そうだ〉

「どういう理屈ですか」長谷川とのやりとりは隠したまま問い返す。「所轄でさえ事件にできないっていってるのに、どうして一課が？　警察庁（サッチョウ）はちょっかい出してくるし、なにがなんだか理解できません」

〈おれだってわからん。むしろ、おまえのほうが知ってるだろう。知ってて話してないことがあるんじゃないのか〉

　さすがに、武井もそのあたりは見抜いている。論点を変えることにした。組織間の縄張り争いを、こんな下っ端があれこれぼやいていても、一歩も進まない。

「西寺の件は、ひとまず引きます。でも、有沢美由紀のことが気に掛かります。自発的な家出とは考えにくい状況です。もう一度所轄に頼んで探らせてもらえませんか」

はっきりとため息が聞こえた。

〈なあ永瀬。くどいようだが、どこの署も手いっぱいだ。みんなへとへとになって動いてる。一人暮らしの、こういっちゃあなんだが水商売の若い女が、二、三日姿が見えないからって、動く署なんかないぞ〉

わかっていた。わかってはいたが、頼まずにはいられなかった。彼女は、ふらっと気まぐれで旅に出たりする性格ではない。三年前には知らなかったが、今は知っている。

「そうですね。――自分でなんとかします」

うっかり漏らしてしまった。武井の声が低くなる。

〈なんとかって、おまえまだ懲りないのか。次はないぞ。部屋から出ちゃいかんぞ。こういっちゃなんだが、木之内が死んでおまえにも運が少し向いてきた。おとなしくして、妙にかき回さなけりゃ、復帰できるかもしれん〉

ありそうな話だった。ことが公になり、自殺に〝外因〟があるという展開になれば、最初にそれを騒ぎ立てた永瀬に、あまり強引な処罰を与えることはできなくなる。

かといって、簡単に署の見解を方向転換するとも思えない。現実的な落としどころとして、永瀬の謹慎を解き、ここでも〝なかったこと〟にする。その可能性はあるが、悠長に待ってはいられない。

ならば、手段はひとつしかない――。

〈いいか今度事を起こしたら、始末書じゃすまんぞ〉

なおも説教を続ける武井との会話を、生返事で切り上げて電話を切った。

おとなしくしていれば、懲戒免職の崖っぷちから、譴責ぐらいまで駒をもどせるかもしれない。しかし、今の永瀬にはそんな計算はどうでもよかった。

すでに何度となく繰り返した行為だったが、三年前の、最初からの出来事をもう一度反芻した。うす暗いもやもやの裂け目から、何かがのぞいたような気がするのだが、はっきりわからない。それが何かをもっとよく見ようと集中しかけた意識を、携帯電話の着信音が台無しにした。

ディスプレイに表示されたのは、美由紀の番号だった。

「――もしもし」

ややひそめた声で応答する。

〈――〉

声は聞こえないが、切れてはいない。呼吸音らしきものがかすかに聞こえる。こちらの様子をうかがっている。

「もしもし、有沢さんじゃないのか？　誰だ、なんとか言ったらどうだ」

〈――〉

小さく聞こえていた呼吸音が、しだいに大きくなっていく。

口で吹いているのか、鼻の息が漏れるのか、風が吹き付けるような音だ。単なる呼吸音ではなく、永瀬に聞かせるためにやっている。それは三十秒ほど続いた。やがて耳にうるさい程の音量になった。

「おまえ、脅迫犯だな。斉田を殺したのもおまえだろう。なんのまねだ。なんとか言え。有沢さんはそこにいるのか」

ぴたりと呼吸音は止み、くくっと笑うような声を一瞬残して突然切れた。

「もしもし、もしもし――」

とっさに折り返し発信する。すでに電源が切られていた。

今度は長谷川にかけ直す。こちらはすぐに出た。

長谷川も言いたいことがあったようだが、永瀬が名乗ると、その声の調子を聞いて、黙ってしまった。

「例の有沢美由紀、やはり何かあったようです――」

手短に、今の出来事を説明した。長谷川の、うーん、とうなる声が聞こえる。

〈自己顕示欲の強い奴だな。手口からしてそういうタイプだとは思っていた。どうしても我慢できなかったんだろう。それからもう一つ、彼女の身柄を確保しているという脅しの意味もあるだろう〉

「これ以上嗅ぎまわるな、と？」

〈そういうことだろうな。何か判ったことはないか。例えば、男とか女とか。室内とか屋外とか〉

「息の音だけでしたから、性別や年齢は。それに、騒音は聞こえませんでした。音の響きぐあいからすると屋内だったような気がします」

〈ほかには〉

何か聞こえただろうか。――だめだ、わからない。

「思い出せません――すみません」

〈あやまったってしょうがねえ。これはもう、非公開捜査の限界をこえたようだな〉

「しかし、親族から捜索願を出してもらわなければ、捜査は難しいのでは？」

すでに幾度となくやりとりした内容を繰り返す。長谷川は、それもそうだが、と話の方向を変えた。

〈岩永母子には、今日からぴったり張り付いてもらってる。パートタイムの尾行じゃなくだ。いまのところ特に変わった動きはない。多佳子は昨日も真面目に病院へ仕事に行った。せがれは昼からゲームセンターだ。昨夜もだいぶ遅くに帰ったらしい〉

「どこにいたのか判りましたか？」

〈いや。全部はマークしてなかった、昨日まではな。未成年だから職質もむずかしいも

のがある。だが、おれの勘ではあのガキは怪しい。有沢美由紀の話が本当なら、ウイルスを持ち出した張本人の息子だからな〉

「仮に、脅迫にからんでいるとしても、有沢美由紀の監禁まではどうでしょう」

〈複数犯も視野に入れてはいる〉

「それにしても、よく保谷署が動きましたね」

岩永親子を張っているなら、保谷署が協力しているのだろう。

長谷川が、ふふっと笑った。

〈所轄単独じゃねえよ。うちが乗り出すことになった〉

「『うち』って、捜査一課ですか」

〈西寺関連のことは、上まで話が通っている。本部が立つかどうかは微妙だが、事実上合同捜査になる〉

「保谷署と一課が」

〈ああそうだ。有沢のマンションから何か出たら、あそこの所轄も加わることになる〉

あたりまえだろう、という口調だ。

釈然としないものがある。事態が動き出したのはいいが、いつのまにか長谷川が中心にいる。もとから功名心はないが、これはいってみれば〝永瀬の事件〟だ。三年前からおかしいと言いつづけてきた。

ヒーローになる気もないし、金一封もいらない。しかし、真相を暴くなら、そして犯人と呼べるやつがいて、そいつに手錠をかけるなら、そこに自分はいなければならない。そのために、警官をやっている。

〈ついでにここだけの話だがな、久保山刑事部長が後ろで支えてくれている。心強いぞ。久保山さんは、いまの警察庁長官の、大学からの後輩だ。いってみれば直系だ〉

それがなんだという思いが湧いた。そういう生臭い話とは無縁だと思ったから、あれこれ打ち明けてきたのに。そんな永瀬の心情を察したのか、長谷川が本来なら口にすべきでないことを漏らした。

〈警察庁ならすでに動いていると言いたいかもしれん。しかしあれは反体制、反主流派だ。傍流だ。いまの長官に椅子を取られて冷や飯食わされてるやつらが、主流派の足でもひっぱれないかとこそこそやってるんだ〉

そんなことには興味がない。長谷川という人物を少し見誤っていたかもしれない。これまで武井がなんとなく面白くなさそうな態度なのを見て、自分が長谷川に影響を受けているのが快くないからだと思っていた。しかし、武井はそんなことまでお見通しだったのかもしれない。やはり自分はまだ〝若造〟だ。

〈もうちょっと面白い余談がある。その反主流派の旗振り役をやってるのが、園原という男だ。やつは、警察庁の長官官房ＯＢで、いまは西寺製薬の顧問に天下ってる〉

「ほんとですか」

すでに三島課長からその話は聞いていたが、今はじめて知ったような返事をした。

〈とにかく、今日のところは早まるな。こっちで動くから。いいな〉

それ以上あれこれ言わずに、わかりました、と答えた。


永瀬は考えていた、身じろぎもせず考えていた。

幸い、「謹慎だってな」などと電話をかけてくる友人はいない。いつまでも、考えていられる。

高いところにあった陽(ひ)が、すこしずつ部屋の奥へと差し込み、ガラスや家具に当たって乱反射するのをぼうっと見ていた。ようやくもやもやしていたものがひとつの形にかたまりかけた時、携帯電話が鳴った。着信を知らせる液晶を見た。また長谷川からだ。

「はい。永瀬です」

〈いま、岩永明浩が家を出た。二人ついてる〉

やや興奮気味の声だ。長谷川が主導権を握ったなら、そして本腰を入れたなら、そつなくやるだろう。どういう結果が待っているにせよ。

「そうですか。ぼくは部屋でおとなしくしています」

〈それがいい〉

切れた。

これ以上、胸の内はだれにも話さない。自分ひとりでやる。

暗い部屋の空間へ「よし」とひとことつぶやいて、立ち上がった。

22

最初にどうしても寄りたいところがあった。

阿久津の遺族、岩永親子の住まいがある、西東京市の都営団地だ。ただし、親子に会うのが目的ではない。

長谷川の情報が正しければ、岩永親子も警官もいない可能性が高い。母親は仕事、息子はどこかへ出かけた。刑事はそのあとをつけている。近所で訊いて回るチャンスだ。

あまりあれこれ訊いてもしかたがない。要点は二つ、岩永家に最近出入りしている人間はいないか、岩永親子の暮らしぶりが最近急に変わったようすはないか、だ。「警察」は名乗ることにした。

「さあ」という答えをいくつか受け取ったあと、買い物袋を下げ、のんびりおしゃべりしながら帰宅途中らしい主婦の二人組に声を掛けた。手応えがあった。

「岩永さんのところは、あんまりお客さんは来ないですね。ねえ」

「そうね、あとは、息子さんのお友達ぐらい」

口調からして、話し好きのようだ。

「その友達とは、男性ですか」

「そう。男の子。でも、ちょっと不思議ね。あの息子さんの名前なんだっけ、そうだ明浩くんだ。明浩くんと一緒のところは見ないでしょ」

「わたしは、よく知らない」

「たしか、昼間とかの明浩くんが学校行ってる時間だったりする」

「ちょっと。あんまりよけいなことは言わないほうが……」

「だってほら、この辺であんまり見ないタイプだし」

二人顔を見合わせてにやにやしている。何か隠している。いや、もったいぶっている。それは何か。

「息子さんと一緒のところは見ないのに、どうして友達だとわかるんですか」

「だって、岩永さんのお宅に入って行ったり出てきたり、何回か見たから。――ね。」

意味ありげに同意を求めた。言いたくて、しかたないようだ。

「あなた、ほんとによく見てるのね」

「すみません。その友達というのは、どんな感じの子ですか」

「そんなにしげしげ見たわけじゃないんだけど――」

教えられた人相風体が、ある人物と重なった。

「何回ぐらい見かけましたか」

「何回っていっても、ずっと見張ってるわけじゃないから。二、三回から五、六回ぐらい。仲よさそうに買い物に行ったり……」

「それより、岩永さんとこ、なにかあったんですか？」

話の腰を折られてしまった。

「いえ、べつに、とくには」

「そう、昼間も似たようなこと訊かれたから」

だれにですかと訊くまでもない。長谷川の指示を受けた人間だろう。今は誰にも邪魔されたくない。長谷川も含めて。

これ以上話して逆に何かさぐられてはたまらないので、そこで退散することにした。知りたいことはわかった。

隠し切れない好奇心を浮かべた主婦たちに適当な返事を返して、永瀬は池袋に向かった。

そろそろ夕焼けから夜へと空の色が変わりはじめる時刻、永瀬は斉田の事務所の窓が面した通りに立っていた。雑居ビルで、表に向いた窓はそこしかない。

『調査・相談、迅速・信頼――斉田探偵事務所――』という、窓に貼られた派手なシール印刷はまだはがされていなかった。

通りの向かい側で永瀬は振り返った。正面は薬局が入った雑居ビル。向かって左へ、時計店、回転寿司、金物店――、見えるのはこのあたりまでか。

右は細い道路をまたいで、一、二階がハンバーガー店のビル、三階はインターネットカフェ、四階以上は事務所が入っている。その右は一階が中華料理店の汚い小さなビル。その隣は洋品店。やはり見張れるのはこのあたりまでだろう。

長時間見張るとしたら方法は三つ。

今、永瀬が立っている路上に立ち続ける――これは最初に否定した。そんな目立つことをするとは思えない。

二つ目は、どこかの雑居ビルに忍び込んで身を潜める――これは可能性が高い。

三つ目は、どこかの店に〝客〟として居座ること。――店の種類によってはありえなくはない。

永瀬はまず、可能性のある四軒のビルをひとつずつ調べた。うち三軒はいずれも、ドア一、二枚分ほどの入り口がすぐに階段につながる小さなビルで、管理人はいない。階段を上れば目の前に会社事務所の入り口がある。身を潜めるような場所はなかった。

さらに、中の事務所を訪ね、事情を説明した。どこでもほとんど同じ答えが返って来た。従業員か関係者以外は見かけていない、と。

次に永瀬は飲食店をあたることにした。ハンバーガー店の入ったビルがもっとも大きく、店とは別の入居者用通用口には小さいながら管理人室もあった。永瀬はまずここで、探している人物の人相や風体を説明した。空振りに終わった。もちろん、時間帯を変えて再訪しなければ、完全ではない。

残った中に、客として長居できそうな店はいくつもない。しかも食事がメインの店ではハシゴもつらいだろう。回転寿司と中華料理はあとにまわすことにした。

永瀬は、ハンバーガー店の従業員に、目的の人物の人相を説明して心当たりを尋ねた。しかし、もっとも特徴的と思える、右の頰にある目立つホクロのことを説明しても、かすりもしなかった。念のため非番のアルバイトにも聞いてくれるよう、店長に頼んで店をでた。

次は三階のインターネットカフェ。入ってすぐに窓際に目をはしらせる。いくつもの席が外の通りに向いていた。期待が持てそうだ。応対に出た二十歳前後の女性店員に用件を伝える。

「店長ぉー」

永瀬の問いかけにはまったく答えず、くるりと振り向いて奥へ引っ込んでしまった。

いらいらして待っていると、店長らしき三十代後半ぐらいの男が出てきた。ぺらぺらのグリーンのスーツに黄色い花柄のネクタイを締めていた。

「何でしょう?　すみませんがもう一度お願いできますか」

永瀬が提示した身分証にかるくうなずいて、男は苦笑いを浮かべた。

「うち、法律守ってますけど」

「いや、違うんです」

もう一度説明する。ホクロのことを告げると、ああそれならたぶん、と思い当たったようだった。

「そうそう、ちょっと変わったお客さんだなとは思ったんすよ」

店長はそれが手柄ででもあるかのように、得意げに話し始めた。

ようやく、見つけた。

23

永瀬は、途中で少し買い物をし、一度マンションに戻ることにした。

朝から何も食べていないことに気づいた。何か喰わなくては、と思い中華料理店に入ったが、めずらしく食欲がなく、好物の味噌ラーメンをほとんど残した。

部屋に戻り、簡単な身支度をした。もしかすると戻らないかもしれないことを考えて、かたちばかり整頓をした。だれかに何かを書き残すような気分にはなれなかった。あっさりと終わってしまった。

　駅の改札を抜けた時に、もういちど腕時計を見た。午後九時を指している。

　昨日はタクシーで乗りつけた道を歩いた。リュックタイプのバッグの中には、さっき買った腕用のサポーターとテーピング式サポーター、ガムテープを入れる。手には引っ越しのとき使ってそのままになっていた小ぶりの段ボール箱、肩には三脚ケースという格好で、夜の都心の住宅街を歩く。充分に職務質問の対象だ。

　目的の家と隣接した公園の、ひと目につかない隅に持ち物を降ろす。

　まず、段ボール箱を折りたたみ、ガムテープを巻きつけ固定した。同じ物をふたつ作り、さらにそれを重ね合わせてガムテープを二重に巻くと、厚みが二十センチほどの即席の踏み台ができあがった。

　次に、ドラッグストアで買ったサポーターを左腕にはめ、その上から太いテーピング式のサポーターを肘から手首のあたりにかけて、ぐるぐると何重にも巻き付けた。左の手のひらを握ったり開いたりして、動きに不自由がないのを確かめる。

　それらの仕度が済むと、持ってきた小ぶりの三脚ケースをタスキ掛けに背負った。ケースもその中身も、もちろんまったく違う目的で、ずっと以前に買ったものだ。

　準備がすんだことを確認して、ガムテープを茂みに落とし、段ボールの踏み台を持って西寺邸と接するところ、そしてなるべく道路からも裏側の家からも死角になりそうな場所を探した。

さっと左右を見回す。周囲に植え込みがあるので、公園の中からも見えにくい好条件だ。

永瀬は踏み台を塀にたてかけ、左足を乗せた。塀の上を手で探ってみる。特段、ガラスや釘などは植わっていなかった。そのまま両手に力を込め、ぐい、と身を持ち上げ右足をかけた。塀の上にとどまったのはほんの一瞬だった。

ひらりと内側に身を躍らせた。

とん、と足を着けるのとほとんど同時に犬の吠え声があがった。

永瀬は背中の三脚ケースを持ち替え、中から小ぶりのバールを取り出しながら走った。すぐに、見覚えのある離れのドアにたどり着いた。ドアノブをガチャガチャと回すが開かない。隙間にバールを差し込もうとしたその時、一頭の犬が駆け寄ってきた。

ドーベルマンは、受けた訓練に忠実だった。まったく躊躇することなく永瀬に飛びかかった。永瀬はとっさにサポーターを巻いた左腕を犬にかませた。ドーベルマンはがっちりと嚙みついたまま、体重を預けて頭を振った。牙がサポーターを通して腕の筋肉に食い込むのがわかった。まだ甘く見ていた。

永瀬は残った右手で、バールをドアの隙間にこじ入れようとしたが、猛烈な勢いで犬が暴れるため、思うようにいかなかった。数秒遅れて二頭目が現れた。永瀬が体勢を整える間もなく、ジャーマン・シェパードは左足のふくらはぎに嚙みついた。

「ぐうっ」

食いしばった歯の間から抑えた声がもれた。右手にもったバールを握り直し振り上げた。おまえたちに罪はないが、やむを得ない。許してくれ――。

まずは、腕に嚙み付いて離さないドーベルマンの頭めがけてバールを振り下ろそうとした刹那、声が響いた。

「待ちなさい」

振り上げた右手が固まる。

「チャーリー、デルタ、止めろ。もういい」

そこに立っていたのは西寺喜久雄だった。着流しの気軽な和服姿だったが、威厳をまとって仁王立ちしている。

「おまえ、昨日の刑事だな。何をしてる。いくら刑事でもこんなことが許されるのか」

向き直ったとき、嚙まれた左足に激痛が走り、思わずよろけそうになった。息は荒く吐いたが、苦痛の声は漏らさなかった。

「令状を取っていては間に合わないかもしれない」

「何のことだ。何人か自殺したとかいう一件が、夜中にそんな物を持って屋敷に押し入るほど急を要することなのか」

「そうじゃない。有沢美由紀——彼女はここにいるはずだ」

喜久雄の眉間に皺が寄った。

「また、訳のわからんことを。貴様、頭がおかしいんじゃないのか。そんな人間はおらん。なんの証拠があって……」

話をさえぎる。

「物証はない。だが、彼女はここに囚われている。説明はあとでいくらでもしてやる。ドアを開けてくれ」

「ふざけたことを言っていないで、今すぐ出ていけ。警察には通報するが、現行犯逮捕は不名誉だろう。時間をやる、今すぐ出ていけ」

「いやです」

「なんだと。おまえ、何を言ってるか、わかっているのか」

「この離れを見せてくれなければ、この犬たちを殴り殺し、あんたを縛ってでも中に入る。一一〇番通報されても、それだけの時間はある」

喜久雄は永瀬の目をじっと睨んでいたが、折れたようだった。

「この中を見せれば納得するんだな」

「する」

喜久雄は犬たちに「待て」をさせておいて、永瀬のほうに近づいてきた。二頭の犬は息を荒くし、半分開いた口から舌を出して待機している。獲物を仕留められなかったことが、さも残念であるかのように永瀬をじっと睨んでいる。

喜久雄は手に持った鍵のひとつでドアを開けた。

習癖ですばやく室内を見回す。誰か隠れていないか。危険物や凶器はないか——。なさそうだ。

入ってすぐは簡易なキッチンのついた、リビングダイニングだった。奥にあるドアは、トイレ、バスだろう。永瀬は室内をさっと見回し、二階への階段を見つけた。左足が痛んで、血が流れるのを感じたが、ほとんど一気に駆け上った。

そこは十畳ほどのワンルームだった。防音処理を施してあるようで、部屋に入ると、外界からの騒音が消えた。きちんと片づけられている。本棚代わりのラックには、音楽雑誌が整然と並び、大量のＣＤが専用のケースに収まっている。

この部屋の主である暢彦の姿はなかった。

ギターが二本、机に立てかけてある。アンプセットとスピーカーが、部屋のかなりのスペースを占めていた。右手の壁際にシンプルなベッドがあった。そして——。その上には誰もいなかった。

永瀬はクローゼットを開け放ち、中の洋服類を腕で払った。むなしく服がゆれるだけで人間はおろか、猫一匹の気配さえもなかった。

「おかしい――」

「さあ、気が済んだら出ていってくれ。お望み通り、今から一一〇番する。逮捕されるのを待つか」

机の端に置いてあった据え置き型の電話機を取り上げて、喜久雄が110とボタンを押した。

「――西寺と言います。五丁目のそう西寺喜久雄です。わけのわからないことをわめく男が、凶器を持って――」

電話する喜久雄を残し、永瀬は特別あわてる様子もなく階段を降りた。一階に降り、ドアの外へ出た。犬がきちんと座って、息を荒くしたまま永瀬を睨んでいる。

「よう、命拾いしたな。噛んだのは貸しにしとくよ」

声をかけ、突然走りはじめた。

「待て」のまま座り込んだ犬たちが永瀬を見て興奮した。しかし永瀬にとって幸運なことに、彼らへの命令は絶対のようだった。再度「かかれ」の命を受けるまで、動けないようだ。

しかし、もう少しで母屋の玄関というあたりで、短く「ゴー」と命じる喜久雄の声が聞こえた。

疾風のように駆ける犬の足音が迫る。

振り向いている暇はない。驚くほどのスピードで迫ってくる。犬の息がかかりそうなほど、その気配を近くに感じたとき、鍵のかかっていない正面入り口の引き戸から、永瀬は身を滑り込ませた。鼻先でぴしゃりと扉を閉められた二頭の犬は、扉に爪を立て、猛烈に吠えている。

永瀬は多少の時間稼ぎに内側から鍵をかけた。チェーンが古くて、あわてる指ではうまくはまらず、あきらめて土足のまま上がった。犬たちはますます猛烈に吠えている。そのまま奥へと進んだ。

外側の重厚な作りを残したまま、屋内は和洋折衷に改造してあった。所々にディスプレイ用の窪みや棚があり、陶器や盆栽が飾ってある。永瀬は、足を引きずりながら、ひとつひとつ部屋のドアを開け放っていった。ふりかえると、永瀬が通った後には血の糸が続いている。

残るは、もっとも奥まった部屋のドアのみだ。

二、三度ノブをがちゃがちゃいわせ、施錠されていることがわかったので、体当たりをしてみた。開かない。永瀬は一歩下がり、右足のかかとのあたりに満身の力をこめて蹴った。ばり、という音がして、金属の部分がはずれかけた。

痛みが残る右足で、再度蹴った。さっきよりも大きな音がして、ノブの部分が飛んだ。

もう一度蹴る。とうとうドアが開いた。

そこは寝室らしかった。同じく、すばやく室内を確かめる。危険物や凶器はない。だが――。

暗い部屋の奥まったところに、シングルサイズのベッドが置いてある。廊下の明かりに照らされて、ベッドの上に盛り上がりが見えた。永瀬は壁のスイッチを入れた。盛り上がっているのは、タオルケットをすっぽりかぶった人間のようだった。

家の外で聞こえていた犬の吠える声が、急に近くなった。西寺喜久雄が戸を開け、家の中に入ったらしい。

今は両方痛むようになった足をひきずり、永瀬はベッドに近寄った。かかったタオルケットを半分ほどめくる。枕もなく横たわっていたのは、店で見たときよりだいぶやつれた横顔の人物だった。

両手を手錠で縛(いまし)められ、その手錠からのびたロープがベッドの脚に結ばれている。上半身はTシャツ一枚だけの格好で、ぼんやりとした瞳で永瀬を見返したのは、すっかり生気を失った表情の、有沢美由紀だ。半開きの口からは、よだれが細い糸を引いて流れている。うつろではあったが、視線はたしかに永瀬を捉えていた。

生きては、いる――。

そう思って話しかけようとしたとき、後ろで猛烈に吠えたてる犬の声がした。あわてて振り返ろうとした永瀬は、突然頭に衝撃を受けた。
何事が起きたのか理解する間もなく、何ものも存在しない深い闇に沈んでいった。

第三部　発症

《二〇〇三年八月》

1

川で溺れかけていた。

助けを求めようと口を開くと、ごぼごぼと水が流れ込む。必死にもがく手は、もはや空を切っているのか、水を掻いているのかもわからない。意識が遠のくにつれ、今までの苦痛が引いていく感じがした。

ほとんど働かなくなった思考の隅で、もうこれで死ぬのだと悟った。たすけ――。誰かを呼ぼうとする声も、小さな泡に化けた。白いもやに包まれ、意識が限りなく薄れていく。白い光しか見えなくなったその時、何者かの力強い手が右の手首をしっかりと握った。その力強い手は、白い闇の中に沈みかけていた永瀬の体を、一気に水面へと引き上げた。

静謐（せいひつ）に包まれつつあった永瀬遼は急に現実に引き戻され、猛烈に咳き込んだ。ひとしきり咳き込んだあと、我に返った。ベッドわきで武井が永瀬の様子をみている。

「大丈夫か？　今、ナースコールした。すぐに来るはずだ」

夢を見ていた。実体験の記憶だ。

それは小学二年生の時、めずらしく家族で川遊びにでかけ、突然深みにはまってあわや溺れかけたときの思い出だった。間一髪で駆けつけた父に引き上げられ、命をとりとめた。動転して永瀬を叱責する母の脇で、父はただ荒い息をしていた――。

永瀬はなかなか焦点のあわない目で、まわりを見渡した。白い壁、白いベッド、愛想のない蛍光灯、そして左腕にささった点滴。どこかの病室だとわかった。

「痛むか？」

武井の問いに、永瀬はわずかにそれと判る程度に首を横に振った。途端に左の後頭部に激痛が走った。改めて気づいたが首から上はギプスに固定されているようだ。

「頭は動かさんほうがいいぞ。さすがの石頭もヒビがはいったらしい。ついでに左手首の尺骨も骨折してる。そのおかげで死なずに済んだみたいだが」

武井がゆっくりと話す言葉も半分程度しか理解できなかった。

「ありさわ」と発音しようとしたが、唇が動いただけだった。それでも武井には意味が分かったらしく、「大丈夫だ。命に別状はない」とだけ言った。

「それからな――西寺の爺さんが全部吐いたぞ――」

永瀬はもうろうとする意識の中で、何かを訴えようとしたが、再びもと来た闇のなかへ吸い戻されていった。

今度は悪夢にうなされることなく目覚めた。

「今、何時だ？」

誰かが言った。ざらついた、聞きなれない声だった。

「今、何時だ」

多少かすれてはいるが、今度は少しましな声が聞こえた。まぎれもない、自分自身の声だった。

「お目覚めですか」

ちょうど検温にきていた看護師が気づいて声をかけた。腕をとって脈を計る。

「大丈夫そうですね。でも、訊くなら『何時だ』じゃなくて『何日だ』じゃないですか？」

二十代半ばと見える若い看護師が、愛嬌のある顔で永瀬に笑いかけた。

「何日？」

「そうですよ。丸三日寝ていたんですから。まあ、寝てたのはお薬のせいですけど。今日から八月です」

永瀬の腕を上掛けの中に戻した。身動きしようとした時に、下腹部に違和感を覚えた。

手で探り、一瞬ぎょっとする。尿道から管がのびていた。気配を察した看護師が、

「もう大丈夫そうですから、はずしましょうね」

そう言って、ステンレスのボウルのようなものを持ってきた。

下半身の上掛けをめくり、永瀬がまとっている浴衣のような着衣の前をはだけた。看護師は事務的に処置をした。排尿用のカテーテルが抜けていく、しみるような感覚に恥ずかしさを忘れた。

「誰か、警察の人間を」

「毎日交替で、表に一人詰めてらっしゃいますよ。呼びますか?」

同じ戸山署刑事課の北田(きただ)という若い巡査が入ってきた。心配そうに永瀬の顔をのぞき込む。

「大丈夫ですか?」

頭に負担をかけない程度にうなずいた。

「どうしておまえがいる」

「管轄は雑司ヶ谷署ですが、そのう、永瀬さんの――」

「見張りはおまえらでやれ、逃がすなよ、ということか」

「まあ、そういうことです」

こんなことに人員を割きたくはない気持ちはよくわかる。

「有沢美由紀は」

「大丈夫です。一時危ないとも言われたんですけど、今は食事もとれるようになったそうです」

「部屋は」

「ひとつ上の七階です。たしか七〇二号室です」

よかった。なにはともあれよかった——。

しばらく目を閉じ、何ものかに礼を言って、ふたたび開いた。

「おれたちは、なぜ助かった」

「武井さんが、念のため様子をさぐりに行ったら、家の中で猛烈に犬が吠えていて、家の周りを見てまわったら、段ボールの踏み台で誰かが侵入したあとがあって。これはもう永瀬さんだろうと判断して、強引に入ったそうです」

「どうして武さんが様子をさぐりに来たんだ」

「あの日、いつになく永瀬さんの態度がおとなしかったので、まさかと思ったら本当にまさかだったとか」

「西寺は抵抗はしなかったか」

「はい、神妙だったみたいですよ」

「だれが？」

「だから喜久雄ですよ。自白しましたよ。武井さんが通報するあいだも、折れ曲がったピッチングウェッジぶら下げて、呆然としてたそうです」

「ピッチングウェッジ？」

「そうです。喜久雄が、普段庭で『寄せ』の練習につかってたらしいです。永瀬さんはともかく、有沢美由紀があゝいう形で見つかっちゃ、どうにも言い逃れできないでしょうからね。事実、すぐに歌ったらしいですよ」

「西寺喜久雄が、自分がやったと？」

「ええ見ますか？　武さんが、永瀬さんが目覚めたら、きっと見たがるって員面の控えです」

そう言って北田がブリーフケースから取り出したのは、職員面前調書の写しだった。いわゆる供述書は、この『員面』を元にほとんど警察側が作成する。

永瀬はすばやく目を通した。

《――わたしはかねがね、息子である信毅すなわち現西寺製薬社長を快く思っておりませんでした。

理由は、先年取締役会において事前に手を回し、わたしを決定権のない会長に祭り上げ、実権を奪ったからであります。そもそもは、わたしが長男の誠一郎（二十一年前に死亡）を溺愛し、二男の信毅を冷遇したと思い込み、長年逆恨みしてきたことが根にあります。信毅は、ひとり息子の暢彦ともそりが合わず、特に暢彦の実母靖子(やすこ)が病死してからは、親子らしい交流すらほとんどないといってもよい状態が続いておりました。

わたしは暢彦に死んだ誠一郎の面影を見いだし、信毅に代わって可愛がるようになり、ひいては早く信毅を退任させ、暢彦にあとを継がせたい。そう思うようになっていました。

わたしは、事態が深刻化するまで、何が起きているのかほとんど知りませんでした。蚊帳の外だったからです。いまでもよくわかっていません。ただ、信毅が違法なことにまで手を染めて何か危険な研究をしようとしているとは気づきました。最近、接点はほとんどありませんが、やはり親子ですからね。

さかのぼって考えれば、信毅がそんなことに手を染めたのは、わたしから社長の座を奪ってわずか三カ月後の出来事です。功績をあせっていたのでしょう。

しかし、信毅のことは憎いですが、会社は愛しています。わたしなりに探るうち、どうも、会社が脅迫されているらしいと知りました。三年前にも不審な手紙が来たのを知っています。信毅に反感を抱くものや、古い社員の中には、いまでも多少の情報を流してくれるものはいます。

どうしたものかと悩むうち、どういう運命のいたずらか、当時のことを知る別な人間が現れたのです。

今回、監禁する事態に至った有沢美由紀さんでした。彼女は三年前、疾病管理センターで阿久津とごく近い席におり、阿久津の行動に感づいていたのです。

彼女は『全部知ってる』と言いました。三年前に裏で動いた斉田という探偵も死亡したらしいのですが、『その斉田を含め、遺族や関係者に補償金を支払って欲しい』というのが彼女の主張です。わたしが返答に困っていると、彼女はこう言いました。

『さもなければ、事実関係を知る人間として、警察に一切を告発する』

わたしは、脅迫者は彼女なのだと思いました。ですので、事態が終結するまで彼女におとなしくしてもらうことにしました。すなわち、睡眠剤を投与し続け、朦朧となった状態で監禁することに決めたのです。使用した薬剤は、わたしが会長の権限で西寺製薬の研究室から持ち出したものであります――》

途中まで読み終えた永瀬が、調書を床に捨てた。北田は、動きの不自由な永瀬が落としたものと思い、拾い上げた。

「やめとけ」

「え?」

「そんなデタラメはゴミ箱に捨てちまえ」

さすがに北田は目をむいた。

か」

「デタラメですか？　だって、そもそも、永瀬さんが引っぱってきたヤマじゃないです

永瀬は否定の意味で目を閉じた。

「違う、喜久雄じゃない」

北田は目をむいて口をだらしなく半分開けている。

「それより、暢彦はどうした？」

「ああ、孫のほうですね、ゆうべ見舞いに来ました。永瀬さんのことをすごく心配していました。離れっていうんですか、別棟にいて気づかなかったとはいえ、有沢さんが監禁されていた家に同居していたことに、責任を感じてるみたいです。聴取にも素直に応じているようです。わたしが受けた印象では好青年ですね」

好青年すぎて、岩永親子が住む団地の主婦にまで、顔を覚えられていた。

「そんなことはどうでもいい。暢彦は何しに来た」

「祖父がご迷惑をおかけした、永瀬さんにどうしても詫びがしたいから見舞わせてくれ、って聞かなかったんです」

「入れたのか？」

「いいえ。引き取ってもらいました」

「素直に帰ったか？」

「はい」

「そこにあるフルーツは誰が？」

ワゴンに載った、高価そうなフルーツバスケットをあごで指す。知り合いにこんな金遣いをする人間はいない。

「いない間に置いてあったのですが、たぶん暢彦が持ってきたものだと思います」

頭に上った血が沸騰しかけて、激しい頭痛がした。

「ばか野郎。そんなもの受け取ったのか、規則違反だろうが」

「それはわかっています。一度は『規則で受け取れない』と断ったんですが、いつのまにか置いてあって、だからたぶん看護師さんにでもあずけたのかと。——武井さんに相談したら『あとで同等品を返しておく。指紋採取の材料ぐらいにはなるだろう』って。あとで署から誰か……」

「ちゃんと帰るところを見たのか？」

「ええまあ、エレベーターの方へ歩いて行きましたし。彼が何か？」

永瀬は苦しいほど呼吸が荒くなっているのを感じている。取り返しのつかないことになったかもしれない。

「この部屋に張りついてるのは何人だ」

「手があいた人間が何人か交代で」

「仕事もあるのに申し訳ないな」

嫌みと気づかなかったようだ。

「とんでもないです。ほぼ、自分が専任みたいになってますが、外の長いすも案外寝られるんです」

「昨夜、この部屋の出入りから目を離したか？」

「いえ、トイレに行く時はべつですが、ここからトイレまでほんの二十秒ぐらいだし、角を曲がってすぐですから、誰か入ればわかります。それに、こんなところまで忍び込んでくるやつもいませんし――」

永瀬の表情に気づいた、北田の顔が曇った。

「何かまずかったでしょうか」

「いや、考え過ぎだろう」

「ああ、そういえば、ちょっと変なことが。あれは何時ごろだったかな、そうだ、暢彦が帰ったすぐあとだ」

床を見つめて思い出しながら語っていた北田が、永瀬に視線を戻し、弁解するように言った。

「署から電話が来たといって、館内放送で呼び出されたんです。ところが、ナースステーションに行ってみると通話は切れていて、おかしいなと思って署に折り返しかけてみたんですが、誰もこころあたりがないと言うんで、変だなと。そのぐらいでしょうか」

「携帯があるじゃないか」

「だから変だと思ったんです」

軽く頭を左右に振ったら、殴られたところがずきずきと痛んだ。

「ここにいなかったのは、どのくらいの時間だ？」

「そうですね、計っていたわけではありませんが、下のフロアなので、五、六分か、もうちょっと」

永瀬は再び目を閉じた。気分が沈んでゆく。絶望感が底について浮き上がり、しだいに怒りに姿を変えた。むっくり起きあがり、手を伸ばして、暢彦が持ってきたというバスケットを床にたたき落とした。その代償の激痛にうめく。

「永瀬さん、どうしたんですか。――やっぱりまだちょっと錯乱してるのかな」

ナースコールボタンを押そうとした北田を止める。

「錯乱してるのはおまえらだ。犯人は喜久雄じゃない。暢彦だ」

「えっ？　なんですかそれ」

「よりによって、やつをここへ入れたな」

永瀬の怒りの理由がわからずうろたえる北田に、怒鳴るように指示する。

「すぐに武さんに連絡しろ、暢彦を緊急手配だ。それと岩永多佳子、死んだ疾病管理センターの職員阿久津久史の元妻だ。証拠はあとで出す。とりあえずは参考人でもなんでもいい。はやくしろ」

「はい。ええと病室だし……」

「いいからさっさとしろ」

慌てて電話を取り出した北田の肩につかまって、永瀬はベッドから身を起こした。

「あ、永瀬さんだめですよ」

驚いた北田が止めるが、永瀬は聞かない。

「有沢さんの部屋は七〇二号だったな」

「そうですが……」

「さっさと武さんに連絡しろ」

北田の携帯電話を顎でしゃくっておいて、自分の身体を確かめた。

ギプスで首から上が固定されてほとんど動かないのと、左腕の肘から先が石膏(せっこう)で固められているくらいで、左足の縫った痕が多少ひきつるほかは特に異常がなかった。

ドアを蹴破った右足のかかとも痛むが、せいぜいが、朝のジョギングを少し長めにやった程度のものだ。

ナースコールして、事情を説明するのももどかしい。

永瀬は両足を引きずるように歩いて、部屋を出た。

狭い金属製の箱の中に、西寺暢彦は立っていた。軽いめまいは、動揺のせいではないだろう。

2

今、西寺製薬本社ビルのエレベーターが重役専用会議室のある十二階を目指してのぼって行く。

あっさりしたもんだ――。

夜間用通用門の警備員は、暢彦の顔を見るなり立ち上がって、真剣な口調で声をかけてきた。

「さきほど連絡がありました。お宅でたいへんなことがあったらしいですね」

同情を買う表情を作るのは得意だ。

「ええ、祖父がちょっとあれですが、ぼくは大丈夫です。警察に止められていて詳しくは話せないんです。それと、やはり警察からの指示で、いくつか書類を取りに来ました」

警備員の眉間のしわが深くなる。

「この夜更けにそれは大変ですね。お手伝いしましょうか」

「いえ、けっこうです。証拠品ですし」

冷静に言うと、警備員は「なにかありましたら連絡ください」と言って、通してくれた。

暢彦は数が増えてゆくデジタルの階数表示を見ながら、今夜の大騒ぎを思い出していた。

茶番だ。ああいうのを、茶番というんだ――。

つばを吐き捨てようとしたが、床がカーペット敷きだったので、思いとどまった。

不法侵入した永瀬とかいう刑事を、信毅が置きっぱなしにしているピッチングウェッジで後ろから殴り、倒れたところにとどめをさそうとしたが、祖父の喜久雄に止められた。

「もういい。おまえは何も知らないことにしろ」

そんなやりとりをするうちに、別のだれかが門のインターフォンをしつこくならした。

喜久雄は「いいから隠れていろ。罪はおれがかぶる」とも言った。正直な気分として、罪のことなどどうでもよかったが、まだやりたいことがあったので、言われるとおりにした。

まもなく、下品なサイレンを鳴らし、派手に回転灯をちかちかさせた警察や救急車両がやってきた。まったくの知らんぷりも怪しまれるので、少し遅れて現場へ顔を出した。喜久雄は手錠をかけられ、何人かの刑事らしき男に囲まれていた。驚いたふりをした。暢彦と目が合うと、喜久雄は顔を左右に振った。そしてうなずいた。

いいな、自分が罪をかぶる——。

到着した救急隊に、有沢美由紀と永瀬とかいう刑事は運ばれていった。祖父は「自分がやった」とくり返し告白し、その後の簡単な取り調べにも神妙に受け答えし、そのまま連行されていった。

喜久雄の指示どおり、寝耳に水で押し通した。ずっと離れで生活していたので、何も気づきませんでした。申し訳ありません——。

祖父がひとりでかぶるというなら、そうしてもらうつもりだ。年寄りは若い者の犠牲になって喜ぶものだ。警察も祖父の話を信じているらしく、そして任意の聴取には応じると答えているので、暢彦は今のところ自由の身でいる。

警察の連中は、その事情聴取についても、「今夜は遅いから、明日あらためて」などと呑気なことを言ってくれた。

しかし、明日になれば、いや早ければ未明にでも本格的に当局の捜索が入るだろう。その前に、少しいたずらをしておきたかった。

暢彦は、照明が暗めになった十二階の通路に降り立った。

確かめるまでもなく、人の気配はない。この会社は、セキュリティを人力に頼る傾向がある。昼間は警備員や、重役フロアには専用受付を置いたりしているが、夜間はほとんど自由だ。

掃除やメンテの人間にフリーパスを渡すわけにはいかない、と主張するばかがいるらしいが、こうやって闊歩できたら同じことだろう。

まあいい。今回のことでやつらも反省して、日本一のセキュリティシステムを導入するに違いない。もっとも、そのときには社長は交代しているはずだが――。

ひとり、くくく、と笑いながら、何度も歩いた通路を給湯室に向かった。セルフサービスのドリップ式コーヒーサーバーがある。役員連中のコーヒーは、ここで入れて提供される。初めはこのガラスの器に入れておこうか、と思った。しかし、生真面目な事務員が、朝に一度全部きれいに洗浄する可能性もある。

暢彦はつぎにすぐ脇の冷蔵庫を見た。ドアを開ける。プラスチック製容器の中にアイスコーヒーらしきものが八割ほど満ちていた。暢彦はそれを取り出し、蓋をあけた。コップにとり、飲んでみる。確かにアイスコーヒーだった。

だが、信毅は淹れたてでないと飲まない。

どうしたものか――。

「なんちゃってね。スパイ映画みたいに、ちょっと悩んでみました」

独り言をもらし、また、くくく、と笑う。

西寺製薬では、いくつかの栄養分を強化した「特定保健用食品」いわゆる「トクホ」の野菜ジュースを売っている。重役会議の前は、これをみなでひとパックずつ飲むのが、前任の喜久雄の時代から残る、数少ない習慣だ。

ポケットから小さな瓶(びん)を取り出す。中に入っているのは、例の白い粉を水で溶いたものだ。すでに活性化しているはずだ。一度活性化したやつらは、最低限の水分があれば、少くとも三十六時間は活動を続ける。

野菜ジュースの二百cc入りパック一ダースほどを、すべて出して並べる。これも持参したケースから注射器を慎重に取り出す。針のカバーを外し、小瓶のコルクに突き刺す。中の液体を、ゆっくりと吸い上げる。

三分の二ほど溜まったところで引き抜き、ライトに透かして見る。

『赤い砂』という呼び名だが、ただの白濁した液体だ。もっとも、電子顕微鏡でなければやつらの姿は見ることができない。可愛(かわ)いくておぞましいやつらだ。

暢彦は、最初のパックを裏返し、底に針を突き刺し〇・一ccきっかり注入し、すぐに瞬間接着剤を垂らした。じっくり見ても気づかれないはずだ。そして次、また次――。

二週間後が楽しみだ。

3

永瀬が、エレベーターの到着を待っていると、北田が追いついてきた。

「永瀬さん。縫った傷が開きますよ」

永瀬は、ちら、と北田に視線をはしらせた。北田は、携帯電話を取り出し、だれかにかけている。ドアが開いた。乗り込み、七階のボタンを押す。さすがに階段はきびしそうだ。ほかに利用者はいない。

「あ、武井さん。北田です」

「かせっ！」

相手が出たらしいところで永瀬が奪い取った。

「あ、武さん、おれです。――いえおれのことはどうでもいいです。それより、暢彦をどうして病室に入れたんです。いやその前に、野放しにしておくんです――世間の目とか言ってる場合じゃ――まあいいです。今すぐ身柄を――そうです、本ボシはやつです。ええ、斉田も木之内もやつの仕業だし、有沢美由紀を監禁したのもやつがやったことです。喜久雄のじいさんはせいぜいが従犯ですね。詳しくはあとで説明します。理由はどうとでもつけてください。『永瀬が、殴ったのは暢彦だったと言い張ってる』とかなんとか」

ドアが開く。すれ違った看護師が、大声で電話で話す永瀬をにらんで行った。

「――それからもうひとつだけ。斉田が自殺する二日前から、斉田の事務所が見張れる位置のインターネットカフェに、暢彦が入り浸っていたのが目撃されてます。ええ、外が見える造りです。それと、岩永多佳子の団地の近くでも目撃されてます。昼間、二人仲良く買い物して帰ってきたりするところを目撃されています。

共犯がいるとすれば岩永多佳子です。二人の仲は、突っ込めば近所の主婦がいくらでも証言しますよ。息子がどのぐらい嚙んでいるかはわかりません。有沢美由紀に使った薬は看護師の岩永多佳子が病院からくすねたもののはずです。そっちはすぐに調べがつくでしょう。お願いします」

話し終え、携帯を北田に返す。通路が見える。

「あの角を曲がったところです」

「彼女にも見張りはついているのか?」

「有沢さんですか?――ええ、今日はたしか村西(むらにし)さんが」

答えを聞くころには、すでに角を曲がっていた。個室の入り口脇のベンチに、制服の女性警官が座っているのが見えた。

「ご苦労様です。――大丈夫ですか?」

永瀬の恰好を見て、心配してくれた。それに答えるより、質問を急ぐ。

「昨日、ここに居たのは？」

「北岡さんです」

別の女性警官の名だ。

「すぐに確認をとってくれ。この部屋の見舞客がいなかったかどうか」

「はい」

村西は、電話が許可されている、談話室のほうへ走っていった。

美由紀の病室へ向かう。気は急くが足がついてこない。「殺すつもりならとっくに殺してるはずだ」という、よくある理論で自分を納得させようとした。しかし、監禁中にできなかった「感染」という最後の仕上げをしにきた可能性もある——。

七〇二号室に着いた。ドアを軽くノックして顔をのぞかせる。ベッドの枕から美由紀のやや生気を取り戻した目がこちらを見ていた。

「起きてましたか？」

「部屋の前で、そんなに大声で話されたら寝ていられないわ」

永瀬は北田に、外で待つよう目顔で合図してドアを閉めた。二人きりで話したかった。

「大丈夫？」

「どう見てもあなたの方が重傷ね」

4

予想したとおり、永瀬の侵入騒ぎがあった翌早朝、たくさんの警察関係者がやってきた。

母屋からも、いくつか荷物を運び出していった。だが、もうあれはない。

いつもなら真っ先に飛んできて、クレームをつけそうな信毅は、自身に火の粉がかかるのを恐れ、どこだかの病院に入院したという知らせを聞いた。

驚いたことに、警察は喜久雄の言い分を信じているらしく、暢彦は自由なままだ。それどころか、接する警官たちは「判断力をなくした老人による監禁と、暴走刑事による行き過ぎ捜査の事件」とでも把握しているらしく、暢彦を巻き込まれた無辜の青年として扱ってくれる。暢彦も意図的に礼儀正しく、申し訳なさそうに接した。その応対に、警察関係者は何も疑っていないようだった。

永瀬を殴り殺しそこねて三日目の夜、暢彦はタクシーを呼び、飯田橋にある東京警察病院に向かった。

ポケットの中には、あの小瓶がある。一般病棟の夜間通用口からすんなりと入ることができた。

入院病棟の、永瀬が入っている病室の前には、見張り番らしい若い刑事が座っていた。

暢彦は先に挨拶した。

「ご苦労様です」

「失礼ですが、どちらさん？」

刑事は警戒心を浮かべて暢彦をにらみ返した。

「西寺暢彦です。祖父が大変なご迷惑をおかけしました。せめてお詫びをさせていただきたいと思いまして」

刑事の警戒心がやや解けたようだ。暢彦がぶら下げている見舞い用のフルーツバスケットにも目がいった。

「それは、どうも。しかし、せっかくですが、面会はできません」

「ちょっとお顔を見るだけでもダメでしょうか？」

「残念ですが」

すぐにあきらめた。あまりしつこいと疑われる。

「分かりました。それではこれだけでも渡していただけないでしょうか」

そう言って、暢彦がさしだしたバスケットを刑事がやんわりと拒絶した。

「そういうものも受け取れない規則になっていまして、申し訳ありません。お気持ちは伝えておきます」

「そうですか、失礼しました」

丁寧にお辞儀をして去った。

休憩室の脇に、公衆電話があったのを見ている。ここへ来たとき受付でもらったパンフレットを取り出す。

電話機にテレホンカードを差し込み、パンフレットの代表番号にかけ、入院棟のナースステーションにつないでもらう。

「もしもし、入院病棟でしょうか。こちら戸山警察署の刑事課です。このたびはお世話になっております。お手数ですが六階に入院中の永瀬を警護している刑事を呼び出していただけますか」

〈少々お待ちください〉

ナースステーションはひとつ下の階にある。多少の時間かせぎにはなる。

受話器を台のうえに置いて、素早くエレベーターに戻る。病室の前に刑事の姿はなかった。左右を見て部屋に忍びこんだ。

頭に包帯をまいた永瀬がベッドにいた。呼吸器ははずされているので、思ったほどの重傷ではなかったようだ。暢彦は脇に立ち、永瀬の顔を見下ろした。この前会った時にはきつい視線を自分に向けていたが、いまは無邪気な表情で寝込んでいる。

フルーツバスケットを、ベッド脇のワゴンに載せる。せっかく買ったのだ。これには毒なんか入っていない。

「こんばんは、刑事さん」

暢彦はポケットの小壜を握り、永瀬の寝顔を見つめていた。

5

ベッドに半身を起こした美由紀が言った。

「ベンゾジアゼピン系の睡眠薬らしいって、医師が言ってた。たぶん後遺症も副作用も残らないと思う」

警官以外で、「医師が言ってた」などと喋る女には、今まで出会ったことがない。

ちくしょう――。

永瀬は美由紀と再会して以来、何度めかの悪態をついた。だれにも聞かせられない、自分の心へ投げつけた言葉だ。

「何故、警察に暢彦が犯人だと言わなかった」

永瀬は、内心を隠すように、きつい口調で迫った。

美由紀はその大きな瞳を開いて天井を見た。そこに相談相手がいるかのようにしばらく見つめたあと口を開いた。

「あの時、後を追うように入ってきた暢彦が、あなたを殴り倒した。倒れたあなたにとどめをさそうとする彼を西寺喜久雄が止めて、わたしに懇願したの。『わたしが全部罪をかぶる。そして全て、認める。補償も必ずさせる。この刑事のとどめをさせない。だから、わたしがやったということで口裏を合わせてくれ』って。土下座せんばかりに泣いて頼んでいたわ。わたし、かなり朦朧としてたけど、あなたをこのまま殺させてはいけないって、それだけを考えてた。道義的なことや法律のことまで考える余裕はなかったわ」

永瀬は目を閉じてその光景を思い浮かべた。

「それはどうも。命の恩人ってわけだ。でも、その場はともかくここへ来てからなら、好きに真実が言えたんじゃないか」

美由紀が永瀬の方に顔を傾けた。

「だって、あなたは半分死んでる状態で、トイレにも行けない有様なのに、どう面倒みるの。わたしだっていまだにベッドから降ろしてもらえないのよ。西寺喜久雄だって、ただの隠居じゃないでしょう。今、人の命はとっても安いっていうじゃない」

「警察が守ってくれる」

「本気でそう思ってる?」

「——そうか。たしかにな」

　彼女が消息を絶ったあと、ほかでもない、まがりなりにも刑事職にある永瀬がいくら主張しても、まともに耳を貸したのは長谷川ぐらいだった。武井ですら「そこまで言うなら様子を見てみる」という雰囲気だった。

　警察の内情を知らない美由紀が、ようやく死の淵から生還したばかりの彼女が、救いに来た永瀬さえも人事不省だと聞いて、だれも信用できなかったのは無理もない。暢彦本人の耳に「有沢美由紀がこんなことを言ってる」と入る危険もある。

　だから、昨夜暢彦が永瀬の病室に侵入したらしいことは、ひとまず言わずにおくことにした。言えば、彼女は心配するだろうし、自分を責めるかもしれない。すべてはこのおれの間抜けさが招いたことなのだ——。

　永瀬はベッド脇にあったイスを寄せて腰掛けた。長いため息をついて、続ける。

「君はいつでも合理的だな。おれよりよっぽどデカに向いてる。まあ命を救ってもらったんだ。その判断が正しかったことにしよう。——ところで、暢彦が捕まるまで少し時間がある。ここじゃ寝るくらいしかやることはないし。もういいだろう。あんたの果した役割を教えてくれないか」

　美由紀は拒絶するかもしれない、と思っていたが、予想に反してあっさりと話しはじめた。

「命の恩人はお互いさまね。父が、わたしが中学二年生の時に死んだことは話したわね」

「病気だったとか」

「あなた、『東亜国際化学ビル爆破事件』覚えてる？」

少し考えた、十年、いやもっと前だ。犠牲者がたくさん出た。その程度の知識しかない。詳しくは説明できない。

「父の死因が病気というのは嘘。本当はね、過激派の企業爆破テロの巻き添えになったのよ。父は港南化学工業の研究員だったんだけど、その日はたまたま、東亜国際化学で開かれていた研究者の会合に出かけていた。当時、東亜国際化学は中東に化学兵器の原材料になる輸出禁止品を輸出した疑いがもたれていた。まだ、証拠もあがってなかった時だったけど、過激派には証拠なんか関係ないわよね。

東亜国際化学本社ビルのロビーにおいてあったバッグが爆発して、九人が死亡、四十人以上が重軽傷を負った。その九人のうちの一人がわたしの父、有沢恭一よ。体の破片は、半分ぐらいしか回収できなかった」

「そうだったのか」

それ以上の言葉はみつからず、ただ美由紀の口元を見ていた。

「その後のことは省くけど、わたしも夜間の理学部を卒業して、研究の仕事につこうとしてた。でもあのころは、正職員では就職口がなかったので、センターの臨時職員になったの。ある時、ひとりの男が接触してきた。年は四十過ぎ、ほとんどお父さんという感じのあまり特徴のない人だった。知り合いの紹介だったけど、とても人なつっこい感じで、いつの間にか以前からの知り合いみたいな関係になっていた。小川（おがわ）と名乗ってたけど、偽名かもしれない。そしてある日、彼は身分を明かした。あなたのお仲間さんよ。警視庁公安部の刑事だった。わたしに協力して欲しいと言って来た」

美由紀は一旦言葉を切り、枕もとの吸い飲みに口をつけた。

「疲れるようなら、少しやすんでもいいが」

永瀬が顔色の良くない美由紀を気遣った。美由紀は軽く首を横に振って続けた。

「大丈夫。それで、その男の話によると、阿久津久史は学生時代学生運動に参加したことがあったらしいの。幹部ではなく、まあ若い内の火遊びだとは思うけど。――とにかく、公安では彼を見張りたかった。最近、生物兵器をつかったテロなんていうことが話題になるので、公安としても万一の時の為にポーズはとっておきたかったんだと思う」

「君は引き受けた？」

「そうね。テロという言葉に弱かった。罪もない人が大勢死んで、それ以上に多くの残された人たちが悲しむことは、もう起きてはならないと思った。――でも阿久津さんを知ってたけど、テロに加担できる人じゃないとは思っていたわ。ところが――」

「なんと網にかかった」

美由紀が残念そうにうなずく。

「『赤い砂』のサンプルをこっそりくすねた。それも信じられないような簡易なやり方で。たいして本気にもせず、彼の行動を見張ってたわたしも驚いたわ。阿久津もきっと、そんなものの一部を持ち出す人間がいるなんてそもそも疑われる筈ない、とタカをくくってたのね。事実、ゆるゆるだった。四桁の暗証番号と、室長の机の引き出しに入っている鍵があれば、保管庫は開けられた」

室長と聞いて、平松とかいう名の無愛想な顔を思い出した。美由紀が続ける。

「それと八王子への引っ越しでごたごたしてたから、どさくさに紛れるつもりだったのかもしれない。

とにかくわたしは、例の小川という刑事に連絡をつけた。そしたら『ありがとう。あとはこちらでやるから』と言われて、それでわたしの役目は終わったの」

「その先は聞いた?」

「あとで聞いたわ。実は、ウイルスを引き渡した相手が過激派じゃなくて製薬会社の息がかかった探偵事務所の男だったって。ちょっと拍子抜けした感じだった。小川からは『引き続きよろしく』って言われただけ。話の様子だと逮捕もしなかったらしい。わたしはとてもびっくりした。だって、阿久津は翌日も普通に出勤してきた。当たり前の顔して。警察のくせに泥棒を見て見ぬ振りじゃない——」

「それが公安だよ。こそ泥くらいは犯罪だとは思っていない。泳がせておくほうを選ぶ」

「ただのこそ泥だったら、それで終わったんだけど、盗んだウイルスが悪かったのよ。この前説明したわね。あれに感染すると、錯乱を起こして激しい自傷行為にはしるの。わたしはあとで知ったんだけど、感染するには宿主の齧歯類の糞を吸い込むか、ウイルスを含んだ体液などから粘膜感染するか、あるいは結晶化して凝縮したウイルスが再活性化したものを摂取する。阿久津が持ち出したのは凝縮した粉末よ。特別な設備は必要ない。極端にいえば、引き出しの中でも保管できる」

「それは、肺や喉の呼吸器系から入るのか」

「あらゆる粘膜から。口から入っても、口腔内や食道を下りていくうちに、その粘膜から感染する」

「それが入ったコーヒーを飲んだら？」

「温度にもよるけど、ある程度のウイルスの濃度があって、沸騰させていないアイスコーヒーなら、可能性はある」

「おそろしいな。――阿久津はほとんどバラバラだったらしい。もちろん脳みそもぶちまけてた。感染が二人で済んだのはむしろ奇跡的じゃないか」

「わたしもそう思う」

「それで公安は慌てて、何も知らなかったことに決めた」

「そう。わたしにもしつこく口止めしてきた。何度も来たわ。センターを辞めた理由のひとつはそれ。――もう一つの理由は、道義的にわたしも共犯だと思った。あそこにはもう居られなかった」

「西寺親子との接点は？」

「三年前、あの事件のあと、わたしは西寺社長と会長に手紙を書いたの。警察には訴えないから遺族に補償してくれって」

「あのタヌキじじい、やっぱり最初から知ってたな」

そう独り言をつぶやいて、美由紀に視線を戻した。

「――でも無視された？」

「そう、無視された。で、どうしようか迷ったの。だけど脅迫するのが目的じゃないし、わたしひとりでは証拠をそろえてどうにかすることも出来ないし、結局あきらめた。その時は。

ところが今年の春先になって、突然、暢彦がわたしを捜し当てて、訪ねてきたの。びっくりしたわ。そして『自分は赤い砂の一件を知っている。詳しく話してくれ。親父を説得して遺族に補償させるから』そう言った。わたしは知ってることを話した」

「そして脅迫が始まったんだな」

「まあ、そういうことね」

「さらに斉田も死んだ」

「脅迫状のことは、暢彦本人から聞いた。あのウイルスは最終的な発作が起きるまで、感染から短くても十二日、平均十四日の潜伏期間があるのよ。逆算すると、一回目の脅迫状を送ってすぐ、相手の反応も確かめずに斉田にウイルスを摂取させたのね」

「だとすれば、返答なんてどっちでもいい。ただ人体実験を楽しんだとしか思えない」

「クライアントの社長の御曹司だから、理由をつけて『会いたい』と言われれば、斉田としては時間を割いてでも会ったでしょうね」

美由紀は少しのあいだ目を閉じた。死者の冥福を祈っているのか、自分を責めているのか、永瀬にはわからなかった。

「斉田の一件をおれから聞いて、あんたは暢彦のしわざだとすぐにわかった。それで暢彦に談判に行った。自分も責任を感じていたので、刑事であるおれには核心のところは言わずに」

「あなたが真相にたどり着くころには、自首させているか、わたしが告発しているつもりだったから。でも、甘かった。彼はもう、ふつうの人間ではなくなっている。たぶん、斉田を殺したときに、全能感みたいなものを感じたんじゃないかな。会ったとき、そんなことを言ってたから。審判だとか、なんとかを下す、みたいな。――そして、結果的に、あなたをひどい目に遭わせたみたい。そのことは本当にお詫びします」

「あんたが、刑事と聞いておれを睨みつけてた理由が、ようやくわかった。今まで、嫌いなタイプなのかと心配してた」

永瀬は笑おうとしたが、首が引きつってうまく笑えなかった。代わりに咳き込んだ。咳が出るたび、殴られるように後頭部が痺れた。

「最後にもう一つ。阿久津のところに振り込まれた百万円という金の出所は、西寺製薬からに違いないだろう。だが、不思議なのは三年間、毎月工藤の遺族にそれぞれ五万円振り込み続けた謎の人物だ。確認はとれていないが、もしかすると、早山のところにもかもしれない」

そう言って、美由紀の瞳をのぞき込んだ。美由紀はうなずいた。

「まず、阿久津さんのところに渡ったのは、もっと大きな金額のはず。もちろん、わたしなんか知るよしもないけど、あのとき流れた噂では一桁違うと思う」

やはり、岩永多佳子は嘘をついていた。小心者なので黙っていられず、少なめの額を言って永瀬の反応を見たに違いない。

「――工藤さんの遺族に振り込んでいるのはわたし。山崎さんのところも、早山さんのところも、同額振り込んでる。――でも、秘密にしてね」

「わかったけど、その金はどうした？」

「別なウイルスを売った」

「えっ」

驚く永瀬を見て、美由紀が小さく吹き出した。

「嘘に決まってるでしょ。最初のうちは、多少あった貯金を切り崩したけど、続かなくなって掛け持ちの仕事をはじめた」

「やっぱりそうか――。その金を捻出するためにな」

「最近まで、昼間も働いていたのよ。それしかわたしにできる償いはなかったから」

永瀬は無言で美由紀の腕のあたりを見つめた。少し細くなったような気がする。そういえば、商売用のイヤリングを着けていたが、指輪をはめたところは一度も見なかった。彼女の部屋にも、余計な装飾品や人形などはひとつもなかった。その禁欲的な生活が彼女なりの償いだったのか。

「さて、暢彦逮捕の報でも待つか」

永瀬は自分に言いきかせるようにつぶやいた。立ち上がりかけて、ふと思い出したように付け加えた。

「そうだ、例のウイルスは、この三年間、どこにあったんだろう」

「阿久津が結晶化したウイルスを盗んだ時、欲をだして、自分の分も少し取り分けたのね。家のどこかに隠してあったのを、引っ越しの時にでも岩永多佳子が偶然みつけたんじゃない？　そして多佳子に近づいた暢彦がその正体を見抜いて譲り受けた」

「なるほど。おれの印象だと、暢彦と多佳子は、おそらく男と女の仲になってるな。暢彦は、早くに母親を亡くしたそうだから、彼女に面影でも見つけたのかも知れない」

美由紀はその言葉には応えず、窓の外に目をやった。つられて永瀬も見る。八月の、網膜が痛いほどの光が降り注ぎ、露出オーバーの写真のような風景が見えた。

ひとつ、はっきりさせたいことがあった。常識的には、当人に訊いたりしないだろうが、今は非常事態だ。

「気になっていることがある。監禁されたときに、暢彦は君に――」

さすがに少し言い淀んだ永瀬に、美由紀が助け船を出した。

「まず、性的暴行のことなら、一切なかった。道義心よりは趣味の問題だと思うけど」

自分でふっと笑って続ける。「ウイルスのことなら、〝まだ〟大丈夫だった。これは本人が言った。『最後にすべての犯行をかぶってもらって、発症したらどこかの廃屋ででも死んでもらう。それまで感染はさせない』って」

「よかった」

どこか遠くで鳴ったクラクションが聞こえた。

「これで終わったのかしら」

「そうだといいんだが」

つい歯切れが悪くなってしまった永瀬の発言を、美由紀が眉をあげて聞きとがめた。

「そうじゃないの？」

「そうじゃないかも知れない」

迷った。一度は言わないと決めたことだが、現実感が増してくるにしたがい、耐えられなくなってきた。もしかすると、美由紀に同情してほしかったのかもしれない。

「もう一度訊く。飲み物に混ぜるだけで、感染するのか？」

「わたしは断言できるほどの知識はないけど、そう言われているみたい」

「喜久雄が自白したので、その後も暢彦は自由に、うろうろ歩き回っていた。昨日、おれがまだ朦朧としていた時、やつが見舞いに来て、ウチの若いやつが目を離したらしい」

「まさか、ここへ来たの」

美由紀が、冷たい風でも吹いたように、身を固くした。

「そんな度胸はないと思ったか？　奴は普通じゃない。元からなのか、今度のことで本性がでたのか、ぼんぼんの顔をした悪魔だな。いつかあなたに言った破滅の横顔というのは、暢彦の顔みたいなのかもしれない」

「それよりも、あなた大丈夫だったの？」

「そのことについてはあまり考えたくない。だが、数分間、やつと二人きりになった。しかもおれは、あそこに排尿用の管を突っ込まれても気がつかないほど、熟睡してた」

6

夜が明けかかっていた。

熟睡している永瀬を見舞ったあと、暢彦はタクシーで、多佳子の勤める病院に乗りつけた。そのまま時間をつぶし、夜勤を終えて出てきた多佳子をつかまえ、病院裏の公園に誘った。

「どうしたの？」

多佳子の、もともとよいとはいえない顔色が、夜勤明けで一層くすんだようだった。

暢彦はこの生気のない多佳子の顔が好きだった。

能天気に生きている奴を見ると、ヘドがでそうになる。男に肉体や媚(こび)を売って、それだけで面白おかしく暮らしている女どもを見ると、崖から突き落としたくなる。

だが、この多佳子のように悲しみに疲れきった女の、最後に残った感情を独り占めすることは快感だった。

「会いたくなって」

そう、つぶやいて暢彦もベンチに並んで座った。

「どうかしたの？」

「じいさんが捕まった」

「え？　捕まったって。あのこと、、で？」

「ああ。今のところ自分で全部かぶるつもりらしい。でも、矛盾をつかれたら結局はばれるだろうね」

多佳子は取り乱した。

「だから、はやく放してあげてっていったじゃない。わたしが薬を持ち出したのよ。わたし、わたしどうしたら――」

「口止めしたのに、阿久津の口座のこと話したんでしょ」

「だって、完全にしらを切れる自信がなかったし、それに金額だって……」

「もういいよ。それより、僕といっしょに死んでくれる？」

大きく見開いた多佳子の目が暢彦を見た。

「馬鹿なこといわないで。何故死ぬの？　わたし、死にたくなんかない。明浩だっているし。――自首する。警察に行って本当のことを話す。もう補償金なんかいらない。だって、わたし、ただ睡眠薬持ち出しただけだし、ほかのことは――」

まだ喋っている多佳子の顔を両手で挟んで、暢彦は唇を重ねた。

多佳子は、一瞬驚いたようだったが、すぐ暢彦にされるがままになった。いつもそうだ。今回は、いつもより長く、濃く続いた。別れの時が近づいている。

一分近くそうしていたあと、多佳子が唇を離して言った。

「ねえ、もしかして薬とか口に含んでない？」

臆病な人間は勘が鋭い。

「何言ってるのさ。そんなことするわけない」

「そう、この前、ちょっとそんな気がしたから」

「大丈夫だって」

「神経質になってるのね。なんだか怖い」

「恐くなんかないよ。僕がいるし」

暢彦は多佳子の背中をさすっている。

「ねえ、一緒に警察に行ってよ。あなたからもきちんと話して」

多佳子の瞳には、夢から醒めたあとの疲労のような色が浮いていた。

「わかったよ」

公園の隣に並ぶ、民家の屋根の上に顔を出した太陽は、すでに夏の力強さを示している。暢彦は、多佳子の背中をさすりながら、耳元でささやいた。

「心配することないよ。何も恐いことなんかないよ」

それに、何かを飲ませたのは、もう二日も前だよ。

7

永瀬は自分の病室で、静かに考えをまとめようとしていた。

北田は、あれ以来神妙な顔で、部屋の外のベンチに座っている。もう誰も部屋には入れないだろう。手遅れかもしれないが。

永瀬は、これまでの事を反芻していた。もっと早く暢彦を捕まえる方法はなかったか。自分はどこかで見落としをしていなかったか。

いまだに多少混濁している頭では、よくわからなかった。そうして再び眠りに落ちた。人の気配に目覚めると、ベッドの側に武井と長谷川が立っていた。すっかり夜の気配が窓を通してしのびこんできていた。

「何故、全部話していかなかった」

長谷川が責めた。永瀬が答える前に、武井が割り込んだ。

「おまえ、とっさに左手でかばったから助かったんだ。シャフトが見事に折れ曲がってた。いくらピッチングウェッジだって直撃してたら命の保証はなかったぞ」

眠り過ぎてぼうっとなった頭を振りながら永瀬が答えた。

「それより、あの時、自分で持ち込んだバールを、足もとに放りだしました。喜久雄が本当に犯人だったら、あれで襲っていたでしょう。そしたら確実に死んでました。それに、部屋に飛び込んでとっさに見回したときに、ピッチングウェッジも金属バットもなかった気がします。あとから飛び込んで来たやつが持参したんでしょう」

後半は冗談気味に笑った。刑事とはいえ、死にかけた経験はあまり思い出したくない。

武井が首を振りながらため息をついた。

「じつは、暢彦が自首してきた。多佳子と一緒だ」

「ウイルスは？　容器は持っていますか？」

「それがな――」

言葉を濁した長谷川の反応に、いやな予感がした。

「確かに容器はもっていた。だがな、中身は空っぽだった」

想定していたことなのに、全身の産毛が逆立った。

どこへ撒いたのか？

もともと微量だったはずだし、何度も使っている。斉田で使い切っていた可能性もある。一方で、自首する前のヤケクソで、どこかへバラ撒いた可能性もある。たとえば、このおれに。

いずれにせよ、公には調査できないだろう。一般人が突然事情を知らされたらパニックが起きる――。

「長谷川さん。『赤い砂』を撒いた先を絶対に吐かせてください。最優先事項です。もし、公共の場所とか、会社や病院——」

言いかけて止まった。

西寺製薬、あそこか？

「長谷川さん」

「何だ」

「西寺かもしれません」

「西寺？　会社か個人か」

「会社です。密封されていない飲食物を摂らなかったか、あたってみた方がいいんじゃないでしょうか」

「それか、あり得るな。パニックが起きなければいいが、係長に相談する」

急いで、と口にしたが、意味はないかもしれない。暢彦が何かをしたなら、もう感染は止められないだろう。感染したら、今の医学では打つ手はないと聞いた。こっちが慌てふためいて、必要以上に騒ぎを大きくしてもしかたない。

連絡を終えて戻った長谷川に、あらためて頼む。

「暢彦が吐いたら、なんでもいいから教えてください」

「ああ、そうする。しかし、このままでは罪状が難しそうだな。今のところはあんたに対する傷害罪くらいしかない。もう少し裏がとれて脅迫か」

「それより有沢美由紀が証言すると思います。逮捕監禁、傷害、殺人未遂、麻向法違反——ずいぶん引っ張れそうですが、肝心の殺人は難しいかもしれない」

それぞれが、それぞれのことを考え込む間、しばらく沈黙が流れた。最初に武井が聞いた。

「おまえ、いつ暢彦が犯人とわかった？　いや、それより西寺製薬がらみのこの一連の事件を何処まで知ってたんだ」

「自分が興味があったのは、三年前の真実だけでした。正直言えば、脅迫事件も斉田殺しの犯人も興味はなかった。ただ、西寺製薬を突っつけば三年前に隠したものがでてくると思っただけです」

「有沢美由紀の監禁は予想外の出来事だった？」

永瀬はうなずきかけて、首の痛さを思い出した。

「結局、真実は彼女が知っていました。——彼女はどうなります？」

「難しい所だな」

長谷川が眉間に皺を作る。

「無傷というわけにはいかんだろう。ただ、不起訴にはもって行けるかも知れん」

「そうですか」

武井が問う。

「暢彦だと決め打ちした理由は？」

「はっきりした確証があったわけじゃありません。脅迫は、やはり遺族の線は薄いだろうと思いました。ふだんと生活が変わったようすもない。恐らく、探偵事務所か西寺製薬関係者の仕業だろうと見当をつけました。探偵事務所へは行ってみましたが、会社の金ぐらいはくすねそうでも、企業相手に脅迫できるほど、肝が据わったやつはいないように思いました。『赤い砂』とかいう危険なウイルスの存在も知らないようです。

それで、一か八か西寺の会長の家に押しかけたんですが、最初は会長の喜久雄が怪しいと睨みました。なぜなら、おれは『女と連絡がとれなくなった』と言ったのに会長は『女の家出』と言い直したんです。少なくとも事情は知っていると確信しました。そのとき暢彦に出会いました。

やつは、やつの目は、おれを知っていました。もちろん初対面のはずなのにやつの方ではおれを知っていた。わかるでしょう。初対面なのに、ちらりと見てすぐに視線を外す。あれです。気のせいじゃない。うすら笑いさえ浮かべていた。暢彦はどこかで一枚噛んでいる。そうそのとき確信しました」

「それ以前に、押し込んだ決め手はなんだ」

武井が聞く。長谷川は、いつしか椅子に腰かけ目を閉じて考え事をしていた。

「無言電話です。わざと息の音だけを聞かせていた。喜久雄のような年寄りには、そんな趣味はない。三年前の事件を知っていて、有沢美由紀を監禁できる条件がそろっていて、探偵事務所の社長や木之内部長に感染させられるほど中心に近いところにいる人物。そうして恐らくは若い男。当初は、死んだ阿久津の息子、岩永明浩を疑っていました。しかし条件に合いそうもない。

手掛かりはないかと、まずは岩永親子が住む団地で聞き込みをしました。すると、暢彦によく似た「好青年」が何度も岩永家を訪れていることがわかりました。右の頬にホクロがある。それが決定的でした。

しかも、暢彦の訪問相手は明浩ではなく、母親の多佳子でした。二人が仲良さそうに歩いているのが、何度も目撃されています。次に、斉田の事務所をうかがえる場所をあたりました。見せしめもあるでしょうが、特に初回は、なかば実験するようなつもりで感染させたのかもしれない。だとすれば、結果を自分の目で見たかったはずだと」

「で、やつは見てたのか？」

「向かい側に窓から外が見えるインターネットカフェがあります。やつはそこで見てました」

「しかし一日中見張ってる訳にはいかんだろう」

「なにも自分で見張らなくともいいんですよ。奴は席のひとつを一日借り切っていました、前金で。テーブルに置いたパソコンと小型カメラで、ハードディスクに録画してたんです。何時間かに一度現れてはハードディスクからデータを移し、カラにする。斉田が死ぬまで三日それを繰り返してました。店長の証言がとれます」

「それで決定的瞬間はとれたのか？」

「さあ、やつのノートパソコンを押収すれば判るでしょう。ファイルを消去しても痕跡は残っている。科捜研なら簡単でしょう」

「暢彦の、そもそもの動機は？　多佳子への同情か」

黙って聞いていた長谷川も、目を半分開いて永瀬の顔を見た。興味がありそうだった。

「これは想像ですが、西寺喜久雄の調書にあった理由は、ほとんど暢彦の気持ちを代弁したものでしょう。彼は父である信毅を憎み、苦しめたかった。そこへ三年前の事件を知った。遺族にも会いに行ったのでしょう。そこで多佳子に出会った。どうしたことか、ほどなく男と女の関係になった。さっきも言ったように、最初は母親を亡くしてその代わりの愛情だったのかもしれませんが、本人でなければそれはわからない。

とにかくそんな関係もあって、二億という金額を請求することにしたんだと思います。すべての遺族を対象にしたのはせめてものカモフラージュだったんでしょう。二億という金額も、今にして思えば暢彦らしい。みんなに二億なんて、おれらみたいな貧乏人には怖くて言えませんよ。そして、それとは別に、母親との関係を黙認してもらうため、自由になる金の中から、明浩に小遣いをやっていた」

「それで、明浩は若干金回りがよくなったんだな」

「おまえ、何処でそんな頭を手に入れた。殴られて回転が良くなったか？」

武井が永瀬の頭を手帳でたたくふりをした。

「謹慎させられて、時間はたっぷりありました。そうして、動機を優先してジグソーパズルを当てはめていったんです」

「二週間もすりゃ、いやでも現場復帰だ。せいぜい休んどいた方がいいな」

「ああそれとな」長谷川が口を挟む。「話が脇道に逸れるから言わなかったが、じつは――」

もったいをつけて間をとった。

「岩永明浩をパクった」

「えっ？」

永瀬が不思議そうに目をむいた。

「あのガキも噛んでたんですか」

いかにも驚いた様子の永瀬に長谷川が笑った。

「違うよ。とんだタマだった。馬場の連続タタキ、奴だった」

「本当ですか、そりゃ」

武井はすでに聞いていたのだろう。驚いた様子はない。ただ、長谷川に手柄を取られて悔しそうだ。

「おまえが大立ち回りしてた夜、明浩をつけさせてると言ったな。最初は甘く見てたらしいが、どうも様子がおかしいんで、ぴったりと一時も離れないでいた。そうしたら、馬場の駅近くの住宅街で、酔っぱらいのサラリーマンを殴り倒して、ポケットに手を突っ込んだ。そこでお仕舞いだ。全部は歌ってないが、まあひとつやふたつじゃなかろうな」

「あのやろう」

「奴の話じゃ、オヤジの阿久津が死んだ時に、センターの態度が冷たかったのをずっと恨んでいたらしい。阿久津がしたことを考えれば、冷たいのは当たり前なんだが、逆恨みだな。最初は駅の近くでセンターの職員の帰り道に待ち伏せして、それらしいのを狙って襲ったらしい。そのうち味をしめて、誰彼かまわなくなった。ま、そんなとこだろう」

「金まわりがよくなったのは、そっちか。――そしてその遠因も、三年前にあったのか」

永瀬はそう漏らしてから、長谷川を見た。

「長谷川さん」

「なんだ」

永瀬は、美由紀から聞いた話と自分が知っていることを練り合わせて作った答えを、口にした。

今回、警察庁が動いていたということは、三年前、美由紀に接触してきた公安も、警察庁の指示だったのではないか。ところが、あの不始末が起きたので、頬かむりをした。それがまた蒸し返された。今さら表沙汰にされたくなくて、二課にさぐりを入れてきた。それにどうやら、警察庁の主流派と反主流派が、このことで主導権を奪い合っているらしい。これは、核心をつかめば大きなポイントになる。犯人検挙どころの比ではない。長谷川はそのことに気づき、永瀬が追っている案件に興味を示した。そして、途中からトンビが油揚げをさらうようにこの案件を持って行ってしまったのも、警察庁に貸しをつくるため。もっと言えば、将来を保証してもらうため。

「違いますか」

長谷川は片方の眉を上げて笑った。

「まあ、解釈は好き好きだ。そっちはせいぜい妄想逞しく養生してくれ」

長谷川は、永瀬の怪我をしていない方の腕を軽く二度たたいて、部屋を出ていった。

「そんな裏もあったとはな。――やつのことは最初から虫が好かなかったが。まあ、いい。せっかくの機会だから、ゆっくり骨休めしろや」

そう言い残して武井も退室した。暢彦がこの部屋でしたかもしれないことについては、とうとう言い出すことができなかった。

――極論すると、ウイルスには薬は効かないの。

美由紀のひどくあっさりした発言を思い出す。

うつってからでは手が打てない。そのことも否定しなかった。

今、自分の体の中で起きているかもしれない変化について考えながら、永瀬はぼんやりと自分の手を見つめていた。


ベッドでの生活は退屈だった。日に何時間も睨んでいる天井と、わずかに見える窓の外の景色が世界の全てだった。

ぽつりぽつりと、その後の情報が、メッセンジャーボーイを買って出たらしい北田刑事によってもたらされた。

――多佳子が全て吐いた。三年前、夫の遺品のなかに小瓶につまった白い粉を見つけたが、そのまま放っておいた。今年の五月ごろ突然暢彦が訪ねてきて、それらしきものがないか聞かれた。そして渡した――六月に西新宿の中央公園で、ホームレスが突然狂乱し、包丁で自分の首を切る事件があった。暢彦と接点があった証明はできない。関係者は予行練習だったとみている――西寺製薬の社長は辞任。現在、任意で事情聴取を受けている――西寺製薬の新執行部では工藤、早山、山崎の遺族にそれぞれ八千万円の金を払うことに決定。名目は『見舞金』らしい――マスコミがすべてを関連付けて嗅ぎ回り始めた。近く総監が会見するらしい。早くも警察庁内の更迭人事が噂にのぼっている――。

どの知らせにも、永瀬の心は動かなかった。いつも天井か窓の外を見つめ、考え事をしていた。

そして、入院十日目、有沢美由紀が無事退院していった翌日、永瀬遼は散歩にいくとメモを残して出かけたまま、二度と病室に戻らなかった。首のギプスがとれた、その日の午後のことだった。

8

美由紀の携帯電話が鳴った。

肉体的な損傷はほぼ回復したと思うのだが、何かをする気力も湧かず、部屋でぼうっと民族音楽のＣＤをかけている時のことだった。番号非表示の着信だった。美由紀には予感があった。

「はい。有沢です」

予感どおりの声が返ってきた。

〈ひとつ聞いておきたいことがあった〉

永瀬の無感動な声だった。

「今、どこ？　なにしてるの」

〈それはもうどうでもいい。――それより、教えてくれないか〉

「何を？」

〈あれの最後の時、何か兆候はあらわれるのか？　手が震えるとか、こめかみがしびれるとか〉

「あれって何よ」

〈『赤い砂』に感染して出る二次症状だ〉

「感染って。――まさか、あの時の話？」

〈そう。暢彦がおれに摂取させた可能性がある。風邪らしき症状も出た。そしてあれから今日で十二日経った〉

美由紀はしばらく言葉に詰まった。

〈それで、さっきの質問への答えは？〉

永瀬が促した。

「とにかく、出てきなさいよ。入院しましょう」

〈聞いたことに答えてくれ〉

永瀬の有無を言わせない強い調子に、美由紀もつい答えた。

「わたしにもよくわからない。とにかく正常の状態ではなくなるみたい。ひどい錯乱状態で、きっと本人も、なにをしているのかわかっていないと思うわ」

沈黙。やがてやや低く押しつぶしたような永瀬の声が聞こえる。

〈ほんとうにそう断言できるか。実は自分がしていることを全部わかっていて、そしてそれが止められないとしたら。――おれには耐えられない。おれはそんなことになる前に、自分でけりをつけてしまいたい〉

「ばかなこと言わないで、あれほど、自殺する奴は卑怯者だって、言ってたじゃない」

〈ひとに迷惑をかけて死ぬのを、避けるだけだ〉

「同じことでしょ。もしあなたのすばらしい推理通りなら、あなたのお父さんは、あなた達のことを思って、自分で死期を早めたんでしょう。それでも、あなたは卑怯者だって責めてた。自分はなによ。あなたこそ、自分勝手な臆病者だわ。くやしかったら、出てきなさいよ」

またしばらく沈黙が続いた。美由紀は通話が切れたのかと耳をこらした。背景の音がかすかに聞こえているので切れてはいないようだった。

「もしもし――、もしもし」

美由紀のよびかけに、ようやく永瀬が応えた。

〈有沢さん〉

「なに？」

〈いや――なんでもない〉

次の言葉を発するまえに、すでに通話は切られていた。

「もしもし、もしもし――」

しかし、ツーツーという発信音だけが聞こえた。美由紀はすぐに永瀬の携帯電話にかけてみた。結果はこれまでと同じだった。しかたなく、武井の携帯を鳴らした。

〈――い、武井〉

「永瀬さんから電話がありました。たった今」

武井の慌てぶりが声の調子で分かった。

〈そ――で、――無事か？　どこに――る〉

「とりあえずは無事そうでした。どこにいるかは言いませんでした」

〈――で用件は？〉

武井の電話は通信状態がかなり悪そうだったが、美由紀は永瀬とのやりとりを簡潔に説明した。

〈――の馬鹿、なに寝言言って――〉

デジタル回線特有のぶつ切りの声が、余計に切羽詰った印象を与えた。

「それより、早く探さないと本当に死にそうな気がします」

美由紀は、永瀬に対して抱いていた印象を説明した。強がっているけれどほんとうは脆(もろ)い人ではないか。過剰に自殺を憎むのは、そうしていないといつか自殺してしまいそうな自分の心に潜む影に気づいているからではないか。

〈あ――のいうとおりかも知れな――しかし、どこにいるかそれが――いと――〉

歩きながら話しているのか、さらに電波の状態が悪くなった。

〈もしもし――しもし――〉

やがて全く声が聞こえなくなり、通話が切れた。武井の方で、一旦切ったのかもしれない。こちらからかけ直そうと受話器を取り上げた時、ふと引っかかるものを感じた。

何が？　そうだ、雑音だ。永瀬の電話からはほとんど雑音が聞こえなかった。携帯電話特有の、言葉の途中が欠落する障害もなかった。

公衆電話――。

なぜ公衆電話からかけてきたのか、理由を考えようとした時、電話が鳴った。武井からだった。

〈もしもし、先ほどは失礼しました。電話ボックスからかけなおしてます〉

それだ。携帯の電波状態が悪く、改善の見込みがないところにいるのではないだろうか？　美由紀はそのことを早速武井に話した。

〈あるいはどこかの室内か、もしくは単に電池切れか――〉

「ちょっとこのまま、待って頂けますか？　もう少し、状況を思い出してみます」

美由紀は受話器を額にあてて、目を閉じた。先ほどの永瀬からの電話を、はじめから通しで思い出していた。

聞こえた音はなかったか？　何も聞こえなかったような気がする。いや、永瀬が沈黙したとき、――何だ。そう、車が一台通りすぎる音が聞こえた。そのほかは妙に静かだったが、室内という印象は受けなかった。――この日中に屋外の道路の側に立っていたにしては、静かすぎたのではないか。

美由紀の頭に「田舎」という単語が浮かんだ。

――親父と一度だけ泊まりがけでペンションに行ったことがある。ずいぶん歩いた。

――子どもが生まれたら行ってみたい。

永瀬はそんなことを言っていた。子どもと行ってみたいなら、人生の最後にも行ってみたいのではないか。

「武井さん。心当たりがついたかもしれません」

〈えっ〉

「山梨県です。昔一度だけ、家族で泊まりの旅行に出かけた思い出があると言っていた場所です。武井さんは具体的な場所を聞いたことがありませんか？」

数秒の沈黙。

〈いや、記憶にない。すくなくとも今は思い出せない。どのあたりかだけでもわかりますか？〉

「具体的な地名までは——、ただ気になることがあるので、調べてみます。何かわかったら連絡します」

電話を切った後で、あの夜の永瀬の回想を、また少し思い出した。

——日本で一番、二番、三番目に高い山が、一度に見渡せる丘があった。

美由紀は受話器をとりあげた。一〇四で調べ、山梨県庁の観光課に電話をかけた。相手が名乗るのももどかしく用件を伝えた。

「そちらで、日本の山ベストスリーが、一度に見える場所というのはどこにありますか」

突然の質問に相手の職員も面くらったようで、理解するまでの間「えーと」というようなあいまいな返答が数秒続いた。

〈ベストスリー——ですか？〉

「はい。日本で標高が一番、二番、三番目に高い山が一度に見える場所です」

〈ああ、ええとそれなら三峰（さんぽう）の丘ですね。富士山、北岳、奥穂高岳がぐるりと見渡せるそうです。実はわたしは……〉

のんびりとしゃべる職員をさえぎって、

「さんぽう、とはどういう字を書きますか？」

〈はい、漢数字の三に〝ほう〟はええと普通のヤマ偏の峰……〉

「そこの具体的な場所は？」

〈三峰の丘ですか。ええと、お待ちください〉

受話器を手でふさぐ音がした。同僚に確認しているようだ。

〈もしもし、あ、お待たせしました。小淵沢（こぶちさわ）ですね。小淵沢の駅から歩いて、二、三十分ほどらしいですよ。交通手段は申し訳ないですが、現地で〉

「ありがとうございました」

のんびりペースの職員に礼を言って、電話を切った。パソコンを起動する。その間に、身支度を始めた。

検索エンジンを呼び出し、『さんぽうのおか』と入力する。自動的に『三峰の丘』と変換された。数十の候補が並ぶ中から、公共色の強そうなページを開く。三峰の名前の由来、風景写真、散策路紹介などの記事が載っている。交通手段を見ると、小淵沢の駅から徒歩二十分となっていた。

小淵沢――。

永瀬はそこにいそうな気がした。

火の始末を確認しながら、武井に電話をかけた。

「小渕沢です。そう思います」

〈小渕沢？　あの山梨県の？　こんなことを言うのは何だが、奴が少年時代をすごした千葉の市原じゃないかと思うんですがね〉

その推理への意見は言わなかった。

「わたしはこれから現地へ向かいます。時間が惜しいから。途中で連絡をいれます。そちらでもなにかわかったら、携帯にお願いします」

〈それは構わないけど、あなた仕事は？〉

「とっくにクビです」

美由紀は三十分で身支度をすませた。タクシーを呼ぶ間に思い直して、ずいぶん昔に何かの景品でもらった、ペラペラのデイパックに中身を詰め替えた。

「新宿駅までおねがいします。途中でコンビニに寄って下さい」

タクシーに乗り込むなり、運転手に告げた。

コンビニエンスストアで、携帯の充電用電池、太めの割り箸、ガーゼ、包帯、布テープ、若干の食料を買い、デイパックに詰めた。

十一時五十二分新宿始発、松本行き特急があった。出発までの時間を利用して、構内の書店で山梨県と小淵沢市の地図、それに観光ガイドブックを購入した。

中途半端な時刻のせいか、車内は比較的空いていた。昼食がわりの菓子パンを缶コーヒーで流し込みながら、初めにガイドブックをぱらぱらとめくった。

小淵沢駅付近の観光マップのページを開く。駅を中心に指でさしながら例の丘を探した。

すぐに見つかった。中央本線の南側に位置している。ペンションなどは北側に集中しているようだった。次に、派手な音をたてて地図を広げた。小淵沢周辺の等高線を見ても、北側が次第にせりあがっていくのがわかった。南側はなだらかな市街地のようだ。

北側だ、いるとすれば——。

さらに、あれこれと推測する。ペンションまで、駅から三十分ほど歩いたと言っていた。子供がいて、平地でないことを考えると、いいところ二キロだろう。その程度の当たりをつけた。

しかし、そこにいなければどうなる。急に不安も頭をもたげる。最初に武井がいったとおり故郷の千葉だったらどうなる。無駄足などと簡単にすませられない。郊外に入れば、永瀬からの連絡が受けられなくなる可能性が強い。暢彦が病室に侵入したらしい日から十二日目。永瀬自身もはっきりそう言った。第二次発症まで要する時間は、平均ではほぼ十四日間だが、過去の症例では十二日間というケースもあったらしい。そろそろ発症のレッドゾーンに入る。

今朝の電話が最後になるのか。小淵沢までの二時間。ちりちりと心の一部が焼けるようなもどかしさは、消しようがなかった。


小淵沢の駅に着くなり、公衆電話から武井に電話を入れた。

〈はい。武井〉

武井の声はなぜか早口で、いらついていた。

「今、小淵沢に着きました」

〈ああ、有沢さん。何度か電話したんですが、電波状態が。——いや、それより、とんでもないことになった。西寺暢彦が留置場で発作を起こしました！〉

「えっ！」

美由紀は、続く言葉を失った。

〈突然大声を出して暴れはじめました。警戒はしていましたが、ほとんど兆候もなかったので油断してました。例の風邪の症状は軽かったみたいで、気づきませんでした〉

「それで、どうなんですか？」

〈五、六人がかりで取り押さえたそうです。その際三名が打撲などの軽い怪我。ひとりは危うく指を嚙みきられそうになる怪我をしました。暢彦本人は、舌を嚙み切りました。

危ないところでしたが、麻酔を打って、喉から直接気道を確保して命はとりとめました。今のところ大量の鎮痛剤で抑えてます。効き目が切れればまた暴れる可能性があります。目が離せません〉

「死んでいないんですね」

〈体力自慢が六人がかりでしたがね。普通だったらどうなっていたか〉

「彼は何故？　何故」

気がついたら、泣き声になっていた。

電話の向こうが騒がしい。

〈なんだ、どうした。順を追って話せ〉

一旦、切ろうとしたが、さらに興奮した武井の声が鼓膜に響いた。

〈有沢さん。聞いてますか〉

「はい」

〈やられました。岩永もです。岩永多佳子も発症しました。自首してくる前に、暢彦と一緒に飲んだ可能性が高いです〉

美由紀は、膝の力が抜けるのを感じた。気づくと、通話を切り、その場にしゃがみ込んでいた。

暢彦に同情したわけではない。やはり彼はまだ『赤い砂』を持っていた。そして、永瀬に『赤い砂』を吸わせにやって来た可能性が、否定できなくなった。

永瀬にもほとんど時間がない。だが、暢彦は二次発症したのに生きている――。

こうしていても仕方がない。あたりで訊いてみることにした。腕に包帯をまいて、おそらく足も多少引きずっているから目立つはずだ。

美由紀は、タクシー発着場にたった一台停まっている車に、走り寄った。

9

運転席側にまわり、頭を下げる。

「なんか?」

スポーツ新聞を広げていた運転手が、ウィンドウを降ろし眠そうな声を出した。

「ちょっとお聞きしたいんですけれど、ここ数日の間に、三十歳位の男性を乗せませんでしたか?　ひとりだと思います」

「ひとりもんの男ねえ――」

「たぶん、足を少し引きずって、左手に包帯を巻いているはずです」

「それじゃ、見れば覚えてるな」

運転手は遠くに見える山を見つめながら、考え込んだ。

「――いや、見なかったような気がするな」

「タクシーはこの一台だけですか？」

「いや、ここには決まった車が停まってる訳じゃないよ。いない時もあるし」

「すみません、お仲間の方に聞いていただけませんか」

　そう言って、財布から千円札を三枚抜いて窓から差し出した。

「失礼ですけど、これ、無線代です」

　運転手はぽかんと美由紀の顔を見返していたが、大真面目に言っていることがわかると、無線機を取り上げた。札を顎で指す。

「そんなもんはいらんさ」

　マイクに向かった。

「あー一六二八」

　ブスッという無線交信特有の音がして、運転手と、おそらく本部との会話が始まった。早口の為に、全部は理解できなかったが、この数日の間に包帯を巻いた独り者の男を乗せなかったか、全車に訊いてくれないかと頼んだようだった。

「どうする？　ちょっと時間かかるかも知れん」

「ありがとうございます」

　美由紀は唇を噛んで少しの間、考えた。

「このあたりでスーパーかコンビニありませんか。なるべく近くで」

ざっと見るかぎり、駅前にも、そういう類の店はなさそうだった。

「コンビニねえ。——ああ、一軒あるな。少し登ったところだ」

「そこへお願いします」

乗り込もうとする美由紀に「タクシーで行くほどの距離じゃないよ」と運転手がたしなめた。

「いいんです。待つ間にしたい事があります。それに——、そのあと他に回ってもらうことになるかもしれませんし」

「そうかい」

運転手は一貫して気のない返事をしたまま、車を発進させた。

彼が言ったとおり、走りだして五分と経たないうちに、道沿いに看板が見えてきた。見渡せる範囲でただ一軒の商店だった。

「五分だけ待って下さい」

美由紀は千円札を渡し、今度は運転手も受け取った。

店のレジでは中年の女性が店番をしていた。

「いらっしゃいませえ」

うつむいて入荷伝票のチェックをしながら、妙に語尾ののびた声で美由紀を迎えた。

「ちょっとうかがいたいんですが」

「はい？」

ようやく顔を上げた。店内にほかに客はいない。

「この二、三日のお客さんで、年は三十歳くらい、左手に怪我をした男性が来ませんでしたか？　連れはいないと思います」

店員は、めくりかけた伝票の上に手を置いたまま考えていた。

「怪我をしたお客さん。怪我ねえ――」

ウィンドウの外に続く木立のあたりに視線を泳がせながら考えていた。

「もしかして、この辺？」

そう言って左手の手首のあたりをこすった。

「そうです！　見たんですか？」

美由紀の勢いに少し驚いたようだったが、こきざみに首を振って、思い出す努力をしていた。

「そういえば、いたわね――」

「本当に？」

美由紀の剣幕に押されて、店員が身を引いた。

「ええ、たしか一昨日だったと思うけど。――お昼前だったわね。おつり渡す時に、左手を不自由そうにしていたんで、何となく覚えてますよ」

「どこへ行くとか、言ってませんでしたか？」

「そのかた、家出？」

不審を問うというよりは、興味で聞いているようだった。

「いえ、違いますが、事情があって行方を捜しています」

「そう。何もしゃべらなかったし、どっちに行ったかも注意してなかったわねえ」

「それじゃ、何を買ったかは？」

「ええと――パン。そう、パンをいくつかと、ペットボトルとか、缶詰とかなんだか地震の防災袋に入れそうなものだったわ」

「保存食みたいなものですか」

店員は、そうそれそれ、といってうなずいた。

「あとトイレットペーパー」

「どうもありがとうございました」

美由紀はペットボトルのウーロン茶を買って店を出た。

再びスポーツ新聞を広げていた運転手が、美由紀に気づいてドアを開けた。

「このあたりに、無人になったペンションか空き家みたいな建物はありませんか？」

唐突に聞く美由紀に、運転手が「空き家のペンション？」と一段高い声で聞き返した。

美由紀は、行方不明の人間がそこに身を隠していそうなことを手短に説明した。

「そのかたはあれですか、犯罪者かなにかで逃亡してるとか」

「違うんです。自分が不治の病だと勘違いして、現実逃避しちゃったんです」

「そりゃ、こまったね」

運転手は少し考えたようだったが、やっぱり特に思い当たる場所はない、と首を振った。

「それじゃ、ペンション集落で、なるべくひとけのなさそうな場所にお願いします」

それもまた難しい注文だと苦笑しながらも、運転手はとにかく車を発進させた。

数分走っただけで、うっそうとした森の中の道に景色が変わった。時々森が開けてはペンションが一軒二軒と建つ。しかし、永瀬が普通の客として宿泊しているとは思えなかった。

「今日は平日でしょ、ひとけがないと言えばどこもないからねえ。土日あたりは少し人も出るけどね」

森の中の道を進みながら、運転手が説明する。都会にない涼風が吹いているが、それを楽しむ余裕は美由紀にはなかった。

その時、ザーッという無線の音が流れた。運転手がマイクをとる。美由紀は期待して、やや身を乗り出した。何か喋っているが、早口な上に、内輪の特殊な言葉が混じるらしくて、ほとんど意味は理解できなかった。

「やっぱ、だめだねえ」

無線機を戻すなり、運転手が申し訳なさそうに言った。

「誰も乗せていませんか」

「うん。わたしらこれが仕事だから、乗せた人の風体はけっこう覚えてるんだ。だれも知らんということは、少なくともウチの車じゃないね。他社(よそ)さんもあたってみたら？」

「そうですね。ひとまわりして、駅に戻ってから、やってみます。ありがとうございました」

シートに頭を預け、視線だけは窓の外に向けていた。またひとつ浮かんだことがあって、運転手の方に乗り出した。

「別荘の集落はありますか？」

「こんどは別荘ね。——ちらほらとあるけど、集落というほどのものはないねえ」

「別荘のありそうなところも回ってください」

「はい」

車は森を縫う道を徐行で進んだ。あてのない捜索が一時間になろうとするころ、ほとんど無言になっていた運転手が口を開いた。

「その人、土地勘はあるの？」

「多分ないと思います」

子どものころ、親に連れられて一度だけ来たなら、土地勘などないはずだ。それを話した。

「それじゃ、こんな奥には来ないかもしれないな」

道の端に車を停めて考え込んだ。鳥の鳴き声しか聞こえない静寂に包まれた。

「土地勘のない人間が、あのコンビニから人目を避けようとしたら――」

今までは、ただ言われるまま運転していたのが、美由紀の熱心さに根負けしたように真剣に考えはじめたようだ。目を閉じてぶつぶつとつぶやいているが、意味はわからない。頭の中で、道をたどっているようにも感じる。突然目を開いた。

「あそこかなあ――」

「えっ？」

「いえね、ペンションか別荘っていうからそれしか考えなかったんだけど――」

そう言いながらエンジンをかけた。

ギヤを入れ、再びゆっくりと動き始めたタイヤが枯れ枝を踏んだ。ぼきり、という意外に大きな音が、靄（もや）の出始めた森のなかに吸い込まれていった。

タクシーは、学校らしい建物の前で止まった。荒れた感じで、現在使われていないことはひと目でわかった。サイドブレーキをギッと引きながら運転手が言った。

「このあたりをうろうろしてれば、この建物を見つけると思うよ。廃校になった小学校だよ。雨宿りには手頃でしょ」

料金メーターは既に万の桁に近くなっていた。美由紀は一万円札を二枚渡し、しばらく待っていてくれるように頼んだ。

「おれもさがしましょうか?」

好意に感謝しながらも断って、正門から中へ入った。

手入れのされていない校庭は、雑草が生い茂っていた。ところどころに、桜や楠(くすのき)といった、往時を偲(しの)ばせる巨木が立っている。

校舎は古びてはいるが、さすがにコンクリート造りだった。鉄製のドアはゆがみのせいか、完全に締まりきっていなかった。手前に引くと意外に簡単に開いた。土足のまま埃と落ち葉の積もった廊下に足を踏み込む。その時、足元を見た美由紀の身体が硬直した。声が喉の奥から洩(も)れそうになる。指先がわずかに震えた。

そこにあったのは、比較的新しい足跡だった。上がりはなのあたりは乱れているが、きれいな跡が二階に続いているのがわかる。しかも、左足は少し乱れている。

美由紀は一度唾を飲み込んで階段を上がった。

10

永瀬遼は三階の職員仮眠室にいた。美由紀が恐れた瞬間だった。

発見はしたものの、その瞳に狂気が宿っていたら、あるいはそれ以上に進行していたら、どう対処すればよいのか。

しかし、美由紀を見て驚いたように見開いた永瀬の目には理性の光が残っていた。

「ずいぶん薄汚いヒーローね」

美由紀がかけた言葉に、土埃で汚れた永瀬の顔が、わずかにほころんだ。

「車の音が聞こえたので、まさかとは思ったが。──よくここがわかったな」

「まあね。命の恩人だから、タクシー代は請求しないわ。帰りましょう」

ベッドに腰をおろしたままの永瀬を促した。

「いや、おれはここにいる。ここなら多少あばれても、誰にも迷惑をかけないだろう。どんなふうになっても、人にはうつさない」

顎で指した先には、むきだしのフォールディングナイフが机に載っていた。

「死にたくなりゃすぐ死ねる。今まで自殺したほとんどの奴が、他人を巻き添えにしたり、迷惑をかけて死んでいる。おれはそれだけは避けたい」

美由紀はみつめていたナイフから視線を永瀬にもどした。

「西寺暢彦が発症したわ」

「あいつが？　なぜ」

美由紀は首を振った。

「自分で吸引したとしか考えられない。理由はきっと本人にしかわからないでしょうね。でもね、彼は生きているのよ。留置所でそうとう暴れたらしいけど、生きてるわ」

永瀬が目を細めた。

「生きてる？」

「そう。生きてるわ。舌を噛み切ったけど死ななかった。あなたも、仮に感染していたとしても、きちんとした対応をすれば大丈夫よ。帰りましょう」

「途中で暴れ出したら？」

美由紀がナイフを手に取り、永瀬の胸に突きつけた。切っ先がわずかに皮膚に食い込み、汚れたワイシャツに血が滲んだ。

「手がつけられなくなったら、わたしが腕を切り落としてでも、おとなしくさせる」

永瀬が吹き出した。

「参ったな。本当にやりそうだ。――だけど悪いがおれはここを出るつもりはないんだ」

「どうして？」

「今回の事件で死んだ奴の資料を、ほとんど読んだ。とても手が打てるような状態じゃない。暢彦だって舌を噛み切ったなら、半分死にかけたんだろう。おれがのこのこ戻ったら、鍼灸院の人体模型みたいに、体中に電極を貼り付けられて、おもちゃにされる。あげくのはては舌でも嚙むか、顔に穴でもあけるか、そんなところがオチだろう。ここで一人で死なせてくれ」

美由紀は永瀬の澄んだ瞳をじっと見つめていた。

「どうしても動かないつもり？」

「ああ」

「最初から思ってたけど、あなたってどうしようもなく頑固な大馬鹿ね」

「よく言われる」

「わかった。でもこれはあずかる」

美由紀はそう言って、永瀬が止める間もなくフォールディングナイフを素早くバッグにしまい、部屋を出て行った。永瀬もあえて追おうとはしなかった。

去っていくタクシーの音が聞こえてきた。

11

永瀬は月を見ていた。

ほぼ満月に近い、天幕の裏側から誰かがライトを当てているような明るい月だった。

人は死ぬ間際に、それまで歩んできた人生を一瞬で振り返ると言うが、まだその時間ではなさそうだった。

もし、推測のとおり、最後に暢彦が部屋を訪ねた日に感染させられたのだとしたら、過去の例からみて、あさってが最も危険度が高い。だが、十三日もすでに危険水域だ。明日にもそれが起こらない保証はない。そして、理由はわからないが、これまで発症した例は全て日中、それも正午を挟んだ数時間に集中している。

今夜がゆっくり寝られる最後の夜になるかもしれなかった。

あの美しい月をずっと見ていたかった。明日も月は同じように昇るだろうか。外の草むらの中で、無数ともいえる虫が鳴いている。脳の奥まで染み入るような、虫の大合唱の中に不思議な静寂を感じていた。

月の光が差し込み、照らし出した部屋の中を永瀬はゆっくり見回した。

埃をかぶった机、椅子。投げ出したバッグ。隅に放った飲料やパンの包み紙。——そしてあの月に劣らずに美しく、今の自分を照らすもの。こちらをじっと見つめる顔。半分だけ月あかりに浮かび上がった美由紀の一途な顔があった。

彼女はあのあと、一度駅までタクシーでもどり、武井に「やはり見つからない」と連絡をいれ、途中買い物をして歩いて戻ってきた。根性がある。もちろんそれは最初からわかっていた。

「帰ったのかと思った」

「言ったでしょう。絶対に死なせない」

出会ってから、ずっと気丈な面しかみせなかった美由紀の頬を、流れるものがあった。その雫が、月光にあたって小さく光った。

美由紀は買ってきた袋をベッドの上に広げた。

「まだ普通に話せるうちに、言っておきたいことがある」

「なに？　口座の暗証番号？」

「おれは、三年前にあんたを見たときから、たぶん、あんたの顔を忘れたことはなかった。今回、斉田があんな死にかたをして、すぐに三年前の事件にむすびつけたのは、たぶんそのせいだ」

「どうも、勘にしては話がうますぎると思った」

「真面目な話なんだ。口では、いや心の中で自分に対しても『これは工藤の汚名を晴らすためだ』と言い聞かせていた。でも、本当は違ったのかもしれない。――認めたくないが、あんたの影を追っていたんだ」

「ねえ、『赤い砂』って、ロマンチストにさせる副作用もあるみたいね」

「そうだな。こんなことを誰かに言ったのははじめてだ」

「でも、それが悔しくて、しょっちゅう『ちくしょう』ってぼそぼそ言ってたの」

「聞こえてたのか」

「あなたの独り言は声が大きい。――それはともかく、それじゃあ、ご期待に応えて、明日の朝になったら、あなたをベッドに縛りつける。そしてこれを嚙ませる」

そう言って手ぬぐいや、太い菜箸を見せた。

「ちょっと待ってくれ。あさってかも知れないんだぜ」

「だったら、二日でも三日でも」

「本当に縛るだけだろうな」

「あなたの態度しだいね」

二人同時に笑った。

美由紀が、夕方武井にとった最後の連絡では、西寺製薬の取締役の一名が発症したらしい。まだまだ出るかもしれない。

血に汚れたウイルスのことは、すでにいくつかマスコミが報道している。

本当の怖さが知れたら、都心部ではパニックがおきるかもしれない。

永瀬は、青白く浮き上がった美由紀の頬にそっと指を這わせた。

美由紀が自分の手のひらでそれを摑み返す。

ほの白く浮かんだ美由紀の顔を、永瀬はどんなに短い永遠だろうと、記憶にとどめておこうと、ただ静かに見つめていた。

あとがき

伊岡瞬

人類がその歴史において出会った、もっとも恐ろしいウイルスのひとつが『エボラ出血熱』を引き起こす『エボラウイルス』だろう。

「炸裂」と呼ばれるその凄惨な末期症状が、人々を恐怖に陥れた。

このウイルスが初めて病理学的に認知されたのは、一九七六年と比較的近年だ。その出現（エマージング）以来、しばしば〝ヒト〟を恐怖に陥れてきたが、なかでもひときわ激しい『アウトブレイク（感染爆発）』が起きたのは、二〇一四年のことだった。

このときの最初の感染者は、ギニアに住む男児といわれている。その、名前もわかっていないたったひとりから、またたくまに感染が広がり、二年弱のあいだに、感染者二万八千余名、死者数は一万一千名を越えた。それも、主として西アフリカから中央アフリカにかけてのわずか数カ国が舞台である。アフリカ以外にも飛び火したが、患者は現地から帰国した医療従事者など数名だ。世界的に広がらなかった理由はいくつかあるが、最大の要因は「潜伏期間が比較的短く、発症後は急速に悪化し、死亡率が高いので蔓延するに至らなかった」と言われている。これがもし、欧米やアジアなどの人口過密地帯の市民生活に浸透してしまったら、その被害数はどれだけ増えただろうか。

わたしがこの『赤い砂』を書いたのは、この悲劇をさらに十年以上遡る二〇〇三年である（実質的には、さらにその前年の〇二年に執筆している）。現在から数えると、十七、八年前ということになる。

もう少し補足すれば、デビュー作『いつか、虹の向こうへ』（角川書店）が世に出たのが〇五年であるから、その二、三年前に書いた作品ということになる。もちろん、趣味で書いたわけではなく、会社勤めをしながら新人賞応募のために執筆し、結果的に日の目を見なかった作品である。

さらに補足するならば、わたしがこれまでしたためた作品の中で、もっとも「文献」「資料」にあたった作品でもある。もちろん、モチーフがまったく不案内でしかも専門的な分野である、という理由もあったが、時代背景も大きい。この当時、たとえば『ウィキペディア』などは、日本語版が産声を上げたばかりであった。そもそもインターネット環境が、今日とは比べものにならない。気軽に「ネットで検索して付け加え」ができる環境になかった。

わたしとしては、未知ともいえる分野に挑み、かなり力を入れた作品であったので、そのまま埋もれさせるのは忍びなかった。あきらめきれずに、デビュー後におつきあいをすることになった、いくつかの出版社の担当編集者に「実は昔、ウイルスの話を書いたんですよ」と、こっそり打ち明けたのだが、体よく聞き流されてきた。

わからなくもない。二十世紀の終わりごろから、世紀末思想、終末思想と相まって「ウイルスなどの未知の生命体による人類絶滅の危機」が映画や小説にあふれ、新世紀初頭には、すでに食傷気味になっていたからだ。

さらに時が流れ、もはや人類の文明を脅かすウイルスが出現するなど、荒唐無稽で陳腐な発想、という評価が定着した今、『新型コロナウイルス』が登場した。

今年（二〇二〇年）六月に、『祈り』（文春文庫）を無事梓に上せ、文藝春秋の幾人かと会合を持ったとき、うっかり口をすべらせた。実は大昔、ウイルスの話を——と。

「そんなものがあるなら、すぐに読ませて欲しい」ということになった。嫌とも言えない。しかし正直なところ、「どうせ不採用なのに、めんどくさいことになった。話さなければよかった」と後悔していた。一種の〝ふられぐせ〟である。

ただ、約束してしまったことなので、すぐに十七年前に書いた原稿を古いハードディスクから探し出し、手直しも見直しもせずに送信した。その翌日に返信が来た。

《年内に、文春文庫から〝緊急出版〟という形で出させてください》

小説を書くことを仕事にしていて、この話を断る選択肢はない。ただ、その後のスケジュールは殺人的だった。もともといっぱいいっぱいだったところに、ベースがあったとはいえ、事実上の長編書きおろしが割り込んで来たのだ。「急だけど、来週K２に登るから」と言われたようなものだ。

だが今、読者のかたがこの文章を読んでいるということは、なんとか無事に出版に至ったのだろう。

お疲れさまでした。突貫作業におつきあいくださった関係者の皆様——。


で、ここからが本題である。

この「あとがき」の稿を書いているのは、二〇二〇年の十月である。

よほど世間と隔絶した生活を送っていないかぎり、この時点で『新型コロナ』の名をまったく知らないという人はいないだろう。ついでに『ＰＣＲ検査』『パンデミック』『クラスター』さらには『サイトカインストーム』『集団免疫』などなど。

ウイルス名はともかく、右に列記した単語は、実はこの『赤い砂』を執筆した〇三年当時には、世の中にほとんど出回っていなかったものである。もちろん、〝クラスター〟などはもともと名詞として存在していたが、今のような使われ方はしていなかった。反論があるかもしれない。概念としては存在しただろうし、ごく一部の専門家は使っていたかもしれない。しかし、すくなくともわたしがあたった解説書などには登場しない。日常会話的には〝ゼロ〟である。

逆に、当時は流行語にまでなったが、現在ではほとんど接する機会がなくなった単語もある。たとえば『アウトブレイク』『バイオハザードレベル』『エマージング（ウイルス）』などだ。


本作『赤い砂』は、「二〇〇〇年代初頭、発症すると、錯乱し破滅的行動の果てに自死する恐るべきウイルスの感染症が、東京において発生した」という物語である。

ところで、わたしは小説を世に問うもっとも重要な意義のひとつは〝新味（しんみ）〟にあると考える。まだ読んだことのない話、触れたことのない発想、それを世に問うこと。

ならばこの「一億総ウイルス評論家時代」に、あえて十七、八年も前にほぼ素人が書いたウイルス小説を、いまさら掘り起こす意義はあるのか。

その問いへの答えとして、わたしはひとつの「縛り」を課した。すなわち「二〇〇三年当時に知り得た知識、存在した技術以外を織り込まない」というルールだ。当時の知見、テクノロジーを越えて描かない。その後知り得たことは、どんなに入れたくても入れない——。

この物語を読んで真っ先に連想するのが、今から十数年前に社会問題にまでなった、『抗インフルエンザ薬』の副作用による、特に若者の異常行動（窓から飛び降りるなど）だと思う。しかし、くどいようだが、これはあの騒動よりも前に書いている。

手前味噌的にいえば、まったく門外漢の素人でも、二十年近く前にここまで書けたという証左、それが世に問うたもうひとつの動機だ。ちなみに、文体や事実関係、時系列の不整合などは細かく手直しした。

だが、わたしが既述した〝新味〟とはこのことではない。

ここから先は、ある意味〝ネタバレ〟の危険があるのだが、未読の方が知っても興をそぐものではないと思うし、むしろ予備知識としてあったほうが楽しめるかもしれないと考えるので、書かせていただく。

この作品は、〝ある特殊な方法〟で『中和抗体』を作る、というモチーフがひとつの柱である。その〝ある特殊な方法〟をめぐる、組織と人間のエゴと悲劇と救済の物語だ。まずは、最近すっかり日常用語に定着した〝免疫機能〟について語らねばならない。しかし、細部まで正しく詳しく説明することはわたしには無理だし、かりにやったとすれば、本編に匹敵する分量になってしまう。そこで専門家の指弾を覚悟で、ごくざっくりと説明する。

免疫機能には、大きく二種類ある。まず第一は「とにかく異物はぶっ壊す」隊である。たとえていえば海兵隊のようなものか。かれらがいわゆる「自然免疫」である。病原菌だらけの社会で生活していて、そこそこ無事に生きていられるのは、ほぼかれらのおかげである。ただ、それでは対処が無理な強敵も現れる。そのとき第二陣として「敵の研究をし、敵に合わせた攻撃をする」特殊部隊が出陣する。最新兵器を備え、まさに「隊」と呼ぶべきチームワークで特定の敵を殲滅する。これが「獲得免疫」である。最近耳にする機会が多い「抗体」は、この「獲得免疫」システムのひとつである。

長くなりそうなので、ここでまた乱暴にも一気に結論に飛べば、「現在、ウイルスを破壊できるのは、この免疫システムしかない」のである。

ちなみに「ワクチン」は薬ではない。この「免疫システム」に、弱った敵あるいは敵の一部分を与えて、戦い方を覚えさせる療法である。SF映画で、捕獲したエイリアンにあれこれ実験して弱点を探るあれである。

昨今「ワクチン万能」のような風潮があるが、開発に膨大な手間と費用がかかることを度外視しても「ごくまれな例外をのぞけば感染前に打たなければ効かない」「ウイルスごとに作らねばならない」などの課題がある。したがって、インフルエンザのように変異するウイルスには、毎年新種のワクチンを生産し打たねばならないし、一部には「打たないよりましな程度」という意見もある。

また、作品中に《薬でウイルスは殺せない》という言い回しが出てくる。「そんなことない、いまはいろいろ効く薬だってあるぞ」という声が聞こえてきそうだ。しかし、残念ながら間違ってはいない。

現在ほど質も量も充実していなかったが、『抗ウイルス薬』と呼ばれるものは、執筆当時からあった。この薬は、ウイルスの増殖を抑制し、症状の進行を妨げる、あるいは発症そのものを抑制する働きがある。その間に、うまくすれば人間のもつ免疫機能で破壊できるかもしれない。破壊できなければ、その薬を一生飲み続けなければならないケースもある。それが抗ウイルス薬というものだ。《薬でウイルスは殺せない》とはそういう意味である。これだけ医療、医学が発達しても、人間の免疫機能を超える療法は発見されていない。

二十年近く前、ふと「人類の敵、ウイルスに打ち勝つ画期的な療法はないか」と考えた。正直に告白すればウイルスと細菌の違いさえよく知らなかったのだから、現実にそんな発想があることも、ましてそれをなんと呼ぶかなどまったく知らなかった。

ここで最新の研究へ話が移る。

現在、ウイルスを人工的にやっつける物質『人工抗体』の開発が進んでいる。また新しい名が出てきたが、もう少し。これはその名のとおり、人為的に作った『抗体』である。

現在の新型コロナ禍にあって、もっとも先進的な抗ウイルス研究のひとつといわれている。したがって、本来はわたしなどの知見の及ぶところではないのだが、それを承知で続ける。

『人工抗体』とはその名のとおり、人工的に作った『抗体』のことだ。簡単に書いてしまったが、とてつもなく実現が難しい技術なのだ。しかし、『抗体』であるから、ワクチンと違って感染後、場合によっては発症後でも効く可能性がある。ただしやはり、ウイルスごとに開発しなければならない、などの課題もある。

執筆前にわたしが着想した〝新療法〟に、いま名をつけるなら、『人工中和抗体』だろうか。この作品で主なモチーフとなるのはその発想だ。『中和抗体』とは、先に説明した『抗体』の中でも、ウイルスにとりついて細胞との融合を阻害する働きを持つ抗体のことである。

一種の万能抗体ともいえるこの『人工中和抗体』の素人発想こそが、わたしが考える〝新味〟である。

もちろん物語としては、十七年前も今もフィクションだが、もしも今後、開発に成功して、安全性と安定性が担保されれば、ノーベル賞ものではないだろうか。

お待ちください。ここまで読んで「小難しそうだな」と感じたかたも、心配はご無用。実はこの作品は、そんなぐちゃぐちゃした医学的問題は作中に登場する専門家たちにまかせて、「そんなことはどうだっていい」と、友人のために命がけで奔走する若き刑事の物語なのである。

蛇足ながら、主役の『赤い砂（Arena Rubra）』はもちろんのこと、あらゆる個人、団体などは架空のものであって、実在するものとの関係はないと記しておく。

最後にもう一点、重要な補足を――。

やはり作品中に《『ヒト免疫不全ウイルス（ＨＩＶ）』が引き起こす『エイズ＝ＡＩＤＳ（後天性免疫不全症候群）』に有効な治療法はない》という意味合いの表現が出てくる。これもまた二〇〇三年当時の実情に基づいているが、現在では状況がかなり異なる。

その後、有効な抗ウイルス薬が開発され、飲み続けなければならない、など一定の条件はあるにしても、『抗レトロウイルス療法』によって発症を抑える（遅らせる）ことが可能になっている。

この病気を含め、あらゆる感染症と闘っておられる医療従事者、研究者、そしてなにより患者の皆様へ敬意を表わし、あとがきのしめくくりにかえさせていただきます。

この作品は書き下ろしです。

ＤＴＰ制作　エヴリ・シンク

文春文庫

赤い砂（あかいすな）

定価はカバーに表示してあります

2020年11月10日　第1刷
2020年11月30日　第2刷

著　者　伊岡瞬（いおかしゅん）

発行者　花田朋子
発行所　株式会社 文藝春秋

東京都千代田区紀尾井町 3-23　〒102-8008
ＴＥＬ　03・3265・1211㈹
文藝春秋ホームページ　http://www.bunshun.co.jp

落丁、乱丁本は、お手数ですが小社製作部宛お送り下さい。送料小社負担でお取替致します。

印刷・萩原印刷　製本・加藤製本

Printed in Japan
ISBN978-4-16-791588-9